VISTO POR UM ESTRANHO QUALQUER

YURI A. EDUARDO

LETRAMENTO

Este livro foi realizado com recursos da Lei Aldir Blanc, Fundação José Augusto, Governo do Rio Grande do Norte, Secretaria Especial de Cultura, Ministério do Turismo e Governo Federal.

Copyright © 2021 by Editora Letramento

Diretor Editorial | **Gustavo Abreu**
Diretor Administrativo | **Júnior Gaudereto**
Diretor Financeiro | **Cláudio Macedo**
Logística | **Vinícius Santiago**
Comunicação e Marketing | **Giulia Staar**
Assistente de Marketing | **Carol Pires**
Assistente Editorial | **Matteos Moreno e Sarah Júlia Guerra**
Designer Editorial | **Gustavo Zeferino e Luís Otávio Ferreira**

Todos os direitos reservados. Não é permitida a reprodução desta obra sem aprovação do Grupo Editorial Letramento.

Dados Internacionais de Catalogação na Publicação (CIP) de acordo com ISBD

E24v	Eduardo, Yuri A.
	Visto por um estranho qualquer / Yuri A. Eduardo. - Belo Horizonte, MG : Letramento, 2021.
	232 p. ; 15,5cm x 22,5cm.
	ISBN: 978-65-5932-154-4
	1. Literatura brasileira. 2. Romance. 3. Realismo Mágico. 4. Contemporâneo. 5. Psicológico. I. Título.
2022-76	CDD 869.89923
	CDU 821.134.3(81)-31

Elaborado por Vagner Rodolfo da Silva - CRB-8/9410

Índice para catálogo sistemático:
1. Literatura brasileira : Romance 869.89923
2. Literatura brasileira : Romance 821.134.3(81)-31

Rua Magnólia, 1086 | Bairro Caiçara
Belo Horizonte, Minas Gerais | CEP 30770-020
Telefone 31 3327-5771

editoraletramento.com.br • contato@editoraletramento.com.br • editoracasadodireito.com

7
PRÓLOGO

9
I

20
II

23
III

35
IV

49
V

58
VI

70
VII

79
VIII

90
IX

102
X

114
XI

130
XII

135
XIII

149
XIV

163
XV

170
XVI

175
XVII

187
XVIII

198
XIX

203
XX

211
XXI

223
XXII

À MINHA MÃE MARIZA, TUDO!
AO MEU PAI NETO, OS CAMINHOS.
AO MEU IRMÃO YAGO, O COMEÇO.
AO PRIMO ANDERSON, OS MUNDOS.
À NAYARA, O EQUILÍBRIO.
À TIA LÚCIA, A DELICADEZA.
À TIA GILZA, OS CUIDADOS.

PRÓLOGO

Azia. O sentimento que paira sobre mim é destoante, porém conforta a miríade complexa de prisões quando, ao observar singelas pessoas disponíveis ao continuar dos dias, bem atarefadas, perdidas num esgar vicioso, ingerem todo final de semana o elixir da vida. Um gole e aquele receio de solidão dispersa feito o voo do pombo durante uma manhã de raio ensolarado nesta cidade chamada Natal.

Natal deveria ser mais receptiva. Natal deveria ter um ar menos nebuloso. Natal deveria ser como eu: estranho, porém um estranho aceitável. Não é que a estranheza promova insanidades, obscuridades e o soar de novas canções – dessas que jovens põe sobre pedestal ou trono inclinado ao céu. Talvez a estranheza em questão deva ser o processo de ser aceito. Não como obrigação, ter algo que possa ser visto bem lá de trás, no desenvolvimento comum, como marco-zero. Esta cidade é um marco-zero? É uma questão que nem eu como morador posso afirmar. Meu desejo é outro, e as vítimas são várias!

E o desejo é insaciável. O desejo é atroz. Uma borbulha adere ao meu alcoolismo e às expressões destacadas por cada ser nessa andança sem fim quando meu patear é, indiscutivelmente, um anseio das conversas internas que são… reverberadas.

Silêncio. Talvez os *Três* ouçam.

Ah, finalmente a encontrei! Atenção. Muita atenção… é mais uma…

A mesa está tão fria quanto minha cerveja sobre o descansa-copo. Pedi uma *lager*. Não estava a fim de outra mais densa enquanto meu corpo jaz nas interações e na zoada deste bar no bairro mais chique de Natal. Mais chique tem que estar entre aspas, é claro. Tem outra questão mais a fundo que poderíamos discutir, embora tenhamos uma miríade de refutadas ao escolher a primeira vítima – também com aspas.

Sou excêntrico, porém não posso ser mais descritivo sobre o que eu uso nesta noite. Digo que meu silêncio corrobora ao fator mais primordial que é apenas analisar as pessoas e suas benquerenças ao ingerir álcool e sucumbir à devassidão – no qual muitas mulheres são alvo pelo tanto que já aprendi nesta vida fatídica. Já observei muitas roupas indesejáveis ou fúteis para homens tão fúteis quanto; a frivolidade se estender durante horas de conversas e sexo exalando nas entranhas que a cerveja verde, aquela famosa, com uma estrela vermelha no centro da logomarca. Ela é a mais consumida por seu fator degustativo e, também, valorável, pois é a melhor para se atrair atenção neste ponto em comum. Ainda falo de jovens, não é? Ouço de tudo quando estou sentado exalando inércia ante o resto da civilização.

Então cato meu copo. Dou um belo gole na cerveja. Exatamente agora minha mulher, minha deusa na terra, deve estar em seu melhor sono. Ela nunca se convenceu da ideia d'eu sair durante a semana para realizar essas tramoias. Na verdade, são vícios. Hoje, em pleno século XXI, fugir do embaraço não existe. Permanecer na loucura custa mais caro que um gole barato desse líquido complacente.

Posso me declarar doente com total convicção. Algum dia, neste mesmo horário, devo estar em outro local procurando por "vítimas". Eu as olho, eu os olho. Busco alimentar minha escuridão. *Ela* conversa comigo incentivando quaisquer que sejam as facilidades em adquirir fácil passagem para o portão sempre aberto. É incrível como isso acontece.

Continuemos.

Neste bar – sem citar seu nome, pois não gosto de ser abertamente descritivo – conto quantos estão presentes. O som da música é alto, tão alto que eu não consigo interagir comigo mesmo. Às vezes grito, ninguém me ouve. É uma questão de perspectiva: eles só irão ouvi-lo quando for necessário ouvir. Assim, decorrente desta promoção antecipada, fomento novas questões para a minha sociopatia. Eu deveria tê-la citado? São erros comuns, e que raramente me cobro pelos deslizes – se é que posso nomeá-los assim. Portanto, me pareço com qualquer indigente à procura de um sol.

Infindável, um casal dança à minha frente. Premente contra qualquer ruga tentando lhes tirar o brilho, minha pessoa os olha com tamanha colenda. Entrementes, chamo o garçom, deveras preocupado com os movimentos perante minha presença. Há algo aflorando dentro de mim. É difícil explanar. Desejos, talvez?

— Traz uma dose do seu melhor uísque. — Ele passa um curto período me olhando, afrontosamente. — Necessita da comanda, rapaz? — indaguei, irritado. — Toda vez um de vocês atrapalham minha noite preocupados com coisas que não consigo externar.

Tenho que agir com ímpeto. Deveras intrigante é agir assim com meus companheiros da noite. Sempre saem na mesma hora que eu, cumprimenta-se e seca uma latinha de cachaça ouvindo o que eles mais gostam – nunca reclamei, pois a companhia é boa, e as conversas se alongam até o momento que um de nós diz ser o momento de ir em busca do descanso pueril de nossas parceiras; é aceitável tamanha negligência. O fomento da madrugada é o remédio paliativo de nossas desgraças.

— Perdão, senhor, é que seu copo está cheio. — Ele me disse num tom tímido.

Realmente meu copo estava cheio. Deitei-o com afinco, sem deixar nenhum traço do líquido amarelo e da espuma que flutuava no mais alto apogeu. Encontro-me sadio. Meus olhos bruxulearam. Senti uma fisgada mexendo com meus ânimos. Passou numa cólera ferrenha atingindo a cegueira de um instante quase nulo.

Fiz uma expressão convincente. Ele sorriu e acenou com o polegar estendido, já próximo do balcão. Ah, o balcão... Achei minha vítima – tirei as aspas, pois espero que vocês tenham se acostumado comigo. Vejamos: mulher; curva acentuada na área do quadril e um pouco abaixo de sua cintura; expressão de descontentamento, talvez pelo atraso excessivo da companhia; drinque totalmente cheio; batom vermelho totalmente intacto que ofuscava a pouca carnosidade de sua boca; olhos esmorecidos, estreitos, destacava sono; olhava de instante a instante para o relógio dourado, desses que estão na moda ultimamente. E ratifico, antes de tudo, que não sei muito sobre adereços e seus detalhes intrínsecos, mesmo tendo me afixado as várias características que as pessoas trajam nas várias noites, pondo-me apenas preocupado quanto ao que acho convincente para agradar meus desejos.

Agora eu conto o que eu geralmente faço nessas ocasiões. Está atento? Espero que esteja atento.

Observo-os sem alterar o curso natural da vida. Simples. Minha sociopatia é até altruísta, digamos. Às vezes recomendo-me ficar longe destas situações de ter de ocasionar problemas para outrem. São muitas que um dia não terei como pagar minha cerveja, meu uísque ou até minhas roupas. Isso eu extenuo para todos que me conhecem.

Como o bar está lotado e minha mesa encontra-se relativamente afastada do balcão, ando de um lado ao outro buscando artifícios para entendê-la melhor. A minha vítima. Ela constantemente vigia o celular. Constantemente busca novas presas para esta noite. Seu vestido curto, sempre regredindo no quesito tamanho, encurta-se enquanto ela se move semovente, consternada com o passar do tempo. Homens veem a bunda voluptuosa ter uma pequena aderência à parte que se avoluma da cadeira. Esqueci de falar: ela é loira, cabelo muito longo, e cobre a mesma bunda voluptuosa que os homens admiram – ou tentam a perfeição desta noite cálida.

Enquanto me dirijo ao banheiro, de soslaio vejo a tela do celular dela acender com os botões de ligação bem aparentes. Talvez o príncipe encantado tenha, finalmente, descido de vosso cavalo branco, vulgo carro de cem mil reais.

Infelizmente alguns momentos eu terei de me abster da vítima. A sede incontrolável por bebida me deixa com a bexiga cheia. Então mostro mais alguns adendos importantes para a noite ao visitar o banheiro, amigo fiel das interpoladas e notívagas sensações.

— Primeiro, nunca tocar na vítima. Segundo, nunca, em hipótese alguma, convencê-la do duvidoso – mesmo sobre imersão de sua vida está sendo afetada por qualquer desdém da cronologia real ou de uma súbita morte que esteja a imperar. Terceiro, nunca ser visto. Está claro que eu sou o caótico aqui, e observo até mim mesmo.

— Ô, algum problema, rapaz?

A porta do banheiro recebeu batidas fortes. Ouviu-se o trinco fazer um som austero.

— Não, não. Quando estou bebendo — solucei — costumo conversar comigo mesmo. É bom para ganhar confiança com as mulheres. Já pegou quantas hoje? — emendei a pergunta. É bom manifestar essas questões para estranhos – lembra que não posso ser visto? – a dar-lhe confiança.

— Óbvio. Melhor bar da cidade! Aqui é muito fácil!

E ele tem razão. Sempre vejo os jovens gozar da facilidade transbordada por cada ser na pista de dança. Enfim, não me compete comentar sobre o que é se dar bem. Até o presente momento vou referindo-se como "vantajosa" minha noite.

Ouvi os gritos de *uhu*. Ele realmente deveria estar numa noite boa.

— E quarto, e de menor importância, beber. Já disse que sou alcoólatra?

Espero que ninguém tenha me ouvido falar isso. Aqui o vaivém de pessoas é tremendo e não sobra espaço nem para sujar a privada com gotejo da urina diáfana pela quantidade de cerveja ingerida.

Então vou voltando ao meu lugar de origem. Transpassei a vítima e senti sua fragrância pungente, doce como um cálice de vinho. Virei meu rosto de relance, já um pouco distante, e a aferi mais contente à outrora enfadada. Em nenhum momento a vi mexendo o pescoço para avistar outrem na pista de dança ou qualquer outro espaço destinado ao movimentar de corpos. Ainda assim devo ter mais cautela ao falar só. Estou mais vaidoso ultimamente, e este grande fulgor causa cegueira.

Sentei-me. Emborquei o copo com uísque! Uísque? Nem me lembrava de ter requisitado. São pormenores que a mente abarca aos atos. Pude sentir, vagarosamente no impulso do copo emborcado, o malte seguir a esmo pelo meu corpo, deixando traços malignos para futuramente colocar-me sob destra infortuna, restando resquícios na garganta, dificultando o pouco de sanidade aos próximos goles de cerveja que seriam imbricados ao meu corpo.

E enquanto sentia o viés assomando-se ao ambiente desprovido de classe, volvi o olhar num novo relance para a vítima. Ela já estava com seu companheiro. Trocavam beijos. Ele, por sua vez, colocava a mão por toda extensão de suas costas, acariciando-a, drenando o pouco da inocência existente. Abraços e mais abraços se prolongavam; conversa longa e tão esfaimada... Creio que será uma eternidade continuar com ela como vítima. Espero que minha deusa na terra não ligue. Sou tão descrente desta facilidade amalgamada de rompimentos e júbilos noturnos, que me esqueço da primazia do momento, ao poder condicionar-me a outra sensação de esfacelar instantâneo.

Chamei novamente o garçom. Desta vez o conheci melhor. Seu nome era Patrick, um rapaz alto, magricelo. Bem magricelo. Seus braços denotavam a característica de alguém que sofria para se alimentar devido as grandes cargas horárias de trabalho e pouco sono na madrugada. Ademais, havia pouco cabelo em sua cabeça, apenas um corte comum, simplório aos olhos de alguém que gasta quinzenalmente seu mísero dinheiro com cabelo. Seu rosto mostrava um nariz afilado, porém pontudo, de narinas proeminentes, como seus zigomas; os olhos eram de um escuro denso, como a cor de... a cor de seu sapato lustrado. Enfim.

Bem, perguntei a ele se podia lhe chamar por algum apelido, desses que jovens costumam nomear durante a incontável permanência no bar. Ele balançou positivamente a cabeça, meio desconcertado com a pergunta. É normal eles desenvolverem essa reluta contra os apelidos e a imagem de alguém com poder. Geralmente eu causo um pouco mais do que devo, sustentando essa faceta singela de homem rico e bem estruturado.

— Uísque novamente? — Ele perguntou.

— Não, não. Traz mais uma cerveja para balancear — sorri, mas esvaneci rapidamente para evitar uma aproximação. — A noite será mais longa do que eu imaginei. — Meu celular tocou. O brilho forte da tela me causou náusea, ele rente ao meu copo vazio de uísque. — É a mulher. Sabe como é... — fiz uma cara de esmorecido para desviar a atenção numa ligeira sensação de que estava tudo sob controle.

Patrick saiu da mesa. Foi tratar de me ajudar. Logo em seguida atendi minha mulher. Não a chamei pelo nome para não a colocar, também, sob alerta – mesmo com poucas mesas ao redor a corroborar numa investigação sobre meu ser. Não é exagero.

— Oi, meu amor. Desculpe a demora para te atender. Tu já ouviu o som, não é? Aquela famosa reunião extraordinária com executivos. O shopping Midway parece ter algum tipo de convenção daqui a duas semanas, então eles pediram urgência. Viemos a um bar...

Nesta hora ouvem-se apenas zunidos, talvez a preocupação desta falácia engendrada para eu poder ser quem sou. Assim a relevância se cria e retornamos à direção em primazia, esquecendo um pouco de minha mulher. Que saudades dela...

Ela desligou o telefone pacificamente. Continuemos.

Patrick retorna para seu posto, cata uma cerveja e a traz para mim, tão rápido quanto um tufão. Ele pareceu conhecer minha necessidade. Espantei-o num ato ignóbil, muito tácito, a meu ver, pois eu estava se redimindo deste mesmo ato.

Foco, muito foco. Ele será nossos ouvidos.

Sinta a fragrância do prazer, deleite do papelzinho enrolado, a nota de dez reais em seu maior destaque. Veemente agraciou-se, pondo-me de volta ao páreo. Que gozo primordial! Recompensa dos vilipêndios!

Patrick era simples. Trabalhava neste bar há cinco anos. Não é a primeira vez que nos encontrávamos, porém, a primeira que necessitava de mais tato. Só hoje descobri seu nome. E conivente à minha situação, pegou o dinheiro e, ainda dobrado, colocou em seu bolso da calça. Ele precisava mais do que eu. Dei as diretrizes antes de sua saída.

— Oferecerás um drinque, o mais colorido possível, àquela moça no balcão, sendo cortejada pelo homem ao lado, o de cabelo crespo e grisalho. Há certa discrepância na idade de ambos, e quero tê-la para mim hoje.

Intrigado, ele foi abaixando-se e envergou o corpo para me ouvir, na tentativa de saber o motivo desta vontade exprimida na realidade alterada.

— Porém, não dirás que fui eu. Apontarás para um homem qualquer nesta multidão de ébrios. Não próximo a mim. Sei o quanto isso causará discórdia e uma possível discussão. Ela pode gostar do agrado assim como pode rejeitar tão rápido quanto recebeu. Assim, você, após fazer isso, passará um tempo próximo ao balcão. Não sei o que você faz lá. Limpe-o. Limpe algumas taças, alguns talheres. Eles não lhe veem, muito menos seu gerente. Você é invisível até que sua voz seja ouvida quando eles necessitarem. Entende? Eu sou o único a propor-lhe tais adendos porque me preocupo com a situação da classe como quando bebíamos após o expediente. Você se lembra. Tenho certeza. Bom, vamos voltar ao que importa. Quando você ouvir alguns detalhes da conversa, volte rapidamente para pegar outros vinte reais. Se tudo der certo, finalizado com intenso júbilo de minha parte, receberás outros vinte, completando cinquenta, quiçá três vezes mais do que receberia numa diária.

Ele rapidamente me corrigiu, tentando não rir. Recebia os mesmos cinquenta mais uma porcentagem na venda do engradado de 24 cervejas. Bar de rico. Por que o escolhi logo hoje?

Então sugeri colocar mais dez a última oferta. Não iria barganhar demais para não chamar mais atenção. Eles, os garçons, estavam acostumados a vivência dos falsos puritanos que bebiam, rodopiavam, pagavam extensas contas de trezentos em diante numa só noite. Aquilo era merreca comparada ao infindável sustento dos pilares da rua deserta.

Lá se foi o obstinado homem por dinheiro. Não durou muito até ele fazer o drinque. *Mojito*. A cor não era como havia desejado ao referenciar o mais colorido possível. Aquilo não era chamativo o suficiente a fim de demonstrar novas e profundas passagens à discórdia. Mas nos dias de hoje, todos bebem tudo. Todos aceitam tudo – não de estranhos; há drogas, e mulheres são suscetíveis às tais. Então, vejamos se haverá alguma mudança no clima agradável.

Passado um tempo, ela olha diversas vezes ao copo comprido e continua vidrada aos olhos do homem.

Maldita! Você acredita que o homem pegou o copo e nenhum dos dois sequer observou o que meu amigo Patrick deixou em cima do balcão? Ela catou da mão do homem, deu uma golada profunda, lambendo o lábio para tirar resquícios das lascas de hortelã, e retornou à conversa num enfoque pesado. Que maldita! Se ela morrer hoje, eu juro que não rezarei por ela. Juro perante minha amada mãe que não vejo há... QUE ÓDIO!

Patrick olhou para mim, incrédulo. Via em seus zigomas a exasperação, temor por não ter um extra naquela noite incansável. Por que eles se submetem às tais ordens? Dinheiro é tão corruptível assim?

Dei-lhe um sinal. Ele correu em disparada, sem espantar nenhum freguês no estopim de mutilações mentais causados pelo álcool exacerbado. No momento ele só tinha trinta. Estava de bom tamanho, dada minha derrota e o parecer complexo que eu teria após esse vexame.

— Fiz como o senhor ordenou — viu como ele está bem interessado no dinheiro? Citou *ordenou* —, mas fui totalmente ignorado. Devo fazer algo? Pode me dizer. Farei o que o senhor pedir.

Eu sei que você fará. Parece um viciado em crack esperando o próximo entorpecimento. Dinheiro corrompe mesmo e ninguém pode infundir desprazeres quando se tem os compactos rolos de dinheiro unidos pela liga da corrupção humana. É desinteressante para o caso contar-lhes. Atrai maus olhares. Realmente estou me explicando demais.

— Seguinte. Aguardarei mais um pouco. Estou bebendo demais e a cerveja põe-me em sucessivas viagens até o banheiro. Então trate de focar no bar inteiro. É importante não atrair a gerência. Enquanto isso, deixe outra cerveja na mesa.

Levantei-me. Estava meio tonto, devo admitir. Caminhei devagar rente à mesa, segurando o copo, próximo ao casal que gargalhava alto na mesa vizinha. Ouvi os dizeres de "... hoje você não sai daqui sem..." Tive que andar. *Permanecer dois segundos é diferente de cinco.* Assim que me vissem, eu deveria sair dali desenfreado aos braços de minha amada.

— Quando estou urinando no banheiro, coloco um braço à frente para me apoiar. A parede absorve a umidade dos meus longos consternares e me apazigua.

Abri a portinha quando finalizei. Meus olhos sentiam o tremor. Quatro homens emparelhados urinavam em seus respectivos lugares, num grande mictório metálico na horizontal. Com certeza eles me ouviram. Com certeza eles estavam mais ébrios que eu, sendo que dois deles conversavam num tom absurdamente alto, sem nenhum incômodo ao tilintar do líquido nas paredes metálicas, e do odor amalgamado em um cheiro perfumado de desinfetante. Talvez eles não tenham ouvido. Assim me dirigi ao exterior do recinto. Não me preocupava em lavar as mãos já que não tocaria em nada e nem em ninguém. É a parte boa de estar sozinho. Eu sei quão errado parece ser. Felizmente não me preocupo.

Do banheiro à mesa foi um lapso. Não me lembro se olhei para minha vítima. Tomei dois copos da cerveja gentilmente gelada. Atribuía esse adjetivo porque ela sempre foi generosa comigo. Hoje entorpecia; antes era uma estrada esburacada, enfrentada diariamente para viabilizar constantes formas de sucumbir à fuga repentina do cotidiano absorto em devaneios. Monstros por todos os lugares! Todos os santos lugares...

Veio-me à mente alguma sinfonia. Tinha tomado o terceiro copo. A garrafa esvaía de minha mão numa torrente aceira, complexa e pueril. Sempre havia combinações destes factoides. A mulher havia saído do balcão! Que maldita! *Danse Macabre*, essa era a sinfonia! A Morte rodeava-me a todo custo. Às vezes conversava comigo perguntando sobre depressão e outras psicopatias. Era mais uma barganha para ver se havia interesse em adquiri-las. Ela sempre fora compreensiva, em todos os aspectos.

A maldita mulher saíra do balcão. Patrick, que olhava para mim, fez um sinal de positivo. Possivelmente ela se dirigiu ao banheiro feminino. Urgências. Então, rapidamente, levantei-me da cadeira, esbarrei num rapaz mais ébrio que eu no meio do bar e consegui alcançar o balcão após longas e infortunadas diligências introspectivas, onde pude apaziguar a sensação deletéria que meu corpo sentia ao esbarrar naquele homem. Meus olhos lacrimejaram.

— Uísque duplo. Cowboy.

Simpático, Patrick saiu um instante. Pude captar as energias que emanavam daquele ser ao meu lado. Era ruim. Pressentia o ruim. Podia ser que eu conseguisse mudar essa trajetória indigna. Vai depender muito de minha vítima.

— Boa escolha...

Ele disse num tom sereno e com sotaque, abrindo um sorriso empático. Um gringo... Um gringo. Ele está olhando demais para mim. Desta vez fui alvo. Tenho que sair o mais rápido possível.

— Sempre. É sempre uma tremenda ânsia e entorpece ao fim. Um brinde! — ergui o copo num chacoalhar intermitente, aguardando a recíproca.

O rapaz não tinha nem copo. Para que brindar? Totalmente sóbrio! O que esses cretinos fazem hoje em dia? Eu escuto sinfonia, bebo; faço amor com minha amada, bebo; destravo a porta de casa para satisfazer minha completude, bebo. Enfim, a miríade de coisas que um ser humano *comum* estabelece para se manter sadio.

Saí do balcão. Um enjoo parecia se aproximar de mim.

Geralmente não toco ninguém. Tenho uma condição em particular conhecida por *afefobia*. Não acho tão grave ao ponto de sempre ser assim. Evito, em tese. São traços peculiares deste insólito que se comunica eloquentemente, e se comunicar é totalmente conexo, sem restringir quaisquer animosidades perante homens e mulheres de grupos de conversa. Eu consigo.

Bom, a cadeira de madeira me aguardava. Por sorte o homem grisalho não se deslizou até mim quando foi ignorado, mantendo-se sério ao mexer no celular da marca famosa, aquela da maçã, o mesmo do meu.

Acredito que hoje as pessoas têm menos interesse sobre cultura. Qualquer relapso desconsertado para comigo é pra relativizar meu papel sobre ensinamentos passados por outrora. Livros existem para nos satisfazer como uma forma de amor, um objeto libidinal. tenho preconceito. Preconceito só existe para quem não lê. Reitero a informação: é necessário manter-se acuado destes fascínios. Facínoras existem; olhem lá: deve ser pior do que eu, corrompendo-se pela mansidão e maciez da pele esbranquiçada e pálida. É fácil descobrir os psicopatas. Eles buscam se infernizar quando soltam espasmos, em uma espécie de autossabotagem. Conciso. Porém, volvemos à vítima. Meu foco nunca pode ser alterado durante o percurso.

— Com ajuda desta bateria tão alta, incomodando até mesmo meu paladar, falarei alguns pontos cruciais. Ao meu lado há um casal, muito enamorados, veementes entrelaçados em beijos e carícias, que não me ouve citá-los. Eles estão aqui neste furor interrompendo qualquer atração de olhares a mim. Ah, você não os verão. Há outros fazendo o mesmo — sorri e estiquei o braço para pedir outra cerveja. — A linda mulher voltou ao banco elevado. Enquanto Patrick traz a garrafa gelada, observo-a deveras magnífica. Por sorte não tenho esse tipo de atração, essa vontade abrupta de consumi-la, pelo simples fato de ser fiel à minha deusa na terra. Minha fobia também me ajuda nestes casos. A bebida é o contrabalanço. Sei articular todas essas coisas para atribuir à conjuntura, total perfeição à minha condição extrema. Então, foquemos nela, pois a bela mulher tinha particularidades que me agradava, sobretudo por causa de seus traços benevolentes a me tornar um grandessíssimo *viciado*.

Nem mesmo uma latinha de cachaça tão aguardada como em outrora, ao lado dos funcionários do reles bar que arrecadava demais por mês, seria possível. Eu acabaria surrupiado por eles – sempre apontado, em alto e bom som, que a boa amizade e o bom costume muito fazem parte de um vínculo criado a partir do primeiro diálogo aberto. Gente como a gente diziam os garçons, entusiasmados com a presença do grã-fino na rodinha, ouvindo mais sertanejo universitário – abominável até fumar alguns fortíssimos cigarros e espantar o audível agouro dos ouvidos.

Até o presente momento aquela pessoa distante de mim era desconhecida. Passei infindáveis horas a encarando, mas nada consegui absorver. O álcool havia se inteirado completamente desse corpo angustiado ao ponto de me fazer não pensar em nada além de observá-la e endeusá-la com apreço. Sentia-me patético, um adolescente abocanhado à primeira paixão.

O homem grisalho saíra por um instante do balcão. Senti-me impelido a ir até ela. Rapidamente emborquei um copo de cerveja, arquejei da supressão sentida ao peito do demasiado líquido ingerido enquanto me dirigia ao lugar, esquecendo-me a chave do carro na mesa – hábito comum sempre feito quando tomava um café no São Braz do shopping Midway, porque insistia no hábito de tirá-la do bolso incontáveis vezes sempre que retornava do banheiro – e caminhei num patear solúvel à rapidez, tornando-se paulatino quanto mais se aproximava da vítima.

Patrick me viu de tão perto. Eu estava endiabrado, admito. Via-se na expressão de meu rosto. Um corpanzil destruído por fagotes e trombones, apunhalado por flautas transversais ao ápice da regência do momento. Foi difícil encostar-me no balcão. Quando finalmente consegui estender os braços, atraí o foco daquela que eu venerava. Por sorte ela não pôde se concentrar em meu rosto, totalmente abatido pelo álcool; um rapaz aleatório havia aterrissado adjacente a ela, pondo a mão em volta de sua cintura fina.

— Tu vai ficar olhando-a feito um idiota? — disse.

Minhas palavras não tinham potência alguma, muito menos direção. Era para ter sido um pensamento.

Novamente o garçom olhou para mim, preocupado para quem simplesmente me conhecia de um acordo unilateralmente benéfico.

— Senhor, está precisando de algo? Você está pálido. — Alternava-se em mim e na minha vítima.

Acabou a capacidade de me comunicar facilmente. Geralmente a embriaguez me impedia de mais progressos.

— Põe mais uma garrafa lá na mesa para mim. Preciso tomar uma providência... rápida... — solucei. Esbarrei no rapaz que conversava com a adorável mulher. Ela com certeza tentou me olhar.

Mãos suavam. Piscar frenético. A andança até o banheiro foi a tormenta no meu copo vazio. Comecei a observar meus amigos, os efêmeros amigos do nível mais elevado de embriaguez a comentar sobre meu estado. A flácida atuação perante o descompasso do meu balanço, eram os Três: obscuros, amorfos, parecem manequins a casquinar deste destruído por fantasias, de casquinar tão alto que nem mesmo ouvidos aguentavam tamanha erupção.

Vais ficar aí perambulando de um lado ao outro? Eu sei que não gostas de nós, mas vá logo vomitar. Tu precisas voltar ao presente. Tua vítima com certeza irá sair em instantes. Deixa-me te ajudar.

— Obrigado, Pai. — Eu disse, sentindo um aperto ao corpo.

A porta do banheiro se abriu. Tão trôpego os passos foram elucidando mais ainda minha falta de equilíbrio. O homem grisalho passou por mim. Parecia tão confiante que nem mesmo a mim, tão insólito num estado caótico, era capaz de convergir olhares.

A privada alargou-se. Passagem gigantesca. Minha cabeça foi enfiada por uma das efígies ali prostrada rente a mim. Ele cofiava meu cabelo com apreço, dando-me afago inexplicável às sensações que eu ainda não sabia destacar como nocivas. Sempre, ao estar ao lado da bebida, comprovava, em absoluta certeza, o inócuo. Álcool inócuo. Nada prevaleceria.

O primeiro vômito regurgitado foi tão a esmo que sujou boa parte do assento. Até aquela pastilha de cheiro forte perdeu o efeito, impregnada pelos resíduos que faziam todo aquele invólucro.

É interessante como sempre tu vais estar assim e recorrer a nós para movê-lo na primazia do momento. Tu sabes que misturar bebidas lhe causa transtornos ferrenhos ao psicológico. Percebestes a perda da capacidade de conversar consigo mesmo? Ao ditar um paradigma, vês as pessoas defronte e queres designar mais confusões para viabilizar sucesso. Tu sabes que não és narcisista. Queres volver ao psiquiatra e ter outro colapso a causar mais danos à tua família?

— Não, Filho. Não, não.

Portanto, trate de se recompor. Precisas vomitar mais? Nós estamos aqui enclausurados, tão absortos quanto tua perna enganchada ao box de madeira rangendo pelo pouco espaço.

— Vou… — vomitei novamente, sem esperar. A minha sensatez parecia ganhar um brilhantismo. — Até hoje não sei como é fascinante recuperar-se desta condição tão rapidamente…

Pronto. Acho que o terceiro vômito irá vir em seguida. Não demorou. Pai sabia de todo o ébrio itinerário. Eu olhava os Três, olhos perdidos, esfacelados por algo inconcebível e intangível. Pareciam contentes após toda esta ruína e prolongada espera.

Trate de recompor-se. Tome apenas cerveja. Cerveja! Isso não nos coloca em maus lençóis e tu consegues recuperar nímio conforto ao se dirigir à vítima. Anda! Esta noite tem hora para acabar.

— Certo, Santo.

Eu estava de pé. É reconfortante, assim como dissera o Santo. Digo que sentia falta destas conversas e deste abrigo. Minha vida às vezes parece monótona. Pode acreditar. É tão amalgamada nessas extraordinárias experiências. As escuridões, elas têm certo domínio sobre mim. Compõe uma verdade. Compõe meu sol negro que jaz há anos num jardim esquecido. E até desfigura minha face, ainda inexistente para todos.

Lavei meu rosto. Ele parecia sujo de areia. Sujo do odor expelido por mim. A sorte bate na porta diversas vezes para nos alertar, e permanecemos com o azar ao fim do dia por ser mais *comum*. Se eu fosse solteiro, a essa hora do campeonato, não teria fobia desse jeito. Psiquiatra que desse jeito. Acho que consigo sair daqui assim.

Dei o primeiro passo, sobressaído dos limites do pequeno espaço. Firme. Não parecia ser um senil com labirintite. Fui aumentando o ritmo até meu coração conseguir se controlar. O foco era saber o nome dela. Vou chamar Patrick novamente. Sinto que devo protegê-la hoje. Somente hoje...

Assim que cheguei à mesa, não avistei nada a não ser a cerveja quente. Botei a mão no bolso, mas sabendo do óbvio: meu costume me fizera perder, novamente, a chave e possivelmente meu carro. Não sei porque citei o azar. Isso que dá frequentar locais com gente da mesma classe social. Não falo de costumes, claro. Já levantei meu braço e pedi outra cerveja. Ficar na raiva causa consternar exacerbado e mais confusão à cabeça.

Patrick, ao se aproximar, parecia mais estranho. Ele com certeza levantou suspeitas de meu ser. O problema era como alguém, deveras combalido e salpicado de seres sombrios atacando minha faculdade mental, poderia estar de pé, pedindo uma nova cerveja para continuar o ciclo? Aliás, eu completo: só pedi porque vi a linda mulher ainda lá sendo paquerada pelo homem que esbarrou em mim. Tenho excelente memória, é uma de minhas qualidades mais confiáveis, talvez a única.

— Esqueceu isso na mesa. — O objeto estava entre seus dedos. Ele o balançou e sorriu.

Maldito e imaculado homem. Ele parece querer mesmo uma boa gorjeta ao fim desta noite. Sinto que realmente deverei conceder tal espólio por tamanho trabalho qualificado. E convenhamos: quando eu encontrarei pessoas assim? Seu olhar pode não mentir, porém há novas interações que buscarei ao fim desta toada de redescobertas.

— Você é iluminado, Patrick — peguei, com todo cuidado possível, a chave da mão dele. A cerveja trazida foi posta no depósito, que por conseguinte, ele a me serviu. — Não se preocupe que haverá boa gorjeta ao fim deste infame dia. Sinto minhas entranhas devorando todo meu interior. Causa desconforto até na hora de falar. Tenho certeza que você me entende.

— Você está com algumas manchas no canto esquerdo da boca, senhor, próxima a barba.

Ele apontou. Estava começando a me averiguar, me descrever. E o dia ainda não finalizou. Terei de aguentar. Então catei um guardanapo e o amassei, onde uma mancha alaranjada e grudenta ficara sobre aquele fino papel.

— Agradecido. Continuaremos os trabalhos?

Ele balançou a cabeça, dando-me um sinal de positivo, junto ao sorriso ganancioso. Ele parecia gostar do que estava sendo proposto, bastante similar aos meus interesses.

— Desejo saber o nome daquela mulher. Me empreste uma caneta. — Ele a retirou do bolso esquerdo da camiseta amarela. — Escreverei um bilhetinho. Vá atender outras mesas. Assim que você voltar, te darei as coordenadas concisas para uma boa recepção.

Novamente balançou a cabeça. Patrick realmente parecia entusiasmado com a minha infindável aventura. Dava para perceber no semblante tranquilo, porém tão distinto no canto da boca: sorria como num flerte ínfimo a querer me extrair quaisquer espólio ofertado e não-ofertado.

Concentração. Agora vou escrever:

> Querida desconhecida,
> É fácil olhar para você e descobrir ares profundos,
> Tão magníficos como a ponta desta caneta a
> Mostrar-te imensidão neste ambiente regrado
> A promiscuidade e pessoas que não lhe tratam
> Bem, achando que és uma indecente.
> Diga-me seu nome para que eu possa sonhar
> Com vossa tez perfeita sobre minha
> Mentalidade fútil.
> Um cordial beijo.

Quase não dava para finalizar a mensagem sobre o guardanapo. Será que escrevi muito rebuscado? Tive que abri-lo para continuar as longas frases. Minha caneta falhou algumas vezes, deixando resquícios mais escuros em partes da escrita. Pensando aqui, o charme do guardanapo, aqui neste ensejo, dá mais notória chance de vingar minha escalada.

Olho para o relógio. 1h37min. Não recebi mais ligação de minha amada. Seu sono interminável, consoante à incapacidade de se preocupar com meus sumiços, lhe consome tão voraz. Plena quinta-feira e terei alguma desculpa esfarrapada durante o expediente de amanhã. Na verdade, sempre esqueço que sou executivo e rico. Não dou esclarecimentos a ninguém. Ah, tenho reunião meio-dia. Na verdade, um almoço no Camarões com um proprietário da nova boate que será aberta no bairro de Capim Macio, de nome Sauce's. A reunião era para ter sido hoje à noite, mas eu estava incontrolável para sair e remarquei para amanhã sem pensar nas consequências do hoje. Hoje, já *amanhã*.

Lá vinha Patrick bastante sorridente e trazia consigo outra cerveja. Eu só tinha tomado apenas um copo e meio no intervalo após escrever o bilhete, acabei com vossa alegria quando fiz um "não" com os dedos, sinal do ritmo paulatino deste ingerir esganiçado após os sucessivos vômitos.

— Aqui está o bilhete. Entregue-a apenas quando o rapaz sair de lá, tudo bem?

— Sim, senhor.

Mas não haveria essa parte na história. Ele não estava bebendo. Apenas ela. Era cortejo em cima de cortejo. Beijo em cima de beijo. Carícias fogosas que a despia ali mesmo. Indecentes. No plural.

Patrick aguardou muito. Eu sequei a cerveja. Os dois haviam entrado num conluio contra qualquer endereçamento a eles. Algumas pessoas esbarravam e uma redoma criada durante todo o tempo sentados relativizou mais ainda o encontro de ambos. Mostrava, a mim, fraqueza. Por que eu havia escolhido uma peça tão desinteressante? Não acontecia nada. O foco aqui não sou eu. Não tem o que fazer.

Esmoreces logo hoje que buscas algo tão primordial. Por que insistes em pôr vítimas mulheres num pedestal? Sabes que nunca hão de destacar descrições, momentos que irão perpetuar-se em tua mente. Olhe: ele se encontra hermético! É volumoso e tão solitário. Igual a ti.

Tenho que concordar. Toda as vezes na semana tu buscas uma alma feminina para contemplar tuas facínoras ideias de sair do casório. Achas que não é isso?

— Claro que não, Santo. É apenas uma alusão absurda partida de vocês Três.

Mas eu não disse nada.

— Eu sei que iriam comentar sobre. Vocês são todos iguais, de mentes semelhantes, de corpos semelhantes. Propósitos resguardados por premissas que não sei esclarecer.

Seria interessante tu mudares de vítima? Aquele bilhete não vai surtir efeito. No máximo acontecerá uma morte e tu se saciarás com gotejo de sangue escorrendo pela viela escura que ela será deixada, vendo-a partida ao meio, quiçá esquartejada, os membros espalhados por toda cidade. É desinteressante não saber o motivo por trás desta associação, do impulso daquele psicopata de frieza no olhar. Por que uma mulher acaba entendendo tudo como facilidade?

Ela é prostituta?

— Não sei, Filho. Pode ser acompanhante de luxo. Porém não sei determinar capacidades nela. Reconheço algo e ao mesmo tempo me apercebo da desconexa ligação entre nós. Mas ela tem um simpático vínculo com o rapaz grisalho. Seu olhar cintila quando ele a encosta. É um gozo peculiar, acredito.

E tu sonhas com esse mesmo vínculo. Dá para notar vossa disparidade oral. É levemente irritante lhe ouvir. Soa que tu encontrarás apenas vigários neste altar criado para si, totalmente incólume. O que tu queres, afinal? Nós não iremos lhe suportar indiferente do pacto engendrado há anos afã.

— Vocês Três sempre têm essa concepção de que tudo entrará numa derrocada igual aos meus vômitos pelo excesso de bebida ingerida? Eu sei me colocar nas situações. Veja: ninguém nem mesmo nota eu conversando convosco. O que mais poderei atribuir sem contar nesta afeição alargada para com minha sociopatia? Calma, né?

Tu creditas muito a nós um papel que deveria ser estritamente teu. Sabemos do contrabalanço, mas a justiça interior corrobora cem por cento ao fator cair na real. Uma hora essa inclinação há de desmoronar diante de ti, da tua família e de qualquer vestígio que tenhas deixado para trás. Não percebes a discrepância que é o rapaz descrever um pouco de vossa barba? Patrick pode ter um esmero ofertado aos clientes, mas ele não é bobo. Tu achas que deixou apenas trinta reais com ele? Meu Deus, tu estás se perdendo. E nós sempre notificamos vossa faculdade mental. Tens discernimento e acaba por se sabotar...

— Sumam!

Explodi onde não podia. O casal ao lado, aquele dos beijos indecentes, virou-se para mim com olhar incrédulo. O rapaz até reverberou alguns palavrões pela minha rudeza. Entende-se que eu mudarei este dialeto para algo mais tenro. Peso da fobia e da sociopatia são quantitativos à avalanche. Espero que entenda as metáforas.

— Perdoe-me. Foi apenas um surto — disse e abri meu melhor sorriso. A mulher agraciou-se com meu semblante, muito efêmero, pois o rapaz compeliu sua face de mim. Eles voltaram a se beijar como antes. Pareciam dois jovens... E eu ganhei minha introspecção habitual.

Volvemos à vítima. Meu garçom, o Patrick, aguardava sem se preocupar com a hora. Ele sabia que o espólio seria maior. Entrementes, pensei em sair do bar. Sei que os Três ficariam decepcionados comigo e sabiamente adequados quanto à minha situação nesses encalços de vítimas mulheres. Bem, eu tinha que agir, ou do lado prático ou do lado vivo.

O rapaz grisalho mostrou a chave para a moça assim como Patrick havia feito quando eu esqueci a chave na mesa. E talvez ele tenha escutado o nome dela. A linda mulher encontrava-se acometida a sair dali. O interesse, o mistério de conhecê-lo com mais afinco despertava uma pungente sensação em seu coração, e causava-lhe desconforto ao continuar sentada.

Patrick gritou e eu mal consegui ouvi-lo, apenas enxerguei seus gestos espalhafatosos e a expressão de serviço. Ele sabia da fuga repentina tal qual seu lucro no fim da noite. Brusca. A cerveja poderia atrelar mais sugestões aos Três. Eles iriam aparecer. O fato d'eu gritar não inibe mais sensações. A primazia arruinou-se e, agora, só havia uma coisa.

Tu és um maldito! Não mude as regras. Dar as caras afundar-te-á em questões tremendas. O inferno volver-se-á a ti; carregar-te-á, pôr-te-á sob coação. Não vingue isto. Toma a cerveja e toma teu rumo. Esta noite foi desperdiçada em incontáveis momentos. Dispenso tecer mais comentários. Vais...

A mulher se levantou. Havia avisado ao rapaz que iria fazer um retoque de maquiagem. Coisa de mulher. Seu andar elegante, aceiro, fazia alcovas para outrem no recinto. Olhares convergiam a ela... Que adoração! Que beldade! Todos ficaram esporeados, resistindo à situação conturbada do álcool em excesso e estímulos do machismo aflorado.

— Vou lá. Sigam-me — Eu disse.

O garçom tentou me interromper, desentendido da mensagem. Deixou cair o bilhete.

— Terás seus cinquenta ao fim da rotina. Agora afaste-se. — O afastei de lado e senti repuxos sobre minha mão. Ele, sem esboçar nenhuma reação, não disse nada.

Patrick sabia da verdade. Agora ele não tinha mais papel dominante sobre a situação. Continuou a servir mais cervejas aos bêbados mostrando culhões e outros equipamentos para mostrar prepotência do traço masculino.

Tu vais falar o que para ela? Engendrar um pânico inexistente? Caia na real. Aguarde outra vítima. Criaste um vínculo hoje que não faz nenhum nexo para com teu progresso. Provavelmente ela estará conosco amanhã. Já aconteceu antes. Sabes disso, não é?

— Claro que eu sei.

A mulher saiu do banheiro. Nossos olhares se encontraram. Ela parecia ter sido abduzida. Não conseguia movimentar os membros. Aguardava qualquer palavra. A singela palavra para alterar a consciência abalada da criatura cingida pelo homem de ar titã que era eu a minuciosamente observá-la.

— Corres perigo... — disse, a potência das palavras desvanecendo-se enquanto nós nos distanciávamos.

Sorriso e fuga. Durou em torno de dois a quatro segundos o momento que ela virou o corpo para volver-se ao banco, pensando se me olhara mais do que devia.

Os Três desapareceram logo de imediato. Leve efervescência. Havia outro *mojito* defronte a ela. Sua vontade em pegá-lo foi grande. Ela sabia o que havia de se suceder após o último diálogo – se é que haveria. Na cabeça dela, somente sexo e uma longa vida de entusiasmo, de alegrias e riquezas, frequentando lugares extremamente chiques era o que podia ser mais vívido para ela, independente do aconteceria ao fim daquele dia.

O que mais restava? Ela deu o primeiro gole. E o segundo. O terceiro... Emborcou para sair logo dali, sorrindo para o rapaz que não esboçava nenhuma reação. Claro, o copo, que era mais vistoso do que os outros do bar, não secou e foi o motivo de sorrisos inacabados. Ela enxugou delicadamente, ao fim, o lábio inferior com o dorso da mão.

Enquanto tudo isso acontecia, deixei uma nota de cinquenta reais rente ao porta-guardanapo e escondido do casal da mesa ao lado. Assim olhei para Patrick, e com um toque à testa pela cortesia, avisei-o da gorjeta. Sinal de laço criado, pois ele se dirigia à mesa. Ah, já no caixa, paguei a conta.

Agora um encalço mirabolante surgiria. A pior parte, diga-se de passagem. Sempre quando se cria um casal ou acabo nesses bares, tenho que buscar alguma forma de segui-los em meu carro, esgueirando-se ao acostamento como se desse seta para virar na próxima rua. Um jogo de xadrez triunfante quando eu acertava ruas que eles iriam atravessar.

Eu avisei.

Eu avisei.

Eu avisei.

Os Três, sentados ao balcão me aguardando, aproveitaram o momento para achincalhar da situação. Normal. Sempre.

Mostraste teu rosto, tua personalidade, tua sociopatia e concedeste autorização para olhá-lo. Que tipo de aproximação é esta?

— Eu havia criado vínculo com ela. Não adianta jogar isto, agora, em meu rosto.

Tu és fraco. Fala de sinfonia, de bons costumes e acaba sempre no deplorável, ao ouvir esse tipo de música, essa bateria descompassada. Quanto eles devem cobrar para tocar tamanha abominação? Mil e quinhentos reais por três horas?

— Já passou. Preciso protegê-la. Sei que não devo, mas continuarei visando o melhor para mim neste momento.

Estava cansado dos Três. Assim que ultrapassei meu limite de álcool, aquele processo infindável de tê-los como companhia só sairia após uma bela noite de sono. Um ciclo interminável. Talvez eu ganhe um pouco me mantendo nesta situação de conversar consigo mesmo. Eles casquinam de mim e tagarelam uma possível descoberta do meu ser. Coisas de quem se preocupa.

Exatamente! Precisamente! Indescritivelmente sábio!

— Eles estão saindo. Vamos... — disse para os Três.

Passei rapidamente pela entrada do bar. Falei com o segurança, agradecendo-o pela noite – faz parte do ciclo de contatos, um dia posso precisar de novos serviços.

Alarme desativado e o carro se destravou. Entrávamos todos. Não vou descrever meu carro. Apenas entrei e liguei o som. Conectei-o ao celular. Coloquei uma composição de Kronos Quartet e Bryce Dessner, *Aheym*, música clássica, meu estilo musical favorito *desde que me entendi como gente*. Num momento em que me via perdido e putrefato nos sons que ecoavam apenas em meu âmago diligente e irrequieto, essa linha atemporal e sucinta de provocações racionais, brilhantismo dos solilóquios sem corpo vocal que ecoam em nossos ouvidos. Perdão por eloquência e impontualidade no que falo. A música clássica fala por mim.

Olhos à frente. O carro do rapaz grisalho era um sedan preto. A marca não dava para saber. Eu sei, ponto importantíssimo para tal evoluir da situação. Problema é o seguinte: há coisas mais primordiais para o momento presente.

Não há não. Pare de fugir das obrigações. O máximo de pormenores é essencial para uma boa descrição. Eles estão em fuga. Se houver morte, poderás ajudar. Já pensaste se ocorre uma morte?

— Pai, uma coisa é certa: há duas coisas em fuga aqui...

Tu e a objetividade. Nós tínhamos dito que era melhor sair daqui.

— Sedan preto. Marca: Hyundai. Elantra. Este é o carro. Satisfeitos? — virei-me para eles, que nada reagiram.

O casal se dirigia para Nova Descoberta, bairro vizinho, pequeno em comparação a Lagoa Nova. Singramos várias ruas estreitas, pessoas ainda bebiam em bares menores, ouvindo outros sons menos excruciantes que daquele bar. Cada imagem passada pela rua mostrava quão besta eu havia me tornado quando criei a má representação de mim. Meu corpo está tão embebido de voracidade, mordaz à sensação de aprisionamento da minha vítima, que reluto a cada instante sobre futuro impávido. Pronto, agora eles dirigiam-se à Universidade Federal do Rio Grande do Norte.

O rapaz grisalho, para minha sorte, findou-se parando rapidamente pelo Bar do Lucas, próximo a um batalhão do exército. Tive que permanecer no carro e parado no meio da rua, preocupado com o trânsito na localidade, pois a largura daquela trajeto era proporcional ao veículo. Então, à espreita, avistei-o pegando alguns espetinhos para viagem e fui paulatinamente acelerando para se aproximar, e o vi novamente sóbrio. Que maldito... É tão difícil aceitar alguém sóbrio nesta noite... Por que eu estou sóbrio também? Estou me tornando alguém desconhecido?

Para com isto, ébrio brincalhão. Não é hora para obscuridade. Vamos continuar seguindo? Provavelmente ele desovará um corpo, certo? A moça nem mais reage dentro do carro. Continua parada no banco da frente. Parece estar adormecida... Eu achei que eles iriam copular...

Você é um incauto, Filho. Sempre ages com sapiência unilateral. Veja as outras perspectivas. Por favor, veja as outras perspectivas.

Não é tão fácil. Minha ingenuidade deriva de...

— Calem-se! Eles estão saindo do bar.

Os Três imediatamente se calaram. Em seus corpos, outro som se iniciava a composição dos fatos, geralmente quando eu me encontrava na imensidão de ensejos e vertentes, a faculdade mental transbordava sentimentos em demasia. Fora ouvido Mozart, *Lacrimosa*. Longa pausa. Imprescindível longa pausa esboçava minha primeira... Não, é melhor não lembrar.

Por um momento os perdi de vista, pois o retorno na rua Norton Chaves era distante; só o vi assim que passava na outra via, já em direção a íngreme ladeira de acesso às cercanias da universidade. Aumentei a velocidade no retorno à esquerda assim que dobrei a rua, no intuito de contorná-la, já que eu imaginava que eles adentrariam mais a fundo o terreno do lugar. E na outra via, com dificuldade de enxergar à baixa iluminação, havia um corpo encostado a uma das pilastras, sem vida. Ela fora posta como mensagem para uma cidade inteira – logo a mais homicida do país.

Estacionei meu carro no ponto de ônibus. Os Três sabiam da condição. Podia haver um exasperar colossal ao viés. E ao me aproximar, senti uma vertigem tomando posse de meu corpo. Mais e mais, iniciando uma cena obscura. Tudo decerto ficara obscuro.

—

Olá. Chamo-me Laura. Devo agradecer-te, primeiramente. Tu me alertaste e eu perdi minha vida. Queres um abraço? — A moça se levantou. O sangue havia coagulado. — *Quem são esses Três contigo? Eu não os tinha visto contigo naquele bar. São amigos?*

Olhei para eles. Havia uma certa conformidade em minha face que antes não aparecia. Só eles conseguiam identificar.

— São mais que amigos.

Entendo — continuou a falar, dando alguns passos à frente, descendo à calçada. As luzes fortes dum carro na direção dela transpassou seu corpo. Nada foi jorrado. — *Sabes que teu erro culminou numa importante decisão para com teu progresso, certo? Eu estarei contigo. Invocaste esta escuridão para poder ter um simples tato comigo, coisa que não podia anteriormente. Por quê?*

— Afefobia. Sociopatia. Elas andam juntas. E mesmo encantado por você, burlei as regras. E agora sofrerei as consequências.

Ah, não penses assim. Sou Laura, e andarei contigo, como sempre andei. Talvez os Três possam me fazer companhia. Uma verdadeira companhia desta vez...

— Tu já o conhecia antes, aquele homem grisalho?

Sim. Bom, acho que sim. Havíamos saído há alguns dias. Algo mais formal, como vinho da Argentina e pratos deliciosos num restaurante muito conhecido aqui em Natal. Ele é estrangeiro. Bom, eu acho... Esses ricaços sempre têm como acobertar as coisas, e agora estou aqui, degolada, aprisionada a ti.

— Eu não queria ter feito isso. Na verdade, necessitava apenas sucumbir meu desejo. Tu é grande perante mim. Não tinha desejo carnal, apenas algo me dizia que a profusão dos seus ensaios poderia vir a calhar sobre minha doença.

Tudo bem. Sabes que não é eterno.

Eu me afastei paulatinamente da situação após confirmar sua citação.

Agora vou retornar ao meu corpo. Os discentes desta universidade ficarão enojados quando me virem aqui. Porque convenhamos, carros irão passar aqui, e parar para uma defunta é ultraje. Até breve.

Seu sorriso esvaiu-se... Assim que ela retornou ao corpo, vendo-me distanciar como se eu quisesse fugir de sua finalidade, um grito reverberou:

Não me disseste teu nome.

Os Três se olharam. Havia consentimento nesta hora.

— Tiago.

—

A escuridão dispersou. Olhos foram se abrindo, despertei do pequeno lapso sentado ao banco do motorista sem mais observar os Três me incomodando com o balbuciar frenético.

De longe, diametralmente ao ocorrido, observava Laura. O sangue escorrendo por entre os seios voluptuosos do vestido apertando-a para manter padrão às convenções sociais. E agora degolada, final da história: dois voltam para casa, uma tão longe que nem mesmo dá para medir a distância; outro deveras impactado a ouvir *Danse Macabre*, de Camille Saint-Saens, eu solitário, convencido que a qualquer momento ouviria a voz de plumas da mulher em apuros.

—

— Oi, meu amor. Desculpe a demora. Essas reuniões cada vez mais absurdas de longa. Investidor para a nova boate aqui em Natal.

— Do que se trata?

A voz plácida não parecia zangada. Ela estava enfurnada sob o lençol e não me enxergava, pois utilizava uma venda aos olhos.

— Conversamos amanhã. Algum caso mirabolante neste dia fatídico?

— Ser promotora está cada vez mais cansativo — arquejou alto, virando-se de posição na cama. — Vou sucumbir aos termômetros sociais a qualquer momento.

Não vi seu sorriso, mas o imaginei, devida às palavras. Fui tomar um banho. Sentia-me sujo mesmo sem ter tocado num pormenor do corpo daquela mulher tão morta quanto minha vontade de continuar os encalços de desconhecidos.

— Alguma contravenção quanto à tua condição, meu amor? — Ela repetiu, pois eu não ouvi da primeira vez, elevando sua voz.

— Não, não. Hoje foi um dia tranquilo — gritei do chuveiro. O som das gotas d'água uniam-se ao chão e ao pequeno espaço ali inserido, dificultando a audição.

— Os Três apareceram?

— Sim...

IV

embro-me quando retornava para casa em meu carro. A sinfonia de Camille Saint-Saens é uma peça extraordinária. Estabelece conexões infindáveis com nossa eloquência. Um baile moderno, cheio de intrínsecos sangramentos envolto de escaramuça e prorrompidos momentos de ilusão perante o que não pode ser visto.

Claro que não estou aqui para detalhar isto. Venho aqui informar que sinto falta de Laura. Ela é a suposta abdução de minha sanidade. Ouvi toda a sinfonia pensando em sua morte. Ia de lá para cá a observar os Três cálidos no banco de trás, preocupado que minha sobriedade estava alcançando, à risca, o limítrofe desencadear de ideias perante o acontecido. Minha amada me aguardava. A questão mais importante até o momento. Mas se ela soubesse da condição explorada? Das várias Lauras que transitaram pela vida exclusa e degradante, será que ela ainda cogitaria estar comigo? Porque uma coisa é ela ter conhecimento sobre os Três e as conversas contundentes e extravagantes; das ajudas e dos desnecessários momentos de avidez, ensandecido à procura de alguma vítima. Eu não tenho posse de outro corpo, porém sei me sensibilizar com a causa. Pelo menos acredito. Não sei se é uma falácia tremenda para apaziguar os ânimos de meu corpo. Continuo adquirindo novas facetas ao continuar sobre esta amalgamada situação de refrações cotidianas.

Tomo meu café. Extremamente forte. Quase intragável. São dez horas em ponto. Acordei até bem. Tive um sonho extenuante, desagradável. Repugnante, aliás. Via a face da Laura sair de seu corpo. Não possuía o corte dilacerante no pescoço. Algo lhe encobria. Fui aproximando-me

dela, assim como foi na noite passada, naquele sonho. Ela estava tão…
pendida. Isso, pendida para o lado, sem apoio da pilastra branca que se
tornara vermelha pelo escorregar do sangue naquela ponte direcional.
Chão não tinha chão. Ela ficara altiva até eu poder tocá-la. Meu corpo
balançou após o ínfimo toque. A luz tênue do carro se aproximou e se
chocou comigo. Levou-me até uma distância absurda. Quando me deparei, estava sobre um campo florido. Os Três ceavam sobre um pano
estampado, ouvindo a mesma sinfonia de Camille Saint-Saenz.

Minha amada acordara muito cedo. Parecia neutra ao se deparar
com meu mau cheiro de álcool exalando e sobre a infusão desta situação recorrente, mesmo tendo me banhado após chegar em casa.
Ela beijou-me o cenho e partiu para o trabalho. Mal pude ver meus filhos nesta manhã indigna. Estou me sentindo uma carcaça carcomida.
Expeli sangue no vômito?

Pus um pouco de pão na boca. Molhei antes no café a fim de manter
um singelo ritual. Não parecia consternado com o horário; ao meio-dia
teria que estar no Midway.

Arrumei-me rapidamente. Deixarei a todos a imagem incólume de
minha face, o Tiago Salviano mais insípido possível. Crie uma pre-
sunçosa sensação para vincular-se a mim. Sei que não saberás minha
face porquanto permaneço estranho. Não quero ter problemas futuros
com os Três. E agora Laura. Será… Não, esqueça. Crie uma imagem
suave de um homem pós-moderno que saíra do abismo seco do sertão;
amante da música clássica por causa de…, de bons e diferentes tipos
de livros, de minhas crianças… Às vezes acho que eu as perderei neste
futuro incerto, como quando me pus numa faceta abrupta de lapsos in-
voluntários neste caminho quase interminável. Vejo-os daqui a pouco.

—

O encontro correra naturalmente. A boate estava com todos os pormenores em dia. Sentei-me à mesa, pedi um almoço leve para não
sobrecarregar o estômago; água com gás e uma sobremesa ao fim do
cear. Foram trocadas conversas corriqueiras, frívolas à base do chafurdo quase matinal. Queria entender a mente das pessoas que ousavam
apenas manter-se sobre um solo que não tinha traço, nem limite. Eu
sei, estou novamente encharcando as peles neste longo falatório.

À minha frente eis Paulo Nóbrega, proprietário da antiga boate Clímax. Seus olhos tinham um proeminente sombreado, considerado como cansaço ou utilização de entorpecentes numa vasta madrugada de festas. Seu cabelo castanho escuro era curto e espicaçado por um gel a mantê-los naquela posição. No mais, o nariz pequeno de narinas alargadas e as bochechas lisas sem nenhum pelo corroborava com as questões de ser alguém de negócio e de poder aquisitivo.

Talvez similar a mim nos hábitos, havia pedido uma cerveja para degustar durante a prosa. Ele até me perguntara se podíamos apreciar um bom vinho. Óbvio que recusei. Estava tão desgastado da noite passada... Meu estômago ansiava por explodir, e o corpo, deveras sudorípara, ficara bloqueado do exalar baforento do álcool em excesso. Foi preciso uma forte fragrância a impedir qualquer outro almíscar cheiro transpassar ao recinto.

— Quando visitaremos as instalações? Preciso te mostrar uma particularidade incomum à nossa nova casa. E com seu aval, todos irão apreciar — ele deu um gole na cerveja, deixando cair gotículas sobre a camiseta polo — esta nova tendência. Não irei detalhar qual é o propósito.. Elas perceberão quão absurdo foi não ter investido em mim. Em nós! — disse num estardalhaço.

— Mas eu sou investidor. Eu acreditei em você? — indaguei, com seriedade.

— Claro que sim — exasperou. Uma expressão digna de impavidez. — Iremos remodelar toda uma cidade.

— Mais dinheiro...

Gesticulou com a mão desmunhecada, meio que negativando, meio que admitindo o joguinho de falácias.

Entende o que se passa no mundo de negócios? Eu podia muito bem viver em casa e suprir necessidades arbitrárias à minha família. Como promotora, minha mulher recebe bem por demais. Não seria necessário eu ter de colocar mais sem precisão. Porém, ainda penso na seguinte intenção: sou homem, faz parte do movimento antagonista ter de estar à frente. O mundo está assim porque você quer. Eu apenas vivo. Sobrevivo, aliás.

E por mais em conta que eu esteja, viver em casa atrairia questionamentos sobre minha insurgência. A sociopatia continua a destacar mais pormenores que não deixam minha pele em paz. Ela tamborila.

Vegeta. Sucumbe ante proporções nunca sentidas. E vejo escuridões em todos os momentos. É um balanço que finda o sem nexo quando minha fobia também aparece. Sou meio perdido. As faces se afrontam. Os Três brincam comigo até eu me exaurir por completo, saciados por uma idolatria exacerbada e inacabadamente intransigente. Nada é pontual. Não entre nós.

Tomei mais um gole da água com gás. Meu paladar parecia inalterado. Alface com pitadas de azeite nem surtiam efeito. Ouvi o resmungo do proprietário tão alto que meus ouvidos queriam sair de meu corpo.

Pela primeira vez presenciei Laura. Ó, bela e exuberante Laura. Ela sentava-se à mesa. Delicada, gentil. Formidável em seu apreço pela xícara no lado oposto da mesa, catando-o para fingir contentamento por algo tangível. As sombras a cobriam. Parcialmente seu rosto era observado por mim, muito admirado pela sua sútil beleza. Ela mexia a boca com uma interação indescritível. O líquido passou pela boca. Um refugo; a abertura de seu pescoço deixava esvair toda a esperança de poder senti-la, sabendo quão impossível era ultrapassar esse limite.

Ouves-me? Pareces tão entediado com este rapaz de traços quase similares ao teu. Esquecestes que tens uma tarefa para o final de semana, certo? Não se esqueças de mim, por favor. Preciso nutrir o pouco que me resta em vossa cabeça. Sabatinar-te enquanto continuas fresco, de sangue fervilhado. Não quero poder tocá-lo em vestes obscuras. Não, não.

— Para onde você está olhando? — Paulo começou a procurar pessoas no recinto. Atentou-se a uma bela mulher a alguns metros de distância; abriu um sorriso largo e peculiar. — Muito bem! É disso que estou falando. Beba comigo. Estou precisando me distrair um pouco dessa rotina cansativa.

— Não. Tenho mais coisas para fazer no escritório. Pagarei a conta. Te aguardo para a vistoria final, tudo bem? Mande-me uma mensagem via celular. Assim poderemos encontrar algum possível horário para nós nos dirigirmos até lá.

— Como quiser. Agradeço. — Seu sorriso desvaneceu rapidamente.

Paulo desconfiava muito de mim quando se criavam essas súbitas escapadas do itinerário. Mesmo ele sendo o maior investidor da boate, o descontentamento de não me conhecer com mais afinco engendrava dúvidas e certas considerações a partir destas súbitas ações. Era uma amálgama de mistério e júbilo.

Direi para vocês, agora: há certas questões que me fazem pensar sobre estar em um perigo iminente. Trato com veemência tudo que me leva a crer no duvidoso. Este rapaz com quem trabalho, é fácil crer que ele seja traficante? Várias vezes ele olhava para o relógio de ouro. Tipo de quinze em quinze minutos recebia uma mensagem no celular. Eu não quero entrar em mais desordem. Esparso momento que entrei nisto aqui, na vida desta formidável moça. Os colapsos já eram engendrados como pedras jogadas em mim, com disparate motivo de relutância. Enfim, continuemos a andada.

Laura reapareceu. O problema é que não posso me comunicar com ela. Há uma diferença enorme entre os Três e a linda mulher. Agora, por exemplo, minha mente está acobertada dos esgares transmitidos a mim, no encalço pelo ócio ocasionado. Você não acha que é importante eu continuar assim? Vou parar. Olhem.

Segundo andar. Muita gente passava por mim, esbarrava sem pudor. A ânsia prevalecia, estremecia meu corpo antes calmo; constrito nesta situação horripilante buscava alento imediato. Acreditava que sentia os esgares direcionados ao descompasso de meu patear. Girei, girei, nada encontrei. As pessoas olhavam para mim. Deixei-me levar... A afefobia parecia estar ganhando um nível atípico. Muitos olhares. Não aguento a pressão. Coloquei os *óculos escuros*. Ando rápido, num célere ritmo que ninguém mais pôde testemunhar particularidade incomum. Eu jurava que Laura me seguia, me olhava. Ultimamente erro bastante. Sinto-me fraco. Isso já foi avisado por Pai...

O estacionamento abarrotado de carros não me causara preocupação. Facilmente encontrei meu carro e entrei nele. Durante uns quinze minutos arrefeci os ânimos ao ligar o ar gelado em direção ao meu rosto; durante o tempo, olhei mensagens avulsas do celular na claridade máxima, pus Heitor Villas-Lobos ao som, *Chôros No.7*, e desisti do celular quando a música me atraiu por completo. Foi puro deleite de minhas intransigências; entrei numa disritmia dos membros inferiores, paralisados por ordens sonoras; o suor parecia encontrar poros em meio ao frio; a nuca da cabeça, apoiado sobre o encosto do banco, relaxava e emanava pontadas de dor, suprimidas pelo meu estado catatônico.

Eu jurava que tu não se acalmarias hoje. Deixe-me ajudar-te. A tensão é tanta que tu estás totalmente fora de si, tentando conciliar trabalho, doença, família e até frivolidades do tempo. Gostas de música clássica?

— Sim. Logo que cheguei em Natal — virei apenas o rosto para Laura, avistada pelo retrovisor sentada no banco de trás. Não sabia que conseguia me comunicar com ela —, conheci esse som de diversas cores, de diferentes formatos, de diferentes tempos, de diferentes sentimentos, de diferentes amores... Me ajudou por estar só. Tão somente só. Porém por pouco tempo, devo admitir. Acabei nutrindo o gosto pela música clássica ao longo dos anos e era instigado a isso. Por horas afinco eu consigo destrinchar as passagens, as emoções, os significados que são doados para nós. Uma miríade de subjetividades às composições que desempenharia papel fundamental sobre meu intelecto e meu futuro, antes incerto e premente. E não digo que jaz aqui um homem esporeado pela genética. Claro que não. Digo que sou esporeado por infinitas oportunidades de encontrar o verdadeiro futuro, as personalidades aquém-comum, desestimular o padrão nas pessoas. Graças a...

Laura criara uma massagem perfeita. Meus olhos fechavam e abriam durante todo o espetáculo que reverberava no espaço diminuto que era meu carro, na interrupção da frase quando pensei além do que poderia pensar, pois não queria reviver as incongruências vividas num momento distinto.

Chôros já havia finalizado e eu só ouvi o barulho do carro ligado, do ar-condicionado no máximo. Quando me dera por vencido, abri os olhos. O retrovisor interno não mostrava a face da moça. Minha tensão havia dissipado. Celular? Algumas chamadas perdidas. O estacionamento do shopping fora a brigada da tarde sonolenta; já era noite, a escuridão tomara outra proporção. Os faróis do carro foram ligados. Saí em disparada para casa.

—

Sexta-feira. Não queria nada mais do que um abraço de meus dois filhos. Pensava em passar um tempo com minha mulher, procrastinar na sala de estar sobre uma proporção infinita de opções – coisa que não fazíamos há muito tempo.

Assim que abri a porta, meu filho mais novo correu em minha direção e me abraçou. A mais velha, que ajudava a mãe com o jantar, escutou o som estridente do irmão, e assim que eu entrei no cômodo, um sorriso tenro a fez largar a tigela e também me abraçar, um pouco mais frígida que ele. Minha amada mulher fazia salada num grande recipiente de madeira, mexendo-o com intensidade, tinha um sorriso no rosto e esboçava alegria por me ver tão cedo em casa, no início do final de semana.

— Bom tê-lo aqui — disse. Reluziu, também, um sorriso tímido. Imagine outro rosto feliz.

— Assim que os pestinhas saírem dos meus pés, te amassarei como nunca fiz, meu amor. Meu abraço faminto será descoberto por tua candura. Quero te amar como te amei, vindo deste presente encardido nas manchas de minha mentalidade branda. Que saudades que eu estava de ti...

Um longo abraço inteirado em drama. Duas bocas se entrelaçavam, banhados ante calor e vida. Nossos dois herdeiros sequer olharam, um barulho de nojo pelo ato; eles nos interromperam com um novo abraço.

— Como é bom tê-los todos juntos aqui. Fazia tempo que eu não chegava cedo em casa, não era?

A gritaria começou. Era tanto balbuciar que eu pus as mãos para tampar as bocas dos dois que sorriam e beliscavam-na.

— Pretende fazer o que hoje à noite, querido?

— Um momento na sala de estar? Vou colocar um som para ouvirmos. Alguma sugestão? Lembre-se que só há uma tentativa.

— Sei que você reclamará se eu pedir música diferente de clássica, certo?

— Não é bem assim... Mas digamos que é uma bela assertiva.

— Talvez Pink Floyd? Pensei, também, em Rory Gallagher, porém não quero expor os sons para as crianças. Ainda — casquinou baixinho. — Soou meio bobo?

Levantei o polegar, já me dirigindo à sala de estar.

Devo admitir que as oportunidades em se ter tamanha calmaria atribuem-se ao movimentar das cordas do violão, do som do teclado e a psicodelia entravada. É a profusão de sonhos quando nos deparamos com a perfeição: a mulher sorria, preparava uma salada, e contente pela chegada repentina do homem sem-limite, regozijava-se sem demonstrar. Era o gozo diário que todos deveriam ter, ganhar, sucumbir quando assistisse a qualquer programa de tv ao domingo como passatempo, ou até descansando numa rede, de lá para cá, de lá para cá.

A banda inglesa começou seu recital. Ainda era cedo para as melhores profusões. As crianças gostavam de algumas músicas, sobretudo *Another Brick on the Wall*. Há certa consideração nessas vontades. Nossos filhos estão crescendo tão rápido, espertos, sapiência elevada, e pueris! Vejam só. Pueris... Assim como eu fui quando jovem: correndo na terra a subir poeira, longe da civilização, sem me preocupar com paqueras e sem cair no chão. Todos os pais dizem que eles têm de cair ao chão. É imprescindível. Eu acho balela. Por mim eles ficavam deitados o tempo todo, e liam livros, criavam mundos em suas cabeças. Ter suas próprias fantasias é importante. Enfim. Guinar-me-ei ao cômodo cozinha. Estou aqui há muito tempo estertoroso a ver o nada, a rememorar outrora, tenra, tão tenra. A grande completude do que não pode... Desculpe-me o vazio dos momentos.

Já na cozinha, eu estampava um sorriso esbranquiçado, falhas nas laterais, tremendo levemente por recordar o que não deveria. Interessante que nenhum dos membros da minha família me considerava louco, doente ou falho quando aparecia assim, meio estranho. A deusa na terra, claro, buscava mais indícios da associação aos Três, e sempre terminava numa contenda absurda com dizeres pragmáticos; não encontrava resolução para tal arbítrio e findava a caminhos execráveis e perversos das minhas andanças conturbadas, chegando ao ponto de esquecer-se da minha existência, concentrando-se nos afazeres diários – muito mais pertinentes que uma junção ao corriqueiro – para fugir da negatividade.

— *Astronomy Domine? Very Nice, indeed.* — Ela disse, de sorriso alargado e tez franzida.

Esta é uma frase que eu e ela sempre falamos. Vez ou outra acabamos discutindo por quem tem mais frequência em dizê-la. É risório. Remete a um concerto. De nossos primeiros encontros. Acabamos por, sempre que uma coisa boa era soada, presenciada, sentida, essa frase sempre nos remetia à união. É bobo, mas somos, afinal.

— Nada mais justo. As crianças também gostam.

Consegui abrandar minhas refregas.

Comida fora posta sobre a mesa. Gargalhadas em alguns momentos, silêncio em outros. Eu ansiava por sair dali. Eu amava, claro, a ensaiada. Via-se temerário ao confronto de minha reles escuridão. Temia por associar nomes incorretos enquanto desafiava a Escuridão em suas várias formas e ações. Bebi o suco de laranja todo de uma só vez.

— Está tudo bem, querido? — perguntava a consternada e amada esposa.

— Anseios da noite anterior. Nada mais. Obrigado por se preocupar, meu amor — sorri, desconcertado. Parecia um sorriso falso, já que eu o alterei logo após fazê-lo.

Aquilo tudo era fingido. Parecia uma mesa impaciente, mesmo eu a descrevendo como perfeição, sumidade dos meus pensamentos. Cadê o álcool? Comecei a suar frio. Os pés pateavam numa ansiedade que fazia um incômodo barulho. As crianças perceberam. Era ligeiro e aturdido. Explicação? Não havia. Eu ansiava por sair dali e chegar ao apogeu; entrar em colapso às andanças notívagas. Era plena sexta-feira; eu estava em casa, aprisionado por si para si.

— Podem me dar licença? Uma ligação urgente daquele empresário — fiz uma expressão ilusória. A falácia, meu maior atributo.

Afastei a cadeira, que rangeu rente ao assoalho de porcelanato. O ritmo célere dos passos aturdidos era uma progressão da minha prisão; acabei dentro do banheiro, esfregando uma toalha para enxugar o suor excessivo, fluídos que agonizava os zigomas e os lábios imprensados ao consentimento exagerado sobre o líquido salgado e malcheiroso que deslizava apressado.

Olhei-me no espelho: onde estava a verdade?

A verdade encontra-se longínqua. Tua cabeça encontra-se danificada. Tua tensão retornou, e esse espelho, sujo, sente teu bafo deixá-lo turvo, impedindo reconhecimento da face em estima elevada. O que acontece contigo? Tu achas que fez bem encaminhar esta aventura a mim?

— Eu não sei o que eu vejo. Não entendo sua silhueta, seu reflexo – se é que há um. Estou tão perdido que meus poros se abrem num desenfrear incompreensível. Sinto que sinto você. Também sinto que não sinto você. Quem é tu, afinal? Quem sou eu? Por que eu insisto em querer te olhar? Olhar quem não merece meu olhar? Tenho uma vida perfeita, *abusando* de minhas vítimas e vendo o estraçalhar dessas confusas associações que minha mente tende a absorver.

Relaxe. Logo, logo passará. Coisas boas virão. Pressinto isso.

— Tu é minha mente? Tomasse posse dela? — virei-me abruptamente para ela, levantando um esgar. Ela pareceu desaparecer. — Não trate de sair daqui. Estou falando contigo, sua maldita!

Vês como é difícil entender uma mente maligna? Estás exasperado porque toco em camadas densas de tua mente.

Laura encontrava-se sentada no vaso, acima do tampo, de pernas cruzadas numa penumbra, mostrando silhueta difusa. Foi ganhando escuridão e esvaneceu-se sem deixar eu compreender suas palavras.

— Agora mais essa... — indaguei com fervor, virando-se novamente para a cuba.

Pus água no rosto e saí. A porta aberta evidenciou a minha deusa na terra com medo nos olhos, encostada à parede, no aguardo da minha desatinada saída ao vociferar tamanha confusão.

— Precisas retornar ao psicólogo? — Acuada disse com uma voz mansa. — Esta condição assusta não só a mim, querido. — Ela encostou sua mão esquerda ao meu ombro direito. — As crianças, mesmo ingênuas, sabem que tu podes se alterar como da última vez. Isso assusta mais a ti do que a nós, pode ter certeza. É a facilidade de te encontrar absorto às ruas, às vielas escuras, aos maltrapilhos andando esfaimados. Uma série de conclusões precipitadas, porém conclusivas. Entendes, querido? — abraçou-me. Senti sua tensão, a respiração ofegante, o rosto pálido, escutando a torrente de água da torneira aberta, quase dobrada ao máximo. — Busquemos um psicólogo para ti, tudo bem? Retornar ao anterior não seria de boa valia, visto que tu não confiavas nele. Quem sabe abster de costumes antigos pode te ajudar a encontrar novas respostas.

O abraço afrouxou-se. Dois sorrisos se uniam. Não quis dizer nenhuma palavra. Estava cansado. Eu necessitava de um bom drinque e transpareci como alguém viciado.

— Um drinque? — disse quase inaudível enquanto a abraçava.

— Não! Nada dos Três aqui. — O rosto parecia aventar indignação. — Deixe para outro momento. Podemos relaxar na sala de estar, mas sem a presença do escarcéu notável que eles fazem quando estão em minha presença. — Ela sorriu para mim. Ela não entendia a magnitude deles. — Somente um drinque. Tudo bem? Podemos aceitar isso, enquanto ouvimos Rory. Pode ser?

Assenti com a cabeça, inerte às palavras e a complacência de seu rosto menos indignado.

Levemente minha mulher fora me levando à cozinha. As crianças não mais estavam sentadas a cear. Os pratos vazios, discretamente deixados na pia, restavam alguns poucos motivos para continuar celebrando aquele momento.

— Desejas finalizar o prato? Sei como tu reages às tais confusões da mente. Perdes a fome num piscar de olhos.

— Acertou. Mas não são confusões. São realidades criadas com incentivo, ainda sem descoberta clara, Olga. — Ela se movimentou até meu prato e aguardou uma resposta. — Não continuarei.

É, eu falei o nome dela. Não se preocupem.

— Tu quem sabes. Tu quem vives, afinal — continuou a falar, pegando o prato parcialmente cheio e o pondo na pia. — Vamos ouvir Rory? Colocamos baixinho. Tomamos um bom uísque, divagamos algumas conversas e subimos. Sei que sentes saudades…

Sorri. Aquela mulher é incrível.

Shadow Play iniciou, uma de suas favoritas. As sensações pareciam atenuantes e geravam tiques. Olga tentava, a todo custo, apaziguar a situação, cofiando meu cabelo, encostando a mão gelada e impaciente aos ombros tensos do dia anterior. O som até reverberou extensamente, não era frígido, mas culminava em mais imersões nas tais enclausuradas divagações.

Beberiquei a dose de uísque. Olhei discretamente para Olga e me atentei aos momentos da sombra que mais e mais começava a criar um laço aceiro, sugando-lhe capacidades e destruindo alguns pormenores no caminho tracejado – e já transitado.

— Alguma vez na vida tu pensasse que eu te traí? Em qualquer momento inoportuno, qualquer — virei o rosto até Laura, sentada no outro sofá, diametralmente. Ela cruzou as pernas; mostrava mais do que devia.

— Como assim? A pergunta foi tão súbita…

— Não me leve a mal. É apenas uma pergunta, amor — beberiquei o uísque, alternando o olhar entre as duas mulheres.

Olga deu um gole maior que antes dado. Sobrara pouco no copo de base arredondada, diferente das pedras de gelo intactas, que rolavam e derretiam-se à medida que a música tendia ao fim.

— Não sei. Minha preocupação contigo é a partir desta enchente de corrosões que tua mente traz à tona. Uma hora te vejo bem, noutra, chegas bêbado e com uma conversa amigável, que minha preocupação desaparece rapidamente.

Ela caminhou até o bar, próximo ao aparelho de som. Despejou alguns mililitros do álcool e não quis repor o gelo. Mexeu um pouco enquanto me observava, talvez o rosto pálido totalmente desconexo do papo; nada tinha naquela parte do sofá, eu fixado nas curvas voluptuosas... A escuridão, naquela área, era tremendamente enorme. Pouco se via, pouco se notava. O que tinha de tanto esmero ali?

— Não vais comentar nada? Tiago!

O grito ressoou. Alerta.

Nessas horas eu acabava perdido em mim. Esse grito de Olga é apenas um detalhe do que é movido às entranhas de meu corpo. Escuridões então me notificam e geram distúrbio por continuar sentado aqui a designar inércia pelo fato de ter se resguardado por hoje. Eu sei que é uma infâmia. Toda sexta eu buscava mais uma vítima e voltava para casa com conforto no olhar. O que eu não acreditava era ter sido tão abrupto ao momento que escolhi a tal mulher para tornar-se apenas um. Vou pôr mais uísque e mudar a música. Preciso desviar o foco de minha mulher.

— Calma, amor. Estava pensativo. Desculpe — levantei-me, tornando a abraçá-la. Finalizei seu copo após o ter catado de sua mão, e tornei a enchê-los, ambos. — Vamos ouvir Ennio Morricone? É capaz de Bernardo descer e se juntar a nós — sorri. Foi pouco recíproco, mas foi. — Assim que eu gosto.

Colocarei *The Ecstasy of Gold*. Tem algo neste som que desperta a curiosidade de meu filho Bernardo. Às vezes concluo que não seja música clássica, principalmente por suas características contemporâneas. É bem diferente das mais antigas arias. Bom, é apenas um detalhe incomum. Por isso não arrisco comparar com Heitor Villa-Boas, por exemplo.

Ouvem o som dos degraus pateados? Não demorou muito para o garoto descer.

O som dos agudos da cantora… era o tilintar da cavalgada hermética ao sol que não se levanta. Se antes sentia-me preso, talvez era a saudade, resquício de outrora e de suas pernas cruzadas.

— Querido, chegaste a ver sobre o homicídio da jovem no ponto de ônibus da Universidade Federal? — Olga, após sentar-se novamente no sofá largo, irrompeu-se a contar sobre o que eu presenciara na noite anterior. Leve consternar. — Toda a cidade está em choque. Quase que o governador remete um estado de emergência por tal ato. Foi tão peculiar que alguns diretores de teatro foram entrevistados para dirimir algumas dúvidas pertinentes. É bastante surreal ver um tipo de assassinato assim em Natal. Geralmente há algo mais brutal, corriqueiro, menos teatral. A cultura não é tão incrustada como antigamente. E admito que fui contra o sensacionalismo. Diretores… — enrubesceu e bebericou o uísque, ainda compenetrada a mim.

Dei outra golada. Restou um tantinho. Laura pôs a mão na boca, tampando-a, e outra na garganta, como se a degolar.

— Como ocorreu? — abracei meu filho que pulara abruptamente sobre mim. Um leve afago e as atenções mudaram-se à mulher, de semblante estonteado, que apreciava o uísque com tranquilidade exagerada.

— Bom, eu não cheguei a ler nada até o momento. Quero ter um pouco mais de paciência para, enfim, pôr as mãos nos papéis com a descrição do ocorrido. Mas é notório que todos ficaram bastante entusiasmados para descobrir o autor do crime. Se aparecer um padrão, todos, sem exceção, entrarão num processo árduo de encalço. Isso pode afetar bastante coisa durante este ano, sobretudo na eleição.

Malditas eleições municipais no fim do ano. Ninguém mais tem aquela empolgação como nos anos de outrora. Na verdade, o ódio eleva-se a cada instante que passa. Eu mesmo nem sei quem são os políticos desta área – com exceção de Givanildo, que parece bem diferente do usual. Volta e meia tenho que acompanhar Olga em jantares beneficentes e lá estão eles, rostos lambuzados de chafurdo, de corrupção, insolentes, despreocupados a mostrar tendências piores que a minha. Todos, todos malditos. Pergunto-me: onde está o diabo que ainda não veio pegá-los? Brasil imenso e ainda não foi denotado nenhuma atenção a essa terra de ninguém.

Pobre esposa que tem trabalho afã... Nunca termina, nunca tem sossego. É bom vê-la pelo menos aproveitando este singelo momento ao meu lado.

Laura havia sumido.

— Vamos esquecer um pouco sobre trabalho. Bernardo vai acabar entediado de nos ouvir — sorrimos.

O garoto foi até o aparelho de som, depois dum pulo feito, e colocou para repetir a música. Agora fico mais atento aos metais desta composição magistral; possuíam a sala de estar, os corações, a paz e o desejo ainda não-visto. Foi a dose necessária para um encontro de olhares assombrados. Até nossa filha não resistiu ao som. Geralmente ela ficava enclausurada no quarto comprometida nos estudos, conversando com seus amigos no celular ou lendo algo interessante; a estante de livros era imensa e eles não a poupavam. Pedi para ela nos acompanhar e ela sentou-se ao lado da mãe, bastante acanhada, porque não gostava do som. Bom, eu não tinha do que reclamar; gosto das coisas assim.

Sábado à tarde, descanso mais que merecido!

Eu já abri minha cerveja e estou aqui deleitando-me de uma sinfonia mais melancólica, *The Isle of the Dead* de Sergei Rachmaninoff, que é um compositor completíssimo, romântico; e claro, a desfrutar-me de um bom churrasco.

Minha amada, que não gosta muito desses júbilos mundanos – se assim posso dizer –, permaneceu em nosso quarto. Aproveitou para descansar. Provavelmente se preocupara novamente comigo. Ela sabe da bebida e d'eu estar abarcando novas ideias; portanto, procuro estender minhas constipações do ser para relativizar como sadia essas pretensões. E não é churrasco só para mim. É engraçado que Bernardo sempre vem aqui pegar um pedaço de carne e volta ao videogame para continuar a gritaria nesses jogos de adolescente. Eles se enfrentam numa distância que eu não sei estimar. Talvez eu esteja velho para entender como são esses jogos modernos.

Estás mesmo. Ainda bebes assim, em tamanha voracidade?

Maldita… Quer infernizar minha idealização. Eu juro que quero sair daqui um pouco, mas lembro que amanhã é dia de missa. Não quero fugir dos meus compromissos porquanto tenho vontades longe do resguardo. Talvez se eu me dirigisse até o espetinho não fosse uma má ideia. Mas tem carne na brasa…

— Pai, vai ficar em casa hoje também? — apareceu subitamente à porta.

— Por que a pergunta? — tomei um gole de cerveja da estrela vermelha. Sorri, gostando da abordagem.

— Todo sábado você sai. Eu sei, eu sei — emendou, retirando o fone de ouvido. — Amanhã tem missa. Mas vai ficar em casa mesmo? — levantou o polegar. Sorriso enfadonho. Aquele positivo tão adorado por todos, que me alegrava. Esse garoto sabe como me pôr para cima.

Não comentei nada, sequer esbocei contentamento. A carne queimava intensamente; o fumaceiro era outra parte desaprovada por Olga, pois a churrasqueira foi elaborada bem próximo do interior da casa.

Paulatinamente fui subindo as escadas que davam acesso ao outro andar. Passei pelo quarto de minha filha e entrei dentro do meu quarto. Olga lia um livro espesso, encostada à cabeceira. Parecia lograr do momento como os quais a via ainda nos espetáculos do teatro. Seu olhar era magnífico. Deve ter sido isso que a fizera se apaixonar. Não era o entorpecido momento que as pílulas de paracetamol tomavam conta daquele invólucro de problemas. Trazer a miríade de processos para o final de semana sempre a condenava. Então vê-la, ali, daquela forma, causava-me regozijo. Um regozijo que me apaziguava em relação a sair de casa para reviver minha capacidade deslizante. Catei meu cigarro e a chave do carro na mesa da cabeceira, dei-lhe um beijo na tez embalsamada em creme de pele e saí sem comentar nada. Ela já sabia. Porém, mais preocupação poderia acarretar mais confusão. Devo me antecipar quanto a isso. Como ainda era o início da tarde, a vítima não deve ser aquém da hora. Pretendo retornar cedo. Amanhã quero ir à missa pela manhã e assistir tv à tarde sem me preocupar com o horário. Espero que tudo colabore para que eu não tenha nenhum motivo aparente de virar a noite e incomodar minha família.

— Como será que está Júlia? — falei seu nome em voz alta. Foi um erro.

Bati em sua porta antes de sair. As cervejas geralmente deixavam-me mais aprazível à sensibilidade. Eu sempre tendia ao abraço tenro. Seja com quem fosse daqueles três maravilhosos...

Júlia abriu com receio. Em sua porta tinha aqueles adesivos de "não bata". Coisa de adolescente. Na verdade, ela já estava quase se tornando adulta. Para um pai é difícil aceitar. Para um pai é difícil ver as filhas crescidas, tornando-se alvos dos homens nas trevas em que transitamos. Hoje está obscuro. Amanhã não haverá um simples traço de fulgor a ser evidenciado. E eu estou incluso nisto, e me sinto derrotado sempre quando lembro de outrora... Tudo se corrói. Tudo está entrando numa linha execrável e sem estorno. Vai e não volta nunca mais...

Laura aguardava prostrada à parede oposta à minha, longe da visão de minha filha de olhar apático.

— Oi, pai...

Seus olhos mal se abriram, mantendo-se semicerrados. Possivelmente cochilou após o almoço.

— Passei para te deixar um abraço. Posso?

Ela sorriu, os olhos num soslaio divergente.

— Claro... Eu acho.

Senti aquele calor morno. Ela estava enorme... Ela não parava de crescer. Quase alcançava minha altura – que não era a das maiores-maiores. Sua mãe se preocupava comigo, mas eu não queria tornar a ter novas Lauras neste mundo absorto no vazio. Eu queria poder configurar padrões. Nem que eu ultrapasse limites além do impossível. Era uma traição? Nunca fiz nada que pudesse me testemunhar como ordinário das causas comuns. Vê-la decapitada assim me colocava numa destruição aquém. Melhor não pensar. Esta cabeça vai sair do tronco mais machucado que corpos esquartejados pela perversão.

— Tudo bem contigo?

— Eu só queria um abraço. Pode voltar ao que você estava fazendo.

Ela fechou a porta sem nada responder.

Olhei para Laura. Ela sorria como minha filha. Mexia o braço como minha filha. Sua tez queria ganhar destaque nas minhas espraiadas. Volvia-me aos braços de Olga na lembrança efêmera. Não durava muito. É um falso eterno.

Desci as escadas rapidamente. Mandei um aceno a Bernardo, que mal pôde acenar de volta; o jogo se tornara mais importante que eu fazer churrasco para ele.

E o churrasco? Bem, infelizmente queimou. Tirei os cortes da churrasqueira. A fumaça não mais adentrava aos recintos da imensa casa; após despejar água sobre o carvão, fechei a portinha que dava acesso ao espaço. Logo me desloquei para a garagem. Pus a chave e lentamente senti o ronco do motor apaziguando-me às afrontas desta sociedade. Ia dirigir alcoolizado. Realmente estava com uma cerveja na mão, minha melhor companhia, a que nunca palpitou olhar, nem soou nenhum barulho irritante para achincalhar de minha condição putrefata-mental.

O espetinho, um dos meus lugares favoritos, não era tão conhecido na cidade. Nas vezes que eu chegava lá, sempre bem despojado, encontrava pessoas sem nenhuma orientação de vida, aproveitando ao máximo qualquer pormenor que lhes era posto. Igual ao garçom do bar, Patrick. Tomava cachaça, trabalhava sob imersão das incumbências diárias, batia nas mulheres *sem valor*. Defender isso ia bem longe de meu parecer. Mas quem sou eu para me pôr à frente dos males de outrem? Vou acabar morto antes que a mulher seja salva pelo santo divino que desce das nuvens numa carruagem de fulguração resplandecente. É um ciclo sem fim que figura os anais do mundo. E eu faço parte disso. Felizmente!

Continuemos.

Fico preocupado com a situação do caso de Laura. Ela estava sentada no banco da frente e deslizava seu dedo sobre a abertura da cerveja. Brincar é fácil. Ousar é questão de personalidade. E ali, olhando-a, lembrei novamente do maldito garçom. Todos são presos à escolha de se manter calado: mulheres, receptáculo da frustração humana; pobres que se acham ricos para mandar e desmandar dos incautos desprovidos de assistência social; assédio no trabalho para continuar recebendo salário tão ínfimo quanto uma dor na genitália. Ah, são tantas coisas que eu ficaria aqui a divagar para milhões e muito menos saberia distinguir a diferença entre escolhas e aceitações. Está deturpado. Tudo!

Volvemos à ideia de Patrick em sair daquela espelunca e dizer que viu o tal homem e a moça no balcão, quiçá me citar ao ambiente, à situação. O que seria feito por mim, caso fosse envolvido? Não posso ser colocado à cena do crime para evitar mais confusões. Acho que dá para entender o porquê da preocupação.

Dei um gole na cerveja. Puxei-a abruptamente sem perceber que a mão da linda mulher ainda estava postada sobre a abertura, a incomodar todo meu assaz temperamento. Aumentei a velocidade do carro para chegar logo ao local. Atravessei a Hermes da Fonseca com ímpeto. Nada de guardas de trânsito. Nada de semáforo para me atrapalhar. Nem as baboseiras que saíam da boca de Laura durante o trajeto, totalmente fora do alcance do que aconteceria daqui a um momento.

Vi-me ranzinza ao pensar na situação da noite de quinta. Então dobrei a última rua após o Mercado Petrópolis e cheguei ao espetinho.

Das várias vezes que minha presença causava júbilos às *faceiras* do lugar, sentia-me inquieto e saía. Nem a cerveja barata me enfeitiçava ao ponto de permanecer mais tempo às olhadelas dos vários presentes. Começava a me coçar e saía em disparada, a quase colidir meu carro nas mesas espalhadas pela rua.

Coloquei na minha cabeça que hoje eu tinha que ser assertivo. Escolher uma vítima e pronto. Hoje teria de ser diferente e enfrentar quaisquer pessoas dignas de meus olhos, meus maiores inimigos.

Estacionei o carro um pouco longe do furdunço. Vi a dona do estabelecimento toda feliz servindo os senhores do bairro. Cada cerveja era um estalar da tampinha que sobrevoava ares nunca vistos pela gente rica desta cidade. Eles eram incomodados demais para ver felicidades em simplicidades. Eu, entretanto, ansiava toda a semana a fio para ganhar espaço nas conversas aleatórias sobre cargas carregadas às costas que eram curtas demais para aguentar fardos inexplicáveis. Pior mesmo era aguentar o falatório de quando certa gente esnobe queria usurpar o momento para se vangloriar de feitos incomuns. Eles bebiam a melhor cerveja – num valor extremamente em conta – e se deliciavam com iguarias porque em outros estabelecimentos o superfaturamento cobria contas de um só dia do mês inteiro. Bem, não sou rico ao ponto de querer me mostrar. Idealize o seguinte: se eu viesse até aqui no intuito de mostrar-se como sou – rico! – não sobraria olhares esguios a me conspurcar.

Lembro-me de uma certa vez, do equívoco de vir muito bem trajado. Tinha acabado de sair de uma reunião de negócios. Quando cheguei aqui, parece que eu tinha sido surrupiado por grandes e corpulentos urubus, que levaram até meu osso embora. Minto. Levaram minhas roupas e minha mente. Um grande e inimaginável deletério!

Saudei a dona do estabelecimento ao se aproximar. Nesse dia ela parecia alvoroçada, carregava espetinhos, cervejas e também os petiscos numa velocidade nunca vista. E sempre topava os dedos dos pés no batente daquela ladeirinha – que ela poria o carro no fim do dia. Por que será? Faltava gente para lhe ajudar.

Sentei-me numa das mesas, ligeiramente mais afastada das outras. Antes havia pedido uma cerveja e dois espetinhos: tripa de boi e coração de galinha. Nossa, parece que meu coração pueril sentia gozo ao degustar esse tipo de alimento. Tem gente que não gosta de tripa. Remete a fezes. Bom, eu às vezes rio. Até Olga adora, que não é natural daqui. Por que logo eu ficaria contra essa iguaria?

Ela adora porque vê quão belo tu ficas ao mastigá-las. Não adianta negar o desejo de me responder.

Do que Laura fala? Enfim. Não demorou muito para eu ser bem recebido. A cerveja – menos custosa que a da estrela vermelha – havia sido posta e eu derrubei metade da pequena garrafa numa só golada, metade da famosa *piriguete*. Meus olhos lacrimejaram um pouco. Foi demasiado, mas foi gostoso, admito. Já o espetinho demorou um pouco mais. Relativamente bom para observar os presentes que curtem a música brega – lembrava meu pai pela característica regional – e o tanto de cachaça ingerida, desde latas às garrafas diáfanas encostadas às pernas da mesa.

Os Três comentaram ontem sobre uma possível mudança de rota. A vítima não poderia ser mulher. Laura parecia não sair de meu pé, e ocasionar mais uma morte seria irresistivelmente horrível para o equilíbrio perante as causas decorrentes do agora. Provavelmente o ganho de experiências seja melhor para abarcar mais desilusões futuras. As mulheres sempre serão a perdição e esta ideia colocada de que há vontade de traição não é irreal. Um pouco surreal. Bom, continuarei a beber.

Os espetinhos chegaram logo quando eu já entrava no ritmo. Segunda cerveja. Estava querendo evocar meus parceiros para esta corrida frenética. Foi assim que pedi uma dose da cachaça mais forte daquele recinto. Sempre gostei mais de uísque, porém as elucubrações mentais insistiam num catalisador; sucumbir à vontade de focar numa das mulheres do entorno incessantemente aumentava minhas chances de volver ao que ocorrera na madrugada da sexta. Eu precisava dos Três!

— Desculpe não ter falado antes. Tô meio apressada.

— Não se preocupe.

— Fazia tempo que não via o senhor por aqui. Atarefado? — Ela disse enquanto passava um pano sobre a mesa de plástico parcialmente suja.

— Deveras. Às vezes é difícil fugir dos compromissos e da mulher.

Sorri e mostrei a aliança. Dava-me mais segurança quanto aos olhares. Era uma alerta que a proprietária poderia dar às mulheres do local. Todas elas gostam da fuga. Em minha mente, esse ideal também serve. Fugir é interessante. Fugir é algo fora do comum. Entremos nisto quando eu estiver mais perdido e fedido a torresmo. Aliás, vou requisitar um prato.

— Podes me trazer um torresmo, outra cerveja e mais uma dose de cachaça?

— Só um instante. Hoje minha ajudante não veio. *Quebrou minhas pernas* — pegou a garrafa vazia e o pequeno copo e levou consigo, o rosto esmorecido por tanto trabalho. O suor até chocava-se a toalhinha no ombro esquerdo.

Isso é um tipo de fuga. Convenhamos: quem aceita estar sob condições precárias de nunca alcançar tamanha riqueza – sendo esse seu obstinado júbilo?

As pessoas tendem a fazer burradas, Tiago. Não é só tu que almejas perfeição. A fuga guia às riquezas maiores, aquelas alcançáveis para a pessoa em si.

— Desde quando eu almejo perfeição?

Desde o dia que tu foste ao meu encalço. Pertinência exacerbada. Sabia que não me teria por perto. Aceitar a divergência deveria ser a parte mais eloquente de ti... Mas não: tendeu a volver-se à morte, à fuga, à famigerada exclusão de si para envolver-me aos teus desígnios futuros, tuas falhas momentâneas. Não estou certa?

— Tu acha que vai mudar meu consentimento a partir desta ideia?

Seja lá o que pensas. Tua dose está chegando...

Cachaça na mesa; o torresmo veio junto.

Olhei para o lado enquanto agradecia. Jovens curtiam a uma distância relativamente grande; o som automotivo explorava olhares angustiados pelo barulho que corrompia a música brega dos mais velhos; meus gestos perante a conversa pretensiosa de Laura atraíram olhares de algumas mesas vizinhas. Melhor eu me conter, esperar os Três antes que pudesse satisfazê-los com loucuras e a insanidade de permanecer aquém, solitário, aqui na mesa de plástico.

Interessante como tu se comportas. Os jovens abusam do espaço e teu temperamento permanece o mesmo. Vais preferir beber tua cerveja intragável do que ir confrontá-los?

— De onde tu tirou essa ideia de que eu confronto as pessoas? Esqueceu a afefobia? Eu nunca iria pôr as mãos em algo sujo como jovens usurpando o indevido. Melhor permanecer aqui ingerindo doses infinitas de álcool barato e voltar limpinho para casa onde minha mulher deverá estar me aguardando deveras paciente. Novos tempos...

Novos tempos para reivindicar o que está preso dentro de si.

— Tu está confusa...

Esmoreci com esse desconexo falatório; tomava goles em cima de goles de cerveja. Amontoava-se em cima da mesa os vasilhames, a farofa e o vinagrete. Estava impaciente. O barulho, esparso, unia-se aos olhares agora mais angustiados. Encaravam-me. E agora mais essa. Laura me confrontava a confrontar algo que eu não conhecia plenamente: este meu lado não reivindicado. Um dia ficarei realmente louco e ela, possivelmente, perderá o controle sobre minhas ações. Só isso que eu desejo.

Tens certeza de que é somente isto?

— Está bem... vou lá confrontá-los.

Levantei-me. Ela sorria e batia as mãos alternadamente, com graça na postura.

Porém, quase perto dos rapazes descontrolados, que gritavam músicas e expressões chulas, parei. Melhor vocês não saberem o porquê.

Não pare agora.

Continuemos.

Tiago, tu não és...

Continuemos!

Sabe quem apareceu repentinamente no espaço, naquele meio período da tarde? Um padre. Eu o reconhecia. Devo ter comparecido numa das missas na catedral metropolitana. Espera. É um padre! Para isso acontecer, nem ano bissexto explica.

Ele parecia bem trajado: calça *jeans*, camiseta polo azul, um relógio modesto no pulso esquerdo e com bastante creme no cabelo médio, fazendo-o ficar grudado ao crânio. Ademais, muito atentei-me às rechonchudas bochechas e os olhos fundos; seu semblante sereno indicava nenhuma relutância contra estar naquele específico local, naquele específico horário. Quem diria... um padre! Vou parar de me exaltar e... achei minha vítima!

Ótimo. E os jovens?

— Ora jovens, Laura! Malditos sejam! — virei-me em direção à mesa. — Irei voltar ao meu lugar e apenas observá-lo. Amanhã busco saber onde ele estará. Quero presença confirmada na missa dele para observá-lo melhor. Se isso não é sorte, eu não sei o que é.

Sorte em encarar um padre como vítima? De onde tiraste isto?

— Todas! — esbravejei contido, sabido da resposta confusa.

Todas o quê?

— Silêncio. Agora é minha hora de brilhar.

Tentei lembrar-me de seu nome. É sempre difícil recordar momentos antigos. Possivelmente eu estava ébrio ao ponto de ter de frequentar a missa num horário desconexo sem minha família. Por que eles ainda me seguem nessas empreitadas modernas?

Respeito aos teus costumes. Eles sabem que tu tens essas referências por causa de tua família.

— Em tese.

Neutro. Há algo adormecido dentro de ti que deve ser despertado.

— Novamente com isso? Deixe-me com o padre e suma.

Se fosse simples assim, nunca mais me verias, pobre homem de alma destruída. Se acostume com a ideia de ter-me por perto. Serei tua guia nesta encruzilhada chamada mundo real. Bom passeio.

aura finalmente sumiu. Tilintar essas passagens de que há um antro de coisas escondidas possibilita mais aberturas para transigências ao dia. Não quero me acometer a ultrapassar o limite – agora sabendo que um padre é minha vítima e amanhã deverei estar a observá-lo com mais afinco.

Volvemos ao que interessa.

O padre conversa com algumas pessoas numa mesa bem contígua à entrada do estabelecimento, justamente rente àquele batente que muito incomoda a dona nas dificultosas subidas. As risadas dos presentes ressoavam com ímpeto ao ar; sorriam como se a piada pudesse durar longas temporadas de protesto político. E ele encontrava-se de pé. O padre. Ligeiramente queimava meus olhos pela irritação de vê-lo altivo. Será que já estava de saída?

Desloquei-me rapidamente até o lugar. Ia pedir mais espetinhos e outra cerveja. Os Três ainda se encontravam desaparecidos. A demora mais absurda que um homem pode acatar quando se bebe sozinho.

— Pode me trazer mais uma — mostrei o vasilhame vazio — e fazer espetinho de carne e língua? — Mais uma iguaria. Ela confirmou, sorrindo, totalmente ensopada pelo suor do trabalho desgastante próximo ao fogão.

O padre se comunicava abertamente com os da mesa. Dava opiniões despretensiosas e algumas vezes bem extremistas, colocando pontos sobre as eleições que aconteceria daqui a alguns meses. Bem, se importar, sempre fora uma questão deveras intrigante para mim. Política, o assassinato de Laura, quiçá futebol. Abrirei novamente esta lacuna na tentativa de ser apraz aos presentes.

Catei a cerveja da mão da dona, que seguia seu itinerário; dei um gole que quase destruiu minha respiração. Não era para menos: lá vinha os Três; caminhavam cabisbaixos, os ombros curvados pendendo para frente; pareciam exauridos do repentino convite.

Um padre? Sério, Tiago?

— Nada mais justo, Santo.

Os membros da mesa se viraram para mim, com exceção do padre, ainda bem argumentativo e expressivo. Foi engraçado. E permaneci ali um tantinho para ver no que podia acontecer.

Pretendes argumentar sobre o assassinato? Não é se expor demais?

— Aqui? Besteira, Pai. Saberei contornar a situação — disse mais baixo que anteriormente.

Virei paulatinamente aos que conversavam sobre a branda política do estado. Eu tinha de ser certeiro ao fim da prosa do padre.

— Vocês acham que o assassinato da moça, na madrugada de quinta para sexta, pode afetar intensamente as eleições do fim do ano?

Assim que fiz a questão, as respostas foram repercutidas com voracidade no olhar; eles me perscrutavam como se eu fosse alguém infiltrado ao ambiente. Os mais velhos se resignaram; um de meia-idade tomava liderança e colocava, sem nenhuma complicação, sua opinião do fato. É interessante vê-los bem abertos a receber um intrometido à conversa alheia.

— Rapaz, é mei difícil. Nesta cidade a bagunça já reina. Sabemos que escolher um governador desconhecido possa ser a melhor resposta em anos de mazela. Mas continuar com os conhecidos pode a ser melhor resposta. É difícil, bem difícil.

Uma ínfima camada de sapiência.

Ao fim de suas palavras, um leve silêncio incorporou-se ao ambiente. Agora até o padre me averiguava, pois sabia que eu podia ter me prostrado na mesa errada para um singelo debate. Vou tentar expor minhas ideias e, porventura, pôr agrados a eles a fim de ganhar atenção.

— Entendo seu ponto. O que mais pode mudar? Temos Givanildo, certo? — coloquei o único candidato conhecido por mim na conversa.

— Givanildo é de um partido muito especulativo. Ultrapassado — comentara o padre, tocando meus ombros com firmeza nos dedos, de uma intimidade peculiar; eles se inseriram como uma faca pungente à minha clavícula. — Um conservador seria mais interessante para a atual conjuntura desse estado. Há muita pobreza, porém uma mudança cultural proveria estatísticas convincentes e brandas. Entende o raciocínio, rapaz?

— Nada de "conversador". Aquele maldito pastor *come* criancinha e rouba o pouco que temos. Já não basta viver debaixo das rédeas deste que deseja a reeleição — disse o que bebia mais cachaça dentre os quatro sentados. O padre ficou relativamente consternado com as abruptas palavras.

Os velhos sentados tinham rostos bem similares; corpanzis na área abdominal e esquálidos membros, de olhares cansados, no entanto jubilosos enquanto bebiam. Não irei caracterizá-los, pois não são vítimas. Na verdade, até que são vítimas da vida. Então tenha a imagem de velhos de bermudas longas, camisetas largas e de mangas deveras grande, que quase batia ao início do antebraço.

— Então Givanildo se torna um candidato interessante? — interpelei. Sabia que aumentaria o alcance da conversa, estendendo para outrem no recinto. — Esqueçam um pouco seu partido. As propostas devem ser as melhores, e puxa alguns pormenores quanto à sua imagem perante nós.

— Givanildo não está velho para governar? E nada de conservador. O pastor é de se pensar um pouquinho para mudarmos um pouco a cultura brasileira — disse o padre, finalmente me largando e me trazendo para mais próximo da mesa.

Depois daquele silêncio no início, alguns dos velhos me ofereceram uma cadeira à mesa. O padre insistiu que uma cadeira não seria adequada. Talvez o semblante pastoral continuasse na sabatina; estar de pé gerava mais segurança em relação ao se portar. Bem, eu me sentei rapidamente sem gerar nenhum burburinho de descontentamento ao homem; pedi para a dona do estabelecimento trazer-me a garrafa inteira da cachaça. Alguns sorrisos engendraram mais fidedigno apetrecho à presença. Encontrava-me em casa. Conforto.

Calma, não é, homem. Se adeque ao lugar. Tu foste tocado pelo padre e não sentiste nenhum ranço?

— Cretino... Por que não tive nenhum disparate, qualquer insignificante reação? — falei baixinho enquanto a cerveja chegava. A mulher tratou de entretê-los no momento. — Exatamente. É estranho, Pai. Sei que é ilógico, porém talvez eu esteja mais inclinado ao fim da conversa e este detalhe possa ter passado despercebido. — Um dos velhos viu meus lábios se mexendo e a voz sair vagarosamente. Estalou os dedos para chamar minha atenção, contudo não o olhei.

Há algo nele que te agrada, possivelmente o circunspecto olhar, que agora te molda. Melhor mudar a direção de tua vítima. Foque noutros da mesa. O padre é tão esperto quanto vossa presença indigente e atravessadora. Veja: são quatro velhos na mesa e um padre de pé. Lhe remete algo?

Saio um pouco da conversa com Pai. Não posso ficar balbuciando palavras enquanto há alguém sem nenhum pingo de álcool na boca fazendo meu papel diário: observar.

— Continuemos a conversa? Agora estamos bem servidos! — Eu disse, com um semblante complacente. Dou uma de despojado e aumento o tom da sabatina.

— Claro. Seria bom tomar esta bela cachaça com um bom petisco, não? Os rapazes irão adorar, já que pagasse a cachaça.

O padre inferiu mais digressões em meio aos sorrisos bem abertos daqueles que adoravam o sábado. Surgia um embate referente ao "abarcar atenção" – e não era isso que eu queria, em hipótese alguma.

— Sim... Escolham algo... — respondi relutante. Esta forma de querer agradar talvez mude o rumo das coisas.

Ele já está te usando. Pobre homem.

Eu ouvi as palavras de Filho e permaneci intacto; tomei minha cerveja pacientemente, destruído por sentenças que não deveriam ser dirigidas a mim. As gotas d'água, acumuladas do aquecimento da garrafa de cerveja, caíam sobre minhas coxas, umedecendo um pouco a cálida situação que implorava para se abster.

Não, não. Saia dessa profusão indigesta.

Há alguns males que vem para o bem. Como um dos velhos falara: "é difícil". O que será que não é pertinente nesta imagem de pessoa santa? Eu não quero construir uma falsa representação por ele estar conosco no calcário, na devassidão. Ele parece tão bem portado diante de seus fiéis. O que mais há aqui? Reflita.

Não demorou muito para uma carne bem temperada alcançar a mesa tão bem farta de diálogos: carneiro de panela, batatas tostadas e um caldo magistral; o cheiro embalsamava qualquer temperança, qualquer discreta inversão de pratos exóticos. Aqui há um exemplo claro de que possivelmente teremos melhores embates.

Dei uma primeira mordida na carne. Saboroso, porém muito graxento. Os outros da mesa se deliciavam. O padre continuava a aguardar; de vez em quando se afastava de nós e sabatinava com outros nas adjacências daquela pequena e apertada entrada do recinto.

— Então, Givanildo não é uma boa escolha? Quem sobra? — tornei a falar. A voz saiu meio fanha, devido a boca parcialmente cheia. Ao fim dei um gole na cerveja para facilitar a passagem na glote.

Eles não responderam. A comida parecia ter tomado posse dos corpos ali presentes.

Equilíbrio, meu rapaz. Respeite o tempo. Se tu fores rápido demais, provavelmente não sobrará muito do que contar diante destas imposições. Aguarde.

— Mas...

Meu vizinho ao lado direito ouviu o "mas" e olhou estreitamente para mim durante alguns segundos, assim como fizera na vez que não lhe dei atenção. Em seguida, sem remoer, entornou a cachaça e se esqueceu do que havia tomado sua atenção.

Viu? Há um certo equilíbrio que deve ser adequada às pertinências. Tu puxaste um assunto e atentamente queres perpetuar o voraz. Deixem-vos apreciar o requinte. Use o banheiro. Não precisa correr. Há tempo de sobra. E teu alcoolismo não aflorará diante dos que querem apenas tomar espaço e regalias de vossa riqueza.

Santo tem razão. É estranho vê-lo tão assertivo hoje. Realmente uma disparidade pode estar reinando aqui. Qual será nosso próximo passo?

Lá vinha a mulher com uma bandeja repleta de cerveja. Deu-me uma sem nem ao menos requisitar. Inclusive, a minha remanescente tinha pequena dose. Emborquei-a e deleitei-me. Os olhos lacrimejaram mais que da primeira vez, de quando havia chegado ao recinto. Todos na mesa sentiram a pressão e casquinaram baixinho de mim. Não incomodava. Eles eram ávidos experientes na particularidade que eu, convencido, achava ser como um deles. Enfim. Logo depois pus outro pedaço da carne de carneiro à boca, catei umas das batatas cozidas, menos tostada que a anterior, e fui ao céu.

— Está show de bola, hein? — disse o velho que mais ingeria cachaça.

Levantei meu polegar. Desconcertado. Continuarei a tomar minha cerveja. Isso significa que a hora do banheiro sinalizava. Alívio?

Pedi licença aos velhos. Eles foram gentis. Eles não falaram nada. Suponho que tenham sido gentis.

Caminhei a passos largos; encontrei-me rapidamente defronte à fila. Dois homens aguardavam, conversando sobre mulheres que bebiam na mesa vizinha a deles. Pareciam bem mais embriagados que eu. O cheiro forte de suor untado pelo exalar do álcool criava uma exasperação às minhas narinas delicadas. Fatalmente criei uma ânsia. Isso até poderia dar-me certa vantagem aos próximos passos, caso eu vomitasse quando adentrasse ao minúsculo banheiro. O minúsculo banheiro que não tinha privada na parte dos homens.

Não, não avance. Se vomitares algo, teu cheiro pode ficar indelicado aos presentes na mesa e afastá-los. Trate de se recompor. Volte noutra hora. Ou siga até ao balcão e requisite algo.

— Verdade, Filho. Ótimo pensamento.

Caminhei até ao balcão. Lá estava Erivaneide – nome bem incomum – evaporando muitos líquidos. O caldeirão era denso, trazia consigo vários alimentos. Aquém do normal, seu traje mostrava quão atarefada estava: *short jeans* com a lateral da calcinha aparente, blusa mostrando um proeminente culote e aos pés sandálias confortáveis – dessas que todos usam diariamente –, além do paninho e toalha aos dois ombros. O suor também era um pormenor característico, similar ao dos rapazes a alguns passos de distância. Eu admirava sua compleição. Nunca me irritou o fato de trabalhar desprovida de fineza. Um dia ela conseguirá ter o que almeja, fruto da persistência e da qualidade, tão somente, de sua comida e trato aos fiéis clientes. É o único fato d'eu voltar aqui.

Como segui as ordens dos Três, dei um olá para iniciar conversa. Não recebi resposta. Sua consternação era nítida. Muito mais que qualquer mendigo quando requisitava doses de cachaça em cada mesa daquele bar-restaurante.

Olhei para o lado e um dos rapazes havia saído. A fila andava rápida.

— Pois não? — Ela encontrava-se atrás do balcão.

Eu não queria receber resposta agora.

— Pode me — embaracei-me, rapidamente tornando a falar — mostrar a conta, por gentileza? É só para ver o que consumi.

— Espere só um pouquinho.

Ela não foi indelicada. Trabalhar por vários é um afã incontestável.

Enquanto aguardava, encostado no balcão com os braços curvados, a urina cheia a pontilhar minha barriga, pensei quão divertido seria observar aquela pessoa como uma vítima. Ela ia de um canto a outro na cozinha; levava panelas, pratos, catava cerveja do *freezer*, catava cachaça nas bancadas altas ao longo da pequena cozinha. Uma miríade de coisas, constante ao trabalho, sem pôr sorriso ou frustração devida à quantidade de afazeres.

— Você trabalha assim todos os dias? Ainda tem os espetinhos lá fora.

— Minha folga é na madrugada — sorriu para mim, um pouco maior do que eu achava que seria. E permaneceu. — Às vezes sento numa das mesas com conhecidos e tomo cerveja, quando o movimento diminui.

— Entendo. — Não entendia não. — E sua vida é normal?

— Sim e não, mas gosto da rotina. Infelizmente não tive tantas oportunidades. Estudar nunca foi bom.

— Entendo. — Talvez não entendesse.

Olhei rapidamente para o lado e o banheiro estava vago. Num pulo corri até o pequeno cubículo onde o mictório era colocado à parede, desinfetante sobre uma bancada no canto esquerdo da parede e uma luz tão ínfima quanto minha vontade de permanecer naquele cheiro horripilante às narinas, similar ao bar que estive na quinta. Meus modos é que estão mais refinados hoje.

Já te vi em melhores dias. Já te vi reclamar numa dosagem inferior à de hoje. Estás tenso. Tua carcaça sente abruptos furacões querendo expulsar-te da insanidade, do aperreio dos indignos olhares. Por que insistes em escolher pessoas que não devem ser as melhores vítimas? Praticas isso há anos e não aprendeste ainda? Ferramentas? Tens. Disposição? Tens. Praticidade? Tens. Fobias indesejadas? Milhões. Alcoolismo aflorado?

Difícil. Aí me escolhes um padre logo hoje, sob imersão desta mulher que tanto contraria teu bom-senso?

Não devias falar de mim assim.

— Ótimo, agora vão ficar todos aqui dentro deste cubículo com um falatório esdrúxulo?

Claustrofobia? Aceite.

— Não é bem assim, Filho. Trate-me melhor.

Podia, tu, tratar-nos melhor. Evocar-nos numa missão impossível não é a melhor das soluções quando a contenda é indissolúvel diante das ameaças futuras.

— Mas eu não sou ameaça, Filho.

Ainda...

Os Três têm razão. O dia da vítima é amanhã. Não hoje. Vou me antecipar numa saída e focar na missa de amanhã. Quero encontrar algum disparate antes que eu me perca na solução.

Voltei ao balcão. Erivaneide estava mais sorridente. Devo ter alegrado seu momento. Só que não era minha intenção.

— Bom, acho que vou indo. Poderia me dizer quanto devo?

— Logo agora que pedisse um petisco com os rapazes? Fique mais um pouco. Levarei um agrado dos bons pelo pouco que me fez.

Fique, Tiago. Atente-se aos detalhes. Possivelmente encontrarás uma fresta com um cheiro suntuoso capaz de alentá-lo na tarefa de amanhã.

— Silêncio! — esbravejei esganiçado.

A dona do estabelecimento olhou-me estranho. Já preparava um prato bem suculento com torresmo e limões cortados de acompanhamento. Acho que pagarei a conta e logo depois sairei de fininho, sem causar nenhum desconforto. Preciso estar mais neutro à tarefa de amanhã.

— Mas pode me trazer a conta? Pagarei, de antemão, a fim de não acumular mais. Deixe paga mais duas cervejas também, certo?

Ela assentiu com a cabeça. Parecia controlada nos passos e nos gestos.

Assim voltei ao meu lugar.

O padre, por sua vez, sentara-se em meu lugar. Parecia bem-disposto, sorriso franco, alguns trejeitos peculiares quando a mesa mexia oscilante; a comida do prato havia sumido. Todos se deliciarem. Não havia porque contestar.

Quanto tempo fiquei longe? Dei um gole na minha cerveja que sobrava em cima da mesa, e a qualidade não estava agradável.

— Demorou muito e sua cerveja esquentou. Vou pegar uma para você, rapaz, e devolver, *parcialmente*, sua cadeira — enfatizou o termo com um sorriso levemente cínico.

Esse maldito padre vai me matar antes que eu saia daqui. Estou entendendo. Estou entendendo.

É prático: agradar para ser agrado. Falta saber como.

As palavras de Santo é um gozo literário, porém, estou precavido. A afefobia não parece muito aquém, e permanecer já é um risco a se comprometer. Apesar que, voltemos à assertiva. Minha embriaguez está a tumultuar minhas ideias.

— Estavam conversando sobre o quê?

— Rapaz, recebi aqui no meu celular uma mensagem sobre a morte da menina. Parece que encontraram possível pista do assassinato. Não sei se é verdade.

Quem diria, não é? Encontraram uma pista. Patrick ou o próprio assassino?

Foco, Tiago. A vítima. Não é hora para rodeios.

— Aí não especifica o que é?

— Deixa eu ver... — O velho que mais bebia disse, olhando para o celular, com os olhos bem próximos da tela e os dedos hirsutos a deslizar perdidos no foco.

Longa espera. Esses senis nada sabem mexer em celulares. Eu também não sou ávido utilizador. É mais para preencher alguns vazios de vestimenta.

— Não tem nada. Eu acho que... Não sei dizer.

— É melhor que permaneça assim — disse, descontente da resposta.

O padre retornava carregando o torresmo enviado por Erivaneide; a cerveja vinha na outra mão. Maestria ao carregar os objetos.

Um dos velhos bateu palmas. Ressoou uma irritação aguda aos ouvidos aguçados pelo álcool em demasia. Peguei a cerveja trazida e, de soslaio, observei o padre; ele focara tão bem em mim que mal pude devolver a garrafa ao lugar de origem. Emborquei sem me resignar, chegando ao ápice da tontura. Ali estava minha deixa... Soluço.

— Bem, rapazes... Foi um prazer conversar convosco — levantei-me da cadeira. — A noite se aproxima e nada posso fazer a não ser ir embora. Minha mulher deve estar preocupada. Avisei que sairia por pouco tempo. E olha: já faz horas — apontei para o relógio, esboçando um sorriso amarelo.

— Quem dera receber ordens de minha mulher — disse o que bebia mais cachaça.

— Eu quem o diga... — disse o outro, com uma risada desenfreada.

Ótimo, eles já se enrolaram na despedida. Hora de me sair. Mas antes o padre tocou novamente em mim e forçou um aperto de mão. Uma leve tontura se aproximara pelo aperto recebido.

— Vá com Deus, meu filho. Proteção. A propósito... — Lá vem... — Como tu se chamas? Sou Padre José Álvaro.

— Tiago Salviano. Tu foi uma pessoa bastante interessante de conhecer. Obrigado pela benção, padre. Fique em paz.

Será que havia algo na minha bebida? A conversa indolente não me dá credibilidade.

Ele largara minha mão e voltou as atenções aos homens que tagarelavam sobre as esposas. Escutei de longe a expressão vulgar de "vagina". Fiz bem em ter saído.

Entrei no carro e saí em disparada ao retorno de minha morada, de minha deusa na terra.

Durante o trajeto, ativei a busca de meu celular e me dei de cara com alguns pormenores sobre o padre: missa às nove horas da manhã na igreja da Cidade da Esperança. Ótimo. Vou ter de me deslocar numa travessia longa para me encontrar com aquele servo de Deus.

Não sei bem se parece com servo de Deus.

Vou ter de concordar com Filho.

Eu também.

Olhei para Laura. Ela sorria, no banco da frente, às vezes observando os Três, impacientes no banco de trás.

— Agora não é hora para suposições. Eu estava muito ébrio, e perder traços de coerência não podia ficar à mostra. Chegarei em casa e dormirei. Anseio por um copo d'água e os lençóis frios de minha cama. Espero poder ver Olga.

Hoje dormirás comigo.

Os Três sumiram.

—

Acorda, querido. Esta cama está apertada e teus olhos estão cheios de remela. Se há empecilho para abri-los, cantarei uma música para despertá-los. Espero que não sejas rude. Espero que sejas aprazível.

Minha cabeça doía muito. Tilintava tambores. Minha testa latejava; minhas orelhas queimavam, avermelhadas de tanta pressão exercida por manter-se naquela posição desconfortável sobre meu ombro e o encosto do banco do carro. Devo despertar. Abruptamente. E não ter...

Não ter uma surpresa?

Restava chegar em casa e me deparar com isto. Não me lembro como vim parar aqui. Espero não ter batido o carro ou causado nenhuma afronta aos Três. Ela... Bem, estou perdido, não? Cada dia que passa, mais uma surpresa. E úmida... Toco minha bermuda e parece que me urinei. Um cheiro esquisito. Toco. Sinto mais aspereza, diferentemente do que parece ser urina.

Se eu foste tu, iria se banhar logo.

Vou ter de ouvi-la agora? Estou realmente bem aquém do que imaginava, enfeitiçado por esta ilusão derradeira, apaixonante, suave. Fecho meus olhos e retorno ao preâmbulo adequado: minhas vítimas.

Quando entrei no banheiro, ainda levemente tonto, retirei minha bermuda e a cueca estava manchada com gotículas bem espessas, amareladas num tom esbranquiçado. Lembrei-me de polução noturna. Que maldita...

Esquece isto e vais tomar banho. Nossa noite foi maravilhosa.

Do que que ela está falando?

Liguei o chuveiro. Banhei meu corpo com intensidade. Sentia-me sujo, impávido a sair dali, fazendo um burburinho quando juntava água incessantemente à boca; virei-me e vi o corpo de Laura desnudo; ela roçava a pele no *box*, fazendo embaçar a camada de vidro e deslizando os lábios com delicadeza, mordiscando o ar e a barreira que nos separava, que me deixava louco. Fechei o chuveiro. Olhei-a atentamente num esmero que nunca fizera com outras vítimas. Fui aproximando-me para abrir a portinha. Queria tocá-la... Mas não iria. Num piscar de olhos ela sumiu. Encontrava-me descontrolado; nem a poluição noturna fora suficiente para deixar-me abatido sexualmente.

Volvi-me ao banho e enxaguei tudo, com força no vaivém do sabonete.

VII

Acordei cedo no domingo. Meu relógio biológico, mesmo sobre incidência do álcool, permanecia funcional, sem avaria. A família estava reunida sem lamuriar o ritual dos domingos. Por que eu fazia todos eles terem de acordar cedo para uma atividade que não remetia a nada? Nobre que eu sou, *lograr* de outrora é algo absurdamente feliz ao meu âmago. No entanto, a frivolidade, ultimamente, engendra o incomum nos jovens; procrastinar nos celulares e permanecer no quarto sem nenhum contato humano não lhe instigam a nada. Eles só querem anuir uma visão satisfatória de utilizar-se do futuro ainda distante; eu queria uns cochilos. Domingo sempre foi e será um dia bom. Quero finalizar a vítima o quanto antes para poder descansar em paz, pois acabo-me tumultuado sempre que não realizo as coisas com maestria.

Primeira parte desta encruzilhada era criar um plano a fim de fazer Olga ir com as crianças para casa quando o final da missa se aproximasse. Não quero nenhum movimento indômito perante minhas cercanias.

— Meu amor, vá com as crianças. Encontrarei um lugar para estacionar.

— Ainda não entendi porque viestes para tão longe. Algo em especial?

Ela não sabe.

— Nossa paróquia comentou sobre uma missa aqui. Quis visitá-la pelo menos uma vez e saber se a missa é boa quanto a da nossa paróquia.

Era apenas sobre o padre José...

Assim que minha mulher saiu do carro, Laura aparece num vestido longo azul, uma maquiagem leve, mas impactante; seu sorriso emudeceu-me como o estrépito de um canhão, onde o pelouro caíra ao meu lado, a estraçalhar-me. Aquilo era demais. Cada dia que surgia, essa loucura destacava-se como a célere adequação corrompia meus passos.

Vamos?

— Tu está deslumbrante... — murmurei, quase descontrolado ao manobrar o volante do carro sem se dissociar da atenção com a baliza feita.

Eu sei. Isto é para ti. Espero não atrapalhar tua homilia. Espero não atrapalhar teus passos, certo?

Que sorriso. O batom dela... incrivelmente um alvo! Queria acertá-lo a todo custo. Mas não podia demorar. O nímio atraso suscitaria em mais perguntas ao delongar esse ser deslumbrante.

Abri a porta sem me preocupar com a efígie escabrosa que seguia meus passos trêmulos; meus dedos impacientes tamborilavam à perna esquerda, atrapalhando a concentração – que já era das menores. E a porta da igreja estava lá aberta. Um portal com uma breve notificação sobre vida, escrita pela pastoral do dízimo, em letras garrafais:

AQUI JAZ A PREOCUPAÇÃO. AQUI JAZ O PRECONCEITO. AQUI JAZ A MALDIÇÃO.

Não entendi bem a princípio, mas contive o desejo de perguntar para qualquer uma das peças que vivem em mim. Decerto hoje eles não deverão aparecer.

Encontrei minha família no canto esquerdo, bem próximos do altar. As crianças pareciam bem-comportadas. Pareciam respeitar o ritual sem fazer escândalo. Juntei-me a eles e os saudei, abraçando cada um.

Enquanto aguardava o preâmbulo paroquial, pensei numa forma de sair sem que suscitasse questões quando eu digladiasse contra minha vontade. Até o momento não havia visto o padre José Álvaro.

Olga colocou tua tez muito aberta, não? Espero que não se depare com o padre mudando o semblante durante a missa.

Por incrível que pareça, ela tem razão. Arriscar a ficar nessa posição é um preço alto a se pagar, e trabalhar com inconstâncias nunca foi de meu feitio.

— Olga, podemos ir um pouco mais para trás?

Ela sabia que eram questões absurdas. Sempre absurdas. Havia pouca gente na missa. Aquele pedido não fazia sentido.

— Por que, querido? — indagou preocupada. A fala atraiu a atenção de nossos filhos, encarando-me. — Tu sempre gostaste de sentar na frente.

Meus pais adoravam se sentar na frente. Por isso ela não entendeu meu pedido.

— Eu sei. A iluminação está incomodando um pouco meus olhos. A sensibilidade, se é que me entende.

Saída de mestre. Talvez.

— Ah, como quiser. Tu estás com dor de cabeça?

— Não, não. É apenas a sensibilidade. Esta semana devo ir a um oftalmologista. Deve ser o grau de meus óculos já se alterando — os óculos que eu mal usava, perdidos em alguma gaveta do escritório.

Ela assentiu com a cabeça, um leve sorriso no rosto, que pendia para um desinteresse na questão.

Bem, foi uma saída inquestionável. Devo me acomodar melhor agora e deixar a missa acontecer com seu devido ritmo; nada de focar demais e nada de focar de menos.

—

Bocejo. Escaramuça para permanecer acordado. Por mais que o desafio sempre aparecesse infindável, por completa imensidão de pessoas naquele recinto, que pulsam uma respiração ofegante e desejam avidamente redenção das dívidas e o dirimir das dúvidas cotidianas, a calmaria antecipava o sono profundo de minhas noites cálidas ao sonhar com aquele aprazível momento de festejo da família que adorava prosas e o som da música, esboço de sendas nunca transitáveis.

A missa chegava ao fim. Nada de tão interessante.

O padre, vez ou outra, observava a grande multidão; ela o ouvia com esmero, olhares esbugalhados e sem nenhuma noção de quem realmente era aquele ser sobre o púlpito sagrado. Ele não esbravejava palavras. De fato, era bem gentil, até. Soava bem, numa mansidão tremenda, muitas das vezes sereno porquanto respeitava o solo sagrado e sua vocação. Pergunto-me se ele não me enxergou na multidão. Eu, na posição que ele estava, facilmente teria me visto.

Enquanto alguns fiéis o cumprimentavam, eu havia dito a Olga que esperava Paulo para uma reunião emergencial. Assim, ela, descrente da veracidade nas minhas palavras e mal se despedindo de mim, foi embora com os dois, de ânimos mais elevados por estarem de saída, o mais depressa possível do agouro dominical; vi o carro ir e o alento se revigorar. Em seguida dirigi-me à saída da igreja, atento a qualquer mudança no ambiente. Fiquei um bom momento encostado a uma das três portas, apenas de soslaio à movimentação dos cristãos que saíam, despreocupado e acalentados pelo sermão do nobre servo de Deus.

A pior parte disso tudo é não estar alcoolizado. Meus sensos parecem arruinados em detrimento da sobriedade. Numa escalada inversa. Não sinto nada aguçado. Beira ao pior dos meus encalços até o presente momento.

Mexi um pouco no celular, li algumas notícias. Nada sobre Laura. Nada sobre as eleições do estado.

Restavam poucos fiéis. Escondi-me, atravessando uma espécie de pátio na lateral da igreja, abaixo do teto em "v". Era realmente estranho esse de tipo de estrutura. Bem, passados alguns minutos saí da minha posição e o padre havia sumido. Excelente. Agora teremos um encalço à moda antiga: com frenesi exacerbado e um tantinho de suor para encharcar minha camiseta cheirosa.

Paulatinamente dirigi-me ao púlpito; fiz o contorno enquanto parecia não me olhar e deparei-me com o zelador, que recolhida os jornais da santa missa, por entre os vários assentos. Tive que ser rápido e adentrar no local onde o padre deveria estar, numa parte mais interna, chamado de *sacristia*. Como eu sei esse nome? Não me recordo.

Continuemos.

Já dentro do lugar, percebi quão diminuto era o espaço, além de escuro, possuir três portas em direções completamente diferentes e uma sensação angustiante, como se apertasse meus pulmões a impedir-me de respirar. Foi assim que percebi não saber onde o padre se encontrava.

Contudo, precisava andar. Havia ficado bastante tempo parado em confronto às portas; pateei meus pés a cada entrada, tentando identificar sons de um diálogo ou qualquer outro burburinho. Na primeira, à esquerda – dois passos após adentrar ao lugar –, não escutei nada ao pôr meu ouvido na porta. Convincente, passei para a porta seguinte, mais à frente, vizinha a uma mesa retangular de madeira, dessas bem pesadas; o tampo era muito grosso e eu tive que colocar a mão para me aperceber disso; um feixe de luz saía da fresta da porta, similar à anterior, porém não tão similar quando ouvi, ao encostar meu ouvido, um barulho baixinho, inquietante. Maldito seja! As pugnas que eu enfrento são tão complexas. É estranho entender as ignóbeis interações deste ser aclamado por quase uma centena de pessoas. Vê como é distorcido? Vê como meus olhos são meus maiores inimigos? Não quero ter de enxergar. Não quero...

Estás pensando o que eu estou pensando?

— Claro que não. Na verdade, parece até algo comum. Comum, certo? — disse, sem mediar o que estava pensando em voz alta.

Não é comum. É aberração. Horripilante.

Pus a mão na fechadura e a girei tão devagar quanto foram meus passos pateados. A maçaneta rangeu. Diminui a força. Fechei os olhos antes de puxar a porta para mim. E digo-te, de antemão, que é algo sensível para os olhos, para a mente. Peço-te perdão por enveredar ante os martírios da vida para satisfazer costumes peculiares de minha destra infernal. Porém, lá estava o padre sentado, diametralmente à porta, numa poltrona bem adornada, de detalhes incrustados, pouco visíveis para mim; quase um trono. Ainda estava com indumentário paroquial, a batina branca, alva como a pureza que via ao seu lado; era o coroinha, aquelas crianças que ajudam nas tarefas durante a celebração. Nossa, minha ânsia cresceu demasiadamente. Sabe o vômito da noite passada? É muito pior! Nossa... Não sei o que comentar.

Mas por incrível que pareça, padre José Álvaro dava afagos à cabeça do jovenzinho de cabelo liso e sorriso no rosto. O sorriso dele era diferente e nada mais que isso. São pormenores obscuros para tal ser e para mim.

Virei para trás e não encontrei Laura Logo, voltando a olhar para o interior do cômodo, me deparei com sua efígie ao lado da poltrona do padre, mão encostada à mesa e simulava, a meu ver, uma espécie de encenação de assassinato. Por quê?

Eu desejava estar ébrio. No maior nível de embriaguez. Ébrio! A fim de esquecer esta cena da minha memória. Talvez eu até esqueça meus pais e essa prática dominical.

Dei alguns passos para trás. Não ousei fechar a porta para evitar qualquer outro barulho, já que eles conversavam baixinho, de semblante sério. Agora eu precisava estar ébrio. Imaginei o vinho da celebração a umedecer-me. Precisava encontrar meu refúgio; tão perto, mas tão longe. Em cima da mesa restava a ambula, galhetas e o cálice. Peguei-o, fervoroso; senti um peso sobre a palma da minha mão. Quando vi aquele vinho, deleitei-me sem pensar duas vezes: emborquei a bebida e jaz a aflição. Era isso que a faixa dizia, não, na entrada da igreja?

Quando dispus o objeto de metal na mesa, um leve som retiniu pelo ambiente diminuto. Por sua vez, outro som, mais estridente, fora ocasionado dentro daquele outro ambiente: o padre, depressa, saiu do recinto e deu de cara com a escuridão, não encontrando ninguém. Eu havia me escondido debaixo da mesa que estava aquele frasco, como ordenado por Laura. Foi um susto, e tornara-se, depois desta ação, a melhor insensatez que eu poderia sentir; também a melhor resposta.

Os passos do padre foram construídos. Lá se ia ele do ambiente interno da igreja junto da criança, já sem o indumentário de celebração.

Laura recomendou que eu fizesse o mesmo, já solicitando um carro num aplicativo de celular para me antecipar no encalço. Então pela penumbra da sala me esgueirei, até os avistar, de longe, na parte externa da igreja.

O zelador, que não era idiota, me viu sair da sala e não entendeu. Meu traje esporte-fino talvez tenha ajudado a despistar qualquer pensamento de estranheza ao meu respeito, mas seu esgar fomentava preocupação, pois eu era um mero desconhecido na paróquia. Cumprimentei-o sem transparecer minha transgressão ao local.

Lá se ia o padre a adentrar seu veículo. E eu ainda sem avistar o meu. Será que eu conseguiria? Foram alguns minutos que separava minha solicitação da saída apressada do padre e o coroinha daquela sala.

Numa pequena demora e sorte – diga-se de passagem –, adentrei ao banco de passageiro do carro que chegou e pedi singelamente ao motorista que os seguisse; vi uma conspícua olhadela no retrovisor.

— Deseja algo mais, senhor? — disse o motorista. Ele parecia consternado com minha postura, meio atravessado entre os bancos da frente.

José e o garoto demoraram pouco mais de cinco minutos parados sem que eu soubesse o que acontecia no interior daquele carro. Não me preocupava com o valor da corrida, preocupava-me com a demora!

— Apenas isso. Estou atrasado para uma confraternização e não sei onde fica. Pretendo seguir meu amigo, que está parado não sei porque — peguei o celular. — Melhor eu perguntar.

— Certo, senhor — ele disse.

O motorista parecia ligeiramente sereno à situação. Eu, por outro lado, empedernido à situação do padre, tão cáustico quanto minha vontade de beber, recobria-se em ânsias.

Acalme-se, Tiago. Terás o resto do dia para beber.

— Quem dera…

— O que, senhor? — Ele tornou a se virar para mim.

— Nada não. Às vezes falo sozinho enquanto penso — sorri para disfarçar.

Espero que tu não levantes mais suspeitas.

O padre deu partida. Lá se vai o padre José Álvaro. Homem de Deus. Como eu. Todos nós sofrendo das aberrações mentais e sanguinárias da vida deletéria, caótica como um prato de cuscuz sem acompanhamento.

Durante o trajeto, Laura me entretinha. Seu corpo esguio me bailava. Sua voz tenra causava-me arrepios. O motorista, quem dera pudesse ver esta magnânima mulher, sorria pelo valor que receberia desta infindável viagem. Isso porque o padre já andava quase toda a cidade. Achei que ele morasse num bairro mais luxuoso. Talvez ele fosse simples de alma.

— Estamos entrando na favela. Tem alguma recomendação? — disse o motorista num leve consternar, virando-se para mim.

Fiquei em silêncio. Fingi que não ouvi.

O padre parou o carro no acostamento da rua esburacada, cheia de dificuldade para atravessá-la. Nós, a uma distância relativamente grande, o olhávamos. Ele saiu depressa e entregou um saco para uma senhora negra, de cabelo bem embaraçado e volumoso, que sorria de alegria por receber tal pacote.

Realmente ele faz o bem. É o que parece.

— Ele só veio entregar este pacote e já seguimos, tudo bem? Não se preocupe, pelo horário, aqui parece estar tranquilo. Mantenha apenas os vidros abertos para evitar qualquer afronta aos moradores.

Os vidros estavam abertos desde o início. Não reclamei.

E seguíamos. Muito...

Durante quase quinze minutos, José Álvaro – sem mais citar sua profissão – chegara a sua casa. Era sim um bairro nobre.

O jovem saiu do carro. Parecia estonteante e ao mesmo tempo petrificado. O portão se abriu; o carro entrou na garagem e a criança, que esperava no lado de fora, ficara órfã. Não sei explicar o porquê. Ela, na calçada mais solitária e deserta, olhava para os dois lados da rua e suplicava por algo que meus maiores inimigos não conseguiriam identificar.

A uma distância relativa, já fora do veículo que me trouxera ao local, agradeci a viagem, paguei o valor referente à longa perseguição e aguardei qualquer sinal de reviravolta.

Por que o jovem havia saído? Por que ele não esboçava nada?

De repente, a campainha fora tocada com dificuldade, num salto para alcançá-la. O padre atendeu. Não deu para enxergá-lo. A porta se abriu. Fim.

Empedernido. Essa era a sensação. Eu estava muito empedernido.

—

Ainda no bairro do padre, encontrei uma conveniência 24h. Comprei cerveja e fumei meu cigarro tentando a todo custo tirar aquela imagem horrenda de minha mente insana. Mesmo amalgamado neste embalsamo de loucura, a hora passava e eu não queria ter de me retratar com Olga devido o mal cheiro; sequer me redimir de ter saído abruptamente para uma reunião num domingo, sempre destinado às missas. Eu queria paz. Somente isso. Sentar-me no sofá e assistir qualquer coisa na tv para esquecer aquela imagem horrenda.

Tu não esperavas isso. Aceite. Viva com isso. Também não sabes o que aconteceu.

— Cada vítima que eu encontro é uma história a ser contada, pormenores que incrustam divagações do ser, da pobreza, da riqueza, dos hábitos fora do comum. Por que fui logo me meter com um padre?

Mas os Três não te alertaram?

— Deveras! Mas era aprazível para mim ter uma vítima à altura, conflitar meus devaneios e galgar-me noutro mundo.

Esqueças um pouco disso. Trates de voltar para casa. Banhe-se. Acabes logo esse cigarro e aprenda a viver. Coisas ruins acontecem e não deixarão de acontecer. Noutro dia acontece uma boa. Conviva com o fato de que não foste descoberto.

Ela sorriu para mim. Soava bem, como aquele sorriso sereno do motorista que abocanhou muito dinheiro na viagem.

— Irei para casa e farei o que tu sugeriu. É o melhor a se fazer.

Requisita o transporte e vamos.

Saber conviver. Ótima lição…

VIII

Tic. Tac. Tic. Tac. Tic. Tac. Tic. Tac. Tic. Tac.

Que inferno! Esta sala é uma assombração aberta. Um filme de terror. Quando achei que não voltaria mais a frequentar tais lugares, clínicas onde esses seres – que sempre usam óculos – estariam a me analisar, volto a ser peça principal da agonia, frialdade dos tatos intangíveis, de olhos perfurantes e dos malditos óculos que parecem se mover a cada olhadela de lado. É um agouro...

Vim sozinho à consulta.

Olga fora responsável pelo meu encaminhamento, conversando com um de seus colegas de trabalho. *Very nice, indeed.* Ela ouvira sobre esse tal Guilherme Acán, um Ph.D na área.

Vejamos: odeio psicólogos, psiquiatras e qualquer ser do âmbito. Não é meu passado que os exime de tal pensamento. Análogo ou não. Eu acho que eles ouvem demais, tocam demais e enxergam demais. É um apreço exacerbado. Comento: por quê? É simples. E nada naquela sala ajudava. Eu via Laura ali, e ainda tinha os pensamentos sobre o padre. Passaram-se dias e eu sequer tive alguma vitória. Continuo absorto no pensamento de que não haverá nenhuma mudança a se assomar perante meu declínio. É ambíguo?

As poltronas da sala de espera são macias. Confortáveis de uma forma geral. Tem pequenas almofadas em cores não-vibrantes. Um cinza, um preto, um marrom. Elas não têm tendência e muito menos um padrão. Mesmo assim fiquei abismado às cores e finquei todos os olhares possíveis nas variações; de vez em quando mudava o relógio no alto da parede, em cima da pequena estante de livros, na grande variedade que mais parecia a Barsa.

Pela descrição recebida por Olga, Guilherme parece ser bem centrado nos pontos frágeis do ser. Como eu entendo isto de uma forma leiga? *Ele definitivamente não é um padre.*

Definitivamente não é um padre, e se eu fosse os Três, ficaria zangado contigo caso mudasse o trajeto usual desta consulta terapêutica.

— Tu sabe que eu posso aferir melhor sobre isso, né?

Aferir o fato de digladiar-se com um mestre das mentes?

Laura é incrível! Mas tem horas que ela solta palavras tão estranhas. Mestre das mentes?

— E eu do olhar. A fuga da igreja foi a melhor em anos nesta profissão sem vínculo nenhum com a realidade. Então convenhamos: sei o que estou fazendo.

Antes que eu esqueça: havia duas portas. Saber a correta era mera intromissão no trabalho do profissional. Por isso atestei-me mais à defronte de mim, colocada adjacente à estante de livros; quando ouvi uma singela zoada de dobradiça a se mover, Guilherme aparecia, de semblante cáustico, frígido enquanto me encarava. Ele era extremamente velho! Óculos na cara, de lentes tão espessas quanto minha carteira cheia de dinheiro; nariz arrebitado; maçãs do rosto bem enrugadas, porosas; branco, um branco tostado do sol; e bem careca... Nossa, nunca iria dizer que aquilo se assimilava a ser calvo.

— Tu és Tiago Salviano? — assenti com a cabeça, bem desconfiado do quão curvado estava a se deslocar até mim. Sua bengala era inconstante ao chão. — Queira vir comigo, por favor.

Ótima hora para Olga me colocar nas contramãos da vida. Uma hora acho estar indo numa correnteza adequada; noutra vejo um mar querendo levar meu corpo para onde a pressão exerce maestria a contorcer minhas vértebras, tecidos, que faz os olhos saltarem; e a cegueira cumpre seu maior feito: me enclausurar na própria desfaçatez.

Quando olhei dentro do espaço reservado a nós dois, um divã já possuía uma pessoa deitada, atenta aos meus pormenores; outra pessoa sentava-se numa cadeira no canto da sala. Guilherme empurrou-me para onde eu podia me sentar: no chão.

Dava para sentir o suor cobrir todas as minhas dermes, constipação excessiva que agulhava intestino preguiçoso. Sentia a poeira indo e vindo. Era densa. Um bolor escuro como a cor de meus sapatos. Eu parecia estar rodeado por antigas vítimas que aguardavam a hora certa para avançar. Senti uma mão pressionar-me com apreço, afagos irritantes, uniformes. Passou a cofiar meu cabelo com delicadeza, onde senti um toque tão agradável quanto banhar-se numa poça de água, num balde gigante feito à medida para mim. Somente para mim.

— Estamos aqui para convidá-lo a morrer. O que acha da ideia?
— O rapaz lá do canto da sala falou. Voz gutural. Por que estava na penumbra?

— A morte é a melhor forma de antecipar teus anseios numa forma mais abstrata e correta. Auxilie-nos neste pormenor.

Agora Guilherme falou. O que mais teria pela frente?

Laura, ainda num afago interminável ante minhas costas, agora puxara uma faca, pois ouvi o chiado do metal, e deu-me um singelo beijo. Um singelo conforto sobre a carga austera. A navalha cortara a jugular. Tudo embaçou. O sangue caía ao chão como uma cachoeira e o esvair infinito. Desci paulatinamente à imensidão sem fim, sendo observado por todos ali presentes. Agora dava para identificar, lastimavelmente, quem eram as tais penumbras.

A Morte alcançou seu apogeu. A Morte era outrora que insistia em clamar meu corpo como propriedade exclusiva para proveitos insólitos e irreais. Enfim... A Morte parecia ser conhecida.

—

Sim, era um sonho. Acordei apreensivo, zunido excruciante ao ouvido, travesseiro bem úmido, exageradamente uma amálgama de saliva e suor; despertei num salto. Laura estava de pé, a me observar. Novamente desnuda, contemplei-lhe a tez perfeita e frágil. Eu sempre achei isso dela.

Não demorou muito para Olga retirar aquela venda dos olhos semicerrados que esteve por tanto sono lhe consumindo.

— O que houve, querido? — murmurou, de voz entrecortada.

— Sonhei com o psicólogo que você me receitou. Aquele pressentimento que algo de errado ocorrerá...

Ela grunhiu e me abraçou. Deu-me um aperto forte, porém reconfortante psicologicamente.

— Esqueças isso. Se quiseres, posso te acompanhar. Ou pedir para Júlia — disse vagarosamente.

— Não, deixe nossa menina fora disto. Irei sozinho mesmo. Volte a dormir.

Olga abaixou a venda e retornou ao sono que nenhuma insônia era capaz de afrontar. Por isso, ainda meio abalado, desci até a sala de estar.

A escuridão me alimentava. Na verdade, alimentava alguns processos quanto às próximas vítimas.

Alcancei o copo de uísque. Enchi até a metade. O primeiro gole foi tórrido. Senti toda uma querela abrir caminhos para os devaneios. Coloquei um som apraz, baixinho. Uma comunicação estrangeira se iniciou. Henry Górecki, sinfonia número três, primeiro movimento.

Sentei-me. Laura pôs a mesma quantidade de uísque e encostou a cabeça em meu ombro aflito; ele mexia deveras inquietante, sacudindo qualquer apreço, a indolência moldada no antro que era minha alma.

Necessitas de que mais?

— Dos execrados pela sobriedade. Encha-me um novo copo — estendi a mão.

Sabes que eu não consigo. Por que questionaste?

— Ó, antro de perversidade, quando encontrarei destino afável? Quando largarei esta que sucumbe desejos terrenos, a epítome da insanidade?

Tudo está calmo, Tiago...

— Mesmo?

Sigo até o bar da casa e viro um segundo copo. Cheio. Sem nenhum remorso do que estava proposto a fazer. Ó, execrados...

Coloca-te a obscuridade sobre uma destra, Tiago. Sempre irás fazer uma balança para manter-se longe do vilipêndio, deste desejo atroz e terreno. Aí trazes à tona os execrados pela sobriedade. Há quanto tempo não vês o bom-feitio? Anos? Não vais expor a essa que tanto desejas alcançar e rememorar? Hipócrita. Confuso. Inadequado. Pungente... A maior das irrealidades quando ingere álcool sem um propósito. És fraco de alma, de vida, de morte. Nenhuma luz te ajudará. Continue a entornar a garrafa. Sabote-se!

E lá estava eu na pior das sarjetas. Bebia cada gole de uísque como se fosse o último dia de *minhas vidas*.

Laura havia sumido. Aqueles que eram chamados de execrados pela sobriedade me cercearam. Corpos escuros na maior penumbra, sentados, abraçando-me e tentando passar um pouco deste falso calor.

A garrafa caíra do sofá e derramou o restante da quantidade em grande porção ao tapete de valor inestimável. Cada gotejo final soava como um turbilhão de profundo e sincero marejar; sons de pratos se quebrando, azucrinando os ouvidos espertos, e culminavam numa orquestra com sons densos que saíam do alto-falante. Talvez seja esse meu padecer mental: perpetrar, a si, ilusões de que tudo visto fora criado por mim, para mim.

—

Cheiro forte. A boca totalmente ressecada. Fazia estalos nas mandíbulas. Havia um certo conforto quando me mexia, a cabeça tão pesada quanto uma bigorna caída sob neurônios hibernados. Abri os olhos. Deparei-me com a imagem de Olga bem consternada; seu rosto tinha traços aparentáveis de uma noite mal dormida. Será que eu causei algum transtorno após descer até a sala de estar?

— Bom dia, querido. Sentes algo? — pôs a xícara à boca, distante de mim.

Grunhido. A dor era infernal.

— Está tudo estranho... Uma ânsia forte de vômito.

— Normal. Bernardo acordou e te viu deitado no sofá numa posição bem desconfortável. A garrafa de uísque no chão encharcou o tapete. Bem, já sabes que o cheiro forte está instalado — sorriu para mim, levemente preocupada, seus olhos desviando várias vezes de posição. — Tens algum compromisso marcado para hoje? Posso desmarcar, caso queiras que eu te acompanhe na consulta.

Compromissos numa segunda? Deixe-me lembrar.

— Não. Devo... Devo ficar o dia em casa — respondi confuso.

Ela não saiu de imediato. Continuou a me olhar, apreensiva, ainda a bebericar a xícara. Ela me analisava?

— Por que estavas ouvindo a terceira sinfonia de Górecki?

Novamente, outrora escarnece de mim. Ela sabe brincar.

— Estava com vontade.

Novamente, outrora quer retornar. Já não era hora, certo?

Laura revolvia-se, encostada ao corpo de minha amada. Fazia tempo que não conseguia falar esse termo. O amor está tão corrompido. O que mais falta acontecer? Ela era? Ela era deusa na terra?

— Pois bem. Irei trabalhar. Estou atrasada. Os meninos foram de táxi para a escola. Qualquer coisa se comunique com eles — disse num tom arguto, apressada. — Hoje o dia será bem estressante. Provavelmente chegarei tarde. Peça comida para vocês, tudo bem?

— O que houve? — soergui-me no sofá. O cotovelo sentia uma queimação ante o estofado de veludo.

— Pista no caso da moça assassinada no ponto de ônibus. Ligação direta ao caso.

Descobriram o bar. Descobriram Patrick. Descobriram o assassino? Não posso ser conectado. Terei que singrar novos ares antes que seja tarde.

— É sigiloso? — encostei as costas a parte de trás do sofá.

Já saindo, ela somente erguera o polegar. Perdi um pouco do senso da conversa e vi quão bela ela estava em trajes sociais. Queria poder ser aquele...

De quando me conheceste, não é?

— Exatamente. Meu maior desejo.

Tu não sabes o que fala. E ontem percebi quão piedoso tuas facetas esbanjam sobre mim. Falta mais aceitação. Falta mais entrega. Eu sei. Não quero pôr-te em desavença. Aqui o que imerge é receio.

— Receio de me perder por você?

Receio de não saber onde está a luz no final deste extenso túnel...

— Na madrugada e agora. Por isso eu bebo.

Passei bom tempo do dia deitado. Esmorecido. Procurei me entreter das várias formas que eu podia. Li alguns livros. Passagens. Hoje não consigo denotar tempo suficiente para embarcar nos mundos. Habituar-se ao presente é incrivelmente avassalador e os restos de minha andança evaporam numa velocidade voraz, consumindo-me enquanto as mentalidades continuam comprometidas a desenvolver o pungente percurso; admoestado por incoerências do turvo entregue a mim como facilitador de aventuras. Eu acho que prezava por isso. Eu acho...

Cansei-me de ficar naquela posição. O cotovelo coçava. Então liguei a tv e me acomodei; ouvi sobre o caso de Laura. Era muito tempo, praticamente metade do programa estabelecendo as diretrizes do assassinato. Lá e cá o inócuo era destrinchado. Lá e cá repetiam-se vários nomes estranhos. Interessante eles terem doado muito tempo. Volve-se àquele pensamento rico da politicagem de fim de ano.

Não achas que é por causa de como foi suscitado?

— Teatral ou não, há politicagem. Aquele papo de segurança, que terão mais policiais nas ruas. Pergunto-me sempre porque ainda continuo aqui. Por que Olga insiste em continuar exercendo uma profissão que não mais lhe agrada. Financeiramente temos o suficiente para viver. Sempre tivemos. Dar outros ares às crianças seria de grande valia.

Comodidade, Tiago. Tu és realmente um ser muito intransigente e mesquinho com este teu pensamento.

— Mas não estou indo além. Olhe para mim — encontrava-me parcialmente deitado no sofá que virei a noite acompanhado de sinfonia e álcool, de samba-canção e sem camisa —, totalmente desvairado e despojado, sem me preocupar com pormenores da próxima boate construída e muito menos de sair daqui nesta segunda abençoada.

O celular toca. Duas mensagens. Na verdade, a de Olga estava ali há um tempo. Eu que me esqueci de abrir e atestar o conteúdo dela. Agora recebia uma de Paulo Nóbrega, sócio na empreitada:

▓▓▓▓ Podemos nos encontrar para eu mostrar aquilo que conversamos no outro dia? É de grande importância.

Saber lidar com pormenores: a melhor tarefa do ser humano.

Muitas das vezes, eu continuava enfadonho para essa gente. Isso, bem enfadonho, capaz de desmerecer qualquer empatia; afinal: fobias servem para contrariar o bom-senso, quiçá as cordialidades. Portanto, destravei meu celular e o respondi pacientemente que estou ressacado, e necessitava de bons goles d'água a fim de me recuperar da madrugada de Górecki.

Longos instantes depois ele manda uma réplica:

▓▓▓▓ E amanhã? Precisa ser ainda nesta semana.

Por que nesta semana? Tanta urgência para quê?

Respondi com apreço, demonstrando mais delicadeza que a resposta anterior. No mais, o molde foi parecido; enviei e logo abri a de Olga:

Não se esqueças da consulta. 16h.

Olhei para o relógio. Ela também se esqueceu da consulta quando perguntou a mim mais cedo. Tinha de almoçar antes de sair. O rói-rói havia se iniciado e eu não se lembrara da consulta. Era psicológico. As duas partes: eu pensava em beber e não em comer; assim como queria desafiar o homem responsável por minha consulta. Maldita hora que permaneci aqui pendendo a um cochilo. Infortúnio ou não, apressei o passo; encontrei-me na cozinha com Bernardo, que lia um livro sobre a mesa, com um copo d'água ao lado. Peculiar. Ele entrou em casa e eu não percebi? Júlia também?

— Por que está lendo na cozinha, Bernardo?

— Queria sair do quarto um instante. Lá me leva a uns pensamentos fora da reta — respondeu sem tirar a atenção da leitura; pela capa incrementada, era um livro de fantasia... Não me lembrava de ter adquirido tal livro. Na verdade, estava difícil lembrar-me de muita coisa, ultimamente.

— Sua mãe quem comprou?

Ele levantou o polegar da mão esquerda, oposta à que apoiava o livro; não parecia tão pesado. Aproximei-me e a leitura era bem agradável, um esmero conciliador de palavras. *A batalha do apocalipse.*

— Já almoçou? Pediu comida?

Novamente um polegar erguido. Mais uma vez fiquei confuso com a hora. Olga saiu, eles chegaram, eu permaneci deitado. Tratei de aumentar o ritmo e coloquei suco de laranja natural, arroz, pedaços de carne e feijão da comida que ele havia pedido; praticidade para conseguir obter êxito ao tempo que não parava nem para eu poder regurgitar o hiato entre descansos.

— Esqueceu da consulta? Mamãe mandou várias mensagens para me alertar. — Ele me fitou.

— Claro que não esqueci. Foi desatenção.

— Sempre é, pai. Sempre é — olhara para mim. Soava ironia?

O micro-ondas foi ligado. Espero que a comida não esteja ruim.

Laura reapareceu. Alívio. Bem, foi uma das mais demoradas reaparições. Infundia algo passadiço decorrente do colapso noturno?

Quero que vás se arrumar. Trajes tua melhor roupa. Use a melhor fragrância. Guilherme estará pronto para ajudar-te. Isso é o melhor para ti, no momento. Compreenda.

Ela está jogando algo contra mim?

— Espere eu terminar minha refeição.

— Como, pai? — Ele tornou a fitar-me.

Esqueci-me de Bernardo. Por que ler em uma cozinha?

— Nada. Pensamentos audíveis.

— Ótima expressão — estonteante, escreveu numa folha ao lado. Interessante. A folha realmente continha muitos rabiscos, palavras ao longo de toda a margem.

Almoce. Veja a hora. São 14h e tu tens pouco tempo para se encaminhar até lá.

Há tempo suficiente. Tremenda hora que fui emborcar álcool demais. A cabeça ainda zunia alguns tremeliques incessantes. Olhos sentiam uma pressão ao redor das extremidades; a visão, um pouco aquém, somente agora provava ser meu maior amigo. Por favor, somente agora; plenamente a desconfiança ainda reinava.

Enquanto eu aguardava esfriar a comida, fui até a geladeira. Mostro-vos como a arte da paquera é o infindável cômoro de cada aclive; e aquela cerveja irradiava-se à presença altiva, de gana, a maior das cóleras que eu pude exercer quando toquei sua camada gelada e reconfortante; isso não é um farfalhar: é simplesmente nicho das querelas que me arruínam, obsequioso que sou.

Fechei a porta e Bernardo observava a cerveja em minha mão. Tinha um ar incrédulo, desaprovador; um ar não tão raivoso, porém um tantinho desacreditado da balela que eu proferia para ganhar tom de correto.

Então, sem ponderar, levei a cerveja até a mesa. Meu filho e seu olhar malicioso desgrudaram completamente das linhas infinitas daquele livro. O gás comprimido levou a tampa ao chão. Lá, nenhuma audácia foi proferida a não ser meu gole tão refrescante. Vi dois presentes na cozinha cabisbaixos ao meu ato. É o preço que jamais pode ser protocolado. A audácia, mera coincidência destes fascínios facínoras que eu cometo.

Sabotar-se. Sabotar-se é tua arte.

— O que foi? — perguntei a Laura.

— Eu quem pergunto, né, pai? — indagou levemente alto.

— Há algo de errado? Execrado?

Ele escreveu a palavra na folha. Esperto.

— Não sei o significado, mas é meio estranho agir assim depois do que ocorreu na noite passada. Autodestruição.

Autodestruição partindo deste adorável ser. É crível. Concordável. Somente uma ligeira apresentação de minhas falácias para continuar a singrar caminho até o abismo que eu próprio cavei.

— É apenas uma. Prometo.

Negligência. Desfaçatez.

— Todas as vezes é apenas uma, pai. O que há contigo? — indagou, ressentido com meu ato.

— Eu prometi, certo? Não queira que eu seja rude.

Bernardo retornou ao livro sem mencionar nada. Exatamente nada! Frio. Havia uma similaridade incontestável a mim. Seus olhos borbulhavam de ódio por dirigir-me tão rude. O que mais restava acontecer enquanto meu alcoolismo engendrava mais confusões nebulosas? Bater… Não, isso não.

Bater em quem?

Olhei para o lado, concentrado. Insisti em não responder naquele recinto. Laura me seguiu até o outro ambiente. Fiquei impaciente. O suor já beirava a uma erupção das minhas serenidades – se é que existia.

Eram tantos olhos. Olhos…

Acalme-se. Não prolongue. Foco!

— Não posso explodir. Preciso focar no que eu mais gosto de fazer.

Se for o que eu pensei, retrate-se.

— Perspicaz, mas não. Quem sabe.

Exploda! Mas não invente isso. Já basta a imagem horrenda que tiveste ao observar o padre. Os Três iriam concordar comigo.

— Óbvio. Durante todo esse tempo, o máximo que pude atestar foram algumas boas doses de ânimo quanto a se relacionar com pessoas comuns. Quero insólitos. Quero ínclitos. Quero os magnânimos. Quero dificuldade. Quero embates eclodidos à borbulha que é minha cabeça rente aos olhos amalgamados em ódio e tortura. Isto é ser ignóbil como o pensamento daquele que era zelador da igreja ao me ver sair do interior daquele recinto? Ou apenas mais um ébrio comumente à vida e às algazarras de uma noite serena e singela, bordada com espectro dos que nos roubam?

Responder com aflição não prova quão insólitos és, Tiago.

— Responder com aflição mostra quão desesperador é estar frente a frente com quem suga minhas entranhas.

Psicólogos não são maus.

— Muito menos eu.

A incógnita, o inimigo da minha perfeição não-atestada.

Voltei à cozinha. Laura já não mais me seguia. Possivelmente fora contrariada. Tratei de comer rápido. Bernardo continuava a ler e não moveu nenhuma discórdia, restrito ao silêncio. Então corri e banhei-me rapidamente, sem lembrar-me dos pormenores ditos por Laura. Estava trajado o mais despojado possível, e as sabatinas, que eu nunca havia falado para ninguém – ninguém mesmo! – seriam ditas hoje, para mostrar a quantidade de discordâncias que eu tive até hoje.

I

Tic. Tac. Tic. Tac. Tic. Tac.

A leve semelhança do relógio, da estante com livros – sem a Barsa, como em meu sonho – e uma complexidade nas cores de tudo que havia ali era monocromático. Do branco ao preto. Ah, em inúmeras proporções estranhas, desde o quadro a enfeitar a sala de espera quanto uma mesa de centro e suas falsas rosas vermelhas. Ademais, o local era perfumado. Usavam-se aquelas fragrâncias naturais que dispersam durante o dia, intercaladamente. Posso até dizer que estava num profundo deleite, sentindo o amargor da cerveja na língua, diante da quantidade ínfima ingerida. Não que eu estivesse adorando a sensação. Aquele homem, decerto, perceberá essa particularidade incomum sem nem ao menos eu citar o alcoolismo. Então minha expectativa é dissuadi-lo. Simplesmente.

Esperei. Esperei. Atraso. O ponteiro maior do relógio circundava vagarosamente e parava no número um. Depois o dois.

Cadê Laura quando mais preciso?

Escuto o trinco da porta estalar. Aspereza. Eu já não mais conseguia controlar as mãos unidas, assaz aflitas; o suor das palmas das mãos emanava qualquer fração de poder se levantar antes da total abertura da porta; aparecia Guilherme Acán, com semblante apraz, delicado. Ele é um pouco mais velho do que eu, cabelo grisalho, nitidamente bem cortado, uma franja singela para o lado direito; olhos claros, de um azul poderoso, ostentava um olhar atípico, como se já estivesse a me analisar, com a cabeça levemente angulada para estreitar sua visão; e em suas mãos uma prancheta marrom. Outrora martelava uma boa prosa? Será interessante ser atendido por alguém de idade muito similar a minha.

— Tiago Salviano? — Ele mexeu seus óculos. Esqueci de mencionar quão branco eram as hastes. Incomodava, apenas este pormenor ante o visual sincero de não parecer extravagante perante os insólitos. — Vamos?

Assenti. Levantei-me bruscamente, ajeitei o relógio de pulso e dei uma última olhadela naquele movimento pendular, do relógio de pêndulo antigo como uma coluna grega encostada à parede, um pouco afastada do quadro. Fazia bastante tempo que não avistava tamanha relíquia.

Bom, adentrei ao espaço reservado. Logo avistei o divã, peculiar aos meus olhos – pois achei que os psicólogos estivessem os extinguidos –, posicionado defronte à possível poltrona do doutor, colocado mais ao fundo da sala. Sumarizei aquilo para tudo estar nos conformes quando as primeiras palavras fossem ditas num entusiasmo que alterasse convergências nebulosas à cabeça insana ouvindo sibilar das vozes altruístas.

Queres mesmo alterar tua única qualidade?

Laura retorna. Sentava-se no banco ao lado do doutor. O divã respeitosamente fora reservado para mim.

— Não posso falar agora — murmurei, abaixando a cabeça para diminuir o volume do que fora dito.

Guilherme ouviu e relevou, atento às mais perturbações providas pela convulsão do meu ser.

Nós estávamos, ambos, sentados. Ele pediu para que eu relaxasse e aproveitasse o momento para apaziguar quaisquer confusões engendradas em minha cabeça, sem ter nenhum conhecimento prévio dos problemas imbuídos a mim conquanto continuasse deitado avistando o teto como céu esbranquiçado de perfeições. Perfeita exumação visível de luzes adentrando-se umas às outras.

— Tudo bem, Tiago? — disse o doutor numa serenidade amena.

De Soslaio olhei para ele. Uma sinfonia: *Klavierstuck V*, por Karlheinz Stockhausen. Os sons replicados; paciência. A hermética paciência desta loucura ensejada. O que eu vejo nele que me acalenta e me destrói? O padre não fizera isso, mas minha afefobia culminou-se numa harmonização das partes, como acontece agora. Sinto tensão. Porém desperto. Pareço ter ingerido cocaína. Estou elétrico.

— Tu pareces um pouco alquebrado — tornou a falar após o breve instante.

Alquebrado? Há uma mente deveras insólita à minha frente. Talvez Olga tenha acertado desta vez. E a fala é idêntica a dela!

— Sinto-me apreensivo. Faz anos que não tenho consultas terapêuticas.

— Queres descrever o porquê? Fique à vontade para falar.

Eu poderia dar esse gostinho, certo?

Claro, querido. Terás todo o apreço para agilizar incumbências ao teu ser. Serei apenas tua assecla durante as horas que passarão. Tenha uma boa conversa.

Tenra. Tenra até por demais...

— Por um tempo achei não ser preciso. Agora vejo regressão — continuei. — Sofro de afefobia. Foi diagnosticada — ele não reagiu. — Não entrarei nos pormenores, mas é algo que me ajuda bastante. Devido ao problema, ser antissocial é frivolidade hoje em dia. Amo minha família. Abraço-os. Continuar gestos e atos físicos tumultua as próximas coerências designadas a serem assertivas perante presenças e cordialidades. Por exemplo: apertar sua mão. Minha pele entra num colapso ferrenho. Preciso ter certa empatia a fim de não colidir com as aflições além do esperado.

As palavras sempre designavam uma pausa após o fim da frase, ou brevidade quando se sentia estertoroso, apressado para continuar.

— Entendo. E tu vieste aqui com este intuito?

— Não, não. Por outro motivo. — Obrigado por quebrar meu raciocínio, doutor. — Há também o alcoolismo, os Três, Laura. Por onde eu devo começar?

Viu a tal empatia? Soltei um turbilhão de palavras sem ao menos sintetizar o que deveria falar.

— Há benquerença com minha face? — Ele disse num tom sereno.

— Até o momento tudo bem, visto que falei excessivamente. Queria até frisar que Laura se encontra conosco. Pode acenar para ela. Ali.

Apontei à doce Laura; não obtive sorriso.

— Hum... Tem algo mais ou tu queres começar a falar sobre ela?

— Sociopatia... Também há a sociopatia...

Maldito! Mais que maldito! O rosto agradável era mera coincidência. Que maldito ser! Que maldito ser! Só falta, agora, eu dizer que matei meu pai.

Tu mataste teu pai, Tiago?

Ironias. Ela não entendeu.

— Quer dizer, não é bem assim. São práticas aceitáveis ao mundo moderno.

— Explique-se, por favor — cruzou a perna, à vontade.

Sua forma de falar referenciava crianças alienadas às tevês, aos jogos. Era deveras sereno. E sim, eu devia rechaçá-lo, começar a jogar algumas falácias dentro deste copo aberto e agridoce.

— Sou casado, dois filhos. Amor para todos; sem mais, nem menos. É equilibrado, sem denotar nenhuma atenção exacerbada para quaisquer um deles. Enfim. Certos dias da semana sobe às alturas um desejo vivo de observar outrem realizando suas atividades rotineiras no mundo caótico. Mundo benquisto. Mundo soberano. E tudo isso com passagem liberada, quitada de uma só vez para não ter que lidar com mais problemas posteriores. É feito num só dia e naquele exato momento, aguardando ter uma elucidação prática do que foi experienciar o inexorável deste âmago mental. Ah, convenhamos: uns realizam adultério; falam palavrões; são aberrações; são como o senhor: deveras sereno — sorri, mas logo emendei. — Porém, lá no fundo, sibilam ser quem não deveria, e surgem ações rotulando-o como terreno, mundano. É o vilipendiar das ruas, das avenidas, dos açougues; das mulheres, dos negros, dos gays. Tu tem plena capacidade de dissociar desta aparição fraudulenta que é si mesmo. Basta um estalo. Apenas um... Ouça-me — fiz um leve estalo com os dedos. Ele piscou os olhos pelo ato repentino, ainda sereno, com o cotovelo apoiado ao braço da poltrona aparentemente muito macia. — E tu se torna o poderoso ser das notívagas experiências, como eu. Porém, do outro lado da rua, da reta, da vivência; sujam-se as mãos, os pés; os olhos lacrimejam e aderem ao lúgubre sonho. Beberica-se álcool e desvirtua-se porque *pode!* — respirei. Respirei como nunca pude respirar. — Entende? É complexo. — As palavras saíram estertorosas. Respirei fundo, enchendo o pulmão de ar.

— Então tu és uma espécie de anti-herói?

Baboseira.

— Claro que não. Sou como um guardião: apenas observo sem tocar nas peças do tabuleiro. Esta é minha arte. A sinfonia de Karlheinz. Cada patear em seu quadradinho, avistando por demais. Sentindo por demais.

— Então praticamente tu apenas observas os praticantes?

— Exato. Sou homem comum nesta cidade, sem poderes para mudar o trajeto real da história. Ou estória? — soltei esse questionamento no final a fim de confundi-lo.

Guilherme parecia tão confuso quanto Laura, que entreolhava minha voracidade nos trejeitos e nas palavras. Confusa, ela esmoreceu tal qual meu analista. Os dois pareciam sincronizados; olharam, esmoreceram e voltaram ao ânimo para uma nova experiência.

— Parece falso, desculpe a palavra — sorriu descaradamente. — Há quanto tempo tu realizas isso?

Expus as mãos. Dedo por dedo toquei-os, e sibilei um passar de tempo que era interessante aos ouvidos dos dois presentes.

— Cerca de dez, vinte anos? Deve ser mais — respondi, passado um tempinho, ainda na tentativa de confundi-lo da veracidade.

Ele se mexeu na cadeira com uma preocupação gigantesca, mudando a postura. Até escutei um deslizar abrupto dos pés da poltrona.

— Se eu estivesse aqui no Brasil, especificamente nesta cidade e há um tempo não longínquo, exposto a ti, diria que possivelmente tu possas ter se deparado comigo numa de tuas mirabolantes histórias ou experiências, como queira nomear.

— Provavelmente, doutor — aguardei ele colocar alguma palavra para me pontuar. Não fez. — Já estive em tantos lugares diferentes que é difícil de nomear e lembrar-se subitamente. Para isso guardo alguns pormenores para a história vir à tona.

— Faça um esforço. Seria interessante e pertinente atestar a veracidade.

Mas é verossímil, doutor. Veja a mulher ao seu lado. Como é bela...

— Vejamos: uma criança no parque deve ter sido minha primeira vítima.

— Tu os chamas de *vítima*? — perguntou estarrecido.

— Gentilmente. Surgiu como uma brincadeira ao longo dos anos quando parecia entediado; agora é mera coincidência dos horrores que podem ser perpetuados. Consoante a isso, não posso mexer um pauzinho da realidade imposta pelo Deus maior, e também pelo destino.

— Tu deixas na mão de teu Deus?

— Quando possível ao fatal? Sim. Imagens perturbadoras geram conflitos a mim. Passa-se uma semana e elas somem como horrendas, armazenadas em mim como factícios da vida desprezível. É fácil conter dualidades. E nesta parte, afã como ela se exerce, somente reina um ser que é perpetuar sobrevivência ante fascínios em declive. Estamos em declive, certo?

— Tu quem deverias me dizer, Tiago.

Legal passar a bola. Diminuí a exasperação ao falar, aguardando um pouco para retornar a falar.

— Ódio gera ódio e amor gera amor. E no mais que eu possa estar fora da realidade decorrente de meus atos atrozes, dependentes da perspectiva a quem se refere. Mudar de perspectiva é minha melhor particularidade.

— Tu podes mudar de perspectiva com facilidade?

Eu estava começando a criar um ranço com o tanto de "tu" falado. Com certeza ele deve ser de outro estado, como Olga. Mas Olga não me incomoda. É até encantador.

Continuemos.

— Não é bem assim — respondi muito convicto. — Depende, também, da ocorrência, a empatia, como colocado a você. O álcool até beneficia isso. Consigo manter-me petrificado às adjacências, semovente; o baile continua e as luzes remetem às direções contrárias do que as aplicadas por mim. Veja: alguém no bar — lembrei-me de Laura — bebendo, e vejo atos desprezíveis à vítima escolhida, independente do sexo. Durante o tempo presente, busco entender o que realmente se passa a fim das possíveis contestações quanto...

— Tu estás protelando, Tiago — cortou-me novamente. Esperei. Ele pareceu incomodado, anotando algumas coisas na prancheta.

— É possível. Também é possível que tu tenhas me cortado e tenha sido antiético?

— Sim. Desculpe-me.

— Pois então. Fica difícil lidar com estas afrontas.

Encrespar-se. O melhor temporal para lidar com pessoas de olhares aceiros.

— E sumarizando tudo que ocorre, eu tendo a me mover quando há atos desprezíveis. Infelizmente, não tenho todas as ferramentas. Vez ou outra acabo vencido pelo empecilho real e físico.

Ele pôs-se a refletir. Reflexão longa. Deveras… Proeminente. E olhou para o relógio. Havia se passado quase o tempo inteiro duma sessão. Rápido, não? É estranho; eu parecia ter falado tão pouco e ter interrompido poucas vezes meu raciocínio.

— Tu desejas estender a sessão? Sei que ainda temos tempo suficiente, mas caso queira, podemos estender. Não tenho outro paciente após esta sessão.

— As histórias parecem longas — sorri para ele, desvanecendo-o rapidamente. — Continuo a história da criança?

Ele moveu a mão e pediu para avançar. Estava bem enfeitiçado às minhas artimanhas e, às vezes, as longas pausas que eu criava nas sentenças ditas.

— A criança andava pelo Parque das Dunas acompanhada de seus pais, mas bem livre; corria como se algo a perseguisse e desacelerava em seguida, preocupada após os vários gritos dos responsáveis desleixados. Nesse dia em especial, fui correr e minha mente queria buscar um adendo às imperfeições que continuavam tilintando a mim. Até aparelhos portáteis de música eram ligeiramente caros naquela época e eu iniciava minha jornada de rico aos poucos. Era uma época boa, admito. Outrora sempre foi boa comigo. Poderia ter sido melhor, caso eu não tivesse perdido… — arfei, relutante contra o pensamento vivaz que se inteirava à conversa. — Calma, volvemos ao ápice. — O doutor estranhou a mudança repentina e anotou algo na prancheta. — Ouvi seu nome: "Miguel! Volte para aqui!" Jovem Miguel tinha uma espraiada colossal e não conhecia nada de espetacular da vida. Devia ter seus seis anos no máximo. Cabelo negro como o meu. Nariz minúsculo. Orelhas brancas como a da mãe e olhos bem redondos como uma bolinha de gude. Era uma criatura bela. Quando os pais desejaram uma parada tranquila, ao fim de minha segunda volta num ritmo frenético, parei para tomar água e observar com mais afinco aquela criança — pausei um instante, pus dramaticidade. — Seu nome era esbravejado às alturas. A voz da mãe incomodava a audição de qualquer animal ali próximo; micos-leões-dourados saltavam de galho em galho à procura da salvação. Sabe o que eu descobri enquanto os pais conversavam, marcando o sexo da noite e resguardar seu filho a uma das babás? A criança simplesmente comia areia; o via mastigar num deleite profuso. Os dentes estalavam a cada crocância. Coitado e vulnerável Miguel.

— Neste dia não fizestes nada? — perguntou novamente estarrecido. Esvaneceu rápido, ajustando a postura, quase pendido para frente.

— Não. Fui até meu carro ao fim do exercício. Comecei a elaborar melhores planos, melhores vítimas. Parecia fascinado com o que eu desenvolvi naquela tarde.

Pensei, onde devia estar Miguel agora? Morto de intoxicação ao desmerecimento dos pais quanto às suas atividades?

— Tu poderias ter ajudado Miguel, mas não quis ser visto.

— Se eu fosse visto, de nada mudaria. Ele continuaria comendo areia por displicência dos pais.

— Crível. Porém há mais nisto tudo. Tu desenvolveste uma atividade durante teu estado mais tranquilo; e gerou conflitos. A sucessão foi aumentada? A sequência de vítimas? A atividade parece-me bem peculiar.

— Claro! — respondi estonteante. — A próxima tinha sido outra criança, naquele mesmo espaço. Porém não recordo seu nome. Ela caía muito. Os joelhos ralavam-se e não havia nenhum pingo de choro espalhafatoso. Seus olhos pareciam marejados, mas só; insistia em cair e esparramar-se ao chão. Ah! — pausei no meio da sentença. — Beatriz. Bia. Apelidei-a de Cai-Cai. Fofo, né?

Nenhuma reação do doutor à velocidade das palavras e ao sorriso por lembrar-se do nome da menina. Queria entusiasmá-lo a qualquer custo.

— Quando saístes do parque? Digo, a primeira vítima fora do parque.

Não entendi bem. Ele encontrava-se muito intrigado com o relato.

— Ah, doutor, fui inúmeras vezes. Até ter meu primeiro adulto, várias crianças foram escolhidas como vítimas. A infindável interação dos olhos e o ser pueril. Talvez seja um pormenor interessante e compatível à criação de meus filhos. Eles estão radiantes. Pena que não estou me dando bem com Júlia...

— Tu queres interromper sobre o que estamos conversando e falar sobre ela?

— Não vamos atravessar o assunto. Posso contar outro caso, a da primeira vítima dentro de um shopping, num feriado. Ajudava Olga com as compras.

— E Olga é...?

— Esposa. Amada. Fiel.

— Continue, por favor.

— Entrei nessa loja grande. Parecia um varejo. Mulheres buscavam qualquer peça diferente do usual, já que havia muitas repetidas. Os berros pela aflição de estar ali me incomodava os nervos. A afefobia não estava muito corpulenta. Olga soube administrar o tempo e as minhas capacidades. Enquanto ela provava um dos vestidos, sentei-me no lado de fora do provador. Lástima. Olhava cada pessoa transitando, cada semblante enfadonho. O que se buscava ali?

Roupas. O que mais poderia ser?

Olhei intrigado para Laura. Não recebi investida. Guilherme atentou-se à pausa e o meu soslaio para ela. Conflitante, éramos três naquele recinto.

— Encontrei minha primeira vítima fora do espaço cômodo que era o parque, uma senhora. Ela calçava um sapato e arrochava-o ao calcanhar, tão espremido quanto seu dedo vermelho pela pressão exercida ao espacinho entre os dedos. Era angustiante ver aquilo; muito mais por não ter alguém capaz de ajudá-la naquela imensa loja de miríade abarrotada de mulheres ceando a vaidade como prato delicioso servido no jantar. Pois bem, durante aquele momento, me levantei e me aproximei dela paulatinamente. Ela não erguia os olhos; batalhava de forma aguerrida contra os sapatos. Foi fácil ter visão privilegiada daquilo que ocorria. Tive tempo suficiente para ouvir grunhidos de aflição; uma dor interminável pelo rachar da pele àquele calçado. E quando Olga disse que precisava sair, lembro-me de ser um compromisso de urgência, as compras foram pagas e ela rumou ao nosso lar sem questionar o porquê d'eu ficar ali, afinal, eu tinha que seguir aquela senhora até o *quinto dos infernos*, agora observando com mais paciência seu patear alquebrado, angustiado. Ela fora andando por outras lojas e eu a observava. Mais aflição por sacolas plásticas pressionando a pele rugosa. Que ânsia me deu naquela hora. O peso não se equilibrava.

Subitamente aconteceu uma queda. Mais subitamente me afastei, vendo-a ser ajudada por outros estranhos que transpassavam nela sem nenhum detalhe próximo de auxiliá-la. E não me senti totalmente firme à sua derrota. Me senti aquém. Foi a primeira vez que fiz o que havia de ser feito: continuar, assim como tinha feito com todas as crianças no Parque das Dunas.

Horrorizado, o doutor parecia boquiaberto, sem mover nenhum músculo quanto ao que eu proferia – onde o remorso, anuído, nem ousava invadir meu cenho ou pensamento altruísta-neutro. Ele até fingiu escrever algo. Fitou-me com incredulidade e observei sua testa crispar, criar sulcos de preocupação.

— Tu passastes quanto tempo a seguindo?

— Ela se ergueu, claro. Comprou um sorvete e partiu para sua casa no transporte público em direção ao bairro Cidade Satélite. Avistei-a sentar num dos bancos próximos ao cobrador, e depois também segui meu caminho.

— E tua mulher não questionou a rapidez que chegaste?

— Quem disse que fui para casa? Tomei algumas cervejas na praça de alimentação do shopping a consumir o pequeno hiato. Até tentei avistar novas vítimas, mas o preço, proposto, era insubstituível. Foi ali que o padrão se tornou ponto crucial nas investidas: uma por vez, para deleite profuso e abstrato, para obter júbilo perfeito e me tornar singular.

Guilherme anotou coisas em sua prancheta. Parecia entusiasmado com novas histórias. Entretanto, o tempo não nos ajudava.

— Falarei abertamente para ti: estou ávido para conhecer mais histórias. Ou estórias, como tu tinhas proposto — sorriu, e largou a prancheta numa mesinha vizinha à sua poltrona. — Porém queria saber mais de suas personificações. Parece-me ter inúmeras facetas.

— Sim, sim. O que tem a ver?

— Tu se transformas. Nunca percebeste isso?

— Já falei que somente há anti-herói nos quadrinhos.

— Não falo de anti-heróis. Tu se propões a ser um herói. Em tua mente. Aconteceu algo num passado distante que a situação envergava a buscar ajuda ou salvar algo? Animal, pessoa, objeto. Seja lá qual foi a situação.

Herói na infância? Minha vida sempre foi comum o bastante. Deixe-me lembrar.

— Deixe-me reviver algumas reminiscências...

— O tempo que for necessário.

O doutor se levantou e caminhou até a mesa dentro da sala onde continha um computador, algumas folhas espalhadas e várias canetas; diversas composições de desenhos, como no teste de Rorschach.

Enquanto ele organizava algumas coisas, desesperado tentava-me, a todo custo, ter qualquer lapso de memória antiga em referência ao proposto por Guilherme Acán. Cocei a lateral da cabeça. O cabelo hirsuto mexia vagaroso pelo meu embaraço. Olhei para Laura e ela não se atentava a mim. Pedi ajuda.

— Do que ele está falando? — disse, olhando diretamente para Laura.

Ela nada me respondeu. Preciso dos Três. Mas preciso estar ébrio e parece-me uma incumbência impossível, bizarra.

— Doutor, realmente não terei como lembrar. Talvez os Três possam me ajudar.

— Quem são esses Três que tu comentaste no início da sessão? — Ele me perguntou de onde estava. Já voltava em direção à poltrona.

— São meus amigos. Eles poderão lembrar por mim.

— Entendo. Deixemos para outro dia, então. Próxima semana, quem sabe tu me trazes esta informação. Ou guarde para si. Foi apenas uma assertiva sobre tudo que proferiste hoje a mim.

— Como quiser.

Ele sentou-se à poltrona. Sem parar de me analisar, anotou algo à prancheta e cruzou a perna esquerda à direita.

— Próxima segunda, neste mesmo horário?

— Finalizamos? — perguntei, olhando meu relógio, meio frustrado com o pouco que havia falado. Das outras vezes, com outros terapeutas, o turbilhão de perguntas mostrava bastante despreparo. Não quero me vangloriar de tal situação; mas alguém comum não poderá tratar alguém, como eu, com igualdade. Infelizmente.

— Queres continuar?

— Queria falar sobre meu alcoolismo.

— Hum… Isso pode demorar consideravelmente muito — inferiu sobre mim, eu percebendo o potencial da análise; imediatamente franzi meu cenho.

Lá e cá. Já estou aqui, falei pelos cotovelos. Esbocei ânsias e apontei à incrível Laura. Faltou apenas ele querer desvendar quem é Laura. Por acaso não sabe o nome da tão conhecida garota assassinada?

— Deixemos para a outra sessão.

Levantei-me. Não queria apertar sua mão. Quando a toquei, senti os tremeliques, tão insidioso, forte. Larguei e desapareci daquele lugar, no aguardo da próxima segunda, a próxima vítima.

Sabe quando o corpo pede uma outra rodada? Não me aguentei. Eu ria feito criança ao me deparar com este ser saindo de seu espaço de trabalho. Eu comprei cerveja numa loja de esquina, emborcando-a sem pensar no amanhã, enquanto soturno, observava as estrelas iluminarem caminho suntuoso desta ida; pois sei que Guilherme é inteligente, no entanto destaco que o único insólito sou eu. Tenho plena convicção do que irei sofrer à frente, e escolhi, a contragosto – óbvio – ele como vítima para esta noite. E sei quão árduo será examiná-lo, recrudescer minhas vantagens, porquanto noutro dia estarei novamente naquele divã, quiçá deitado numa margem que sinta o frescor de meu sangue ou o cheiro divino da querida Laura.

E lá ele saía em busca da redenção, dos papéis a escrever um artigo sobre faculdades mentais em esfacelamento. Sobre mim, é claro. Ele possivelmente encherá um copo de café e aventará o aroma até inalar corrosões de morosidade, embebido em regozijos por saber que meu corpo é venerado pela ciência, atestado como "essencial" para desenvolver impropérios aos sãs da vida. Sim, impropérios: eles necessitam ser a antítese de minha toada enquanto invólucro de descobertas para os males da mente.

O horário de pico atrelava carros. Muitos numa avenida. Todos eles em busca da vitória que é estar acomodado ao fim da noite, a tirar o pensamento ruim comprometido pelo chefe esganiçando frestas numa parede inquebrável. E eu não sou um desses, mas desejaria ser Moisés, como na bíblia. Singrar este mar inconstante e encontrar a melhor adequação em plena segunda-feira.

Doutor Guilherme parou seu carro sedan no shopping Midway, após trinta minutos a movimentar o câmbio e retornar à neutra, refregado pelos semáforos e seu engarrafamento, porque não há bons motoristas ultimamente.

Diante do percalço diário, consegui adentrar ao lugar trajado com uma camiseta diferente da utilizada na consulta para evitar desconfianças – sempre saio com roupas reservas no carro desde que me entendi como pessoa peculiar. Segui-o cautelosamente, encostando-me aos carros quando ele ligeiramente virava-se em várias direções; ficara incrustado às palavras o pensamento ignóbil? Vemos que a zona de conforto desse psicólogo nunca fez jus à profissão. Espero não estar incitando ódio generalizado quando expor mais expressões populares durante a próxima segunda, durante a próxima consulta. É meu jeito de ser.

Até se sentar, no mesmo lugar que almocei com Paulo na sexta – que devo respondê-lo ao fim deste encalço –, os trejeitos aflorados de Guilherme eram incontroláveis. A perna tinha um tique assim como o braço esquerdo. Em sincronia. Apenas cessou quando ele se sentou. Talvez seja devida a presença da bela mulher que ele havia cumprimentado; um beijo no dorso da mão e se dispuseram às cadeiras. Provavelmente ela era sua esposa; bem mais nova que ele, inclusive. Seu cabelo castanho destacava cintiladas louras, mexas na composição da franja que partiam até o canto da orelha. Seu rosto era belíssimo – jamais comparável à querida Laura –, suas roupas eram extravagantes para uma segunda. Quem se arruma com um vestido longo em plena segunda-feira?

Tu costumavas julgar as pessoas antes de me conhecer? Eles devem estar comemorando alguma data especial.

— Isso não é julgar. É apenas uma reflexão.

Ótima reflexão, Tiago.

Ela não parecia contente com meu comentário. Continuemos.

Sentei-me numa mesa distante dos dois, flexionada para obter um ângulo quando pusesse vista a aferi-los com mais facilidade. Meu desejo era somente não o confrontar. Estar numa das mesas vizinhas poria grandes chances de ouvi-los com perfeição.

Não pense numa loucura. Chamarás muita atenção.

É nesta hora que penso em convocar meus queridos amigos à praça mais estimada. Filho me daria boas virtudes e ótimos ensinamentos quanto a consumar aquele contorno dado anteriormente na consulta.

Chamá-los agora? Estás louco? Tu não lembras o que ocorreu na madrugada passada?

— Óbvio que eu sei. Meu nível alcoólico não ultrapassará desatino. Prometo.

Ando prometendo muitas coisas? Meu filho com certeza estaria enfurecido neste momento.

O garçom chegou. Durou apenas dois minutos e meu copo cheio de uísque reluzia ante qualquer desmerecimento das faculdades mentais. Que tremendo fulgor, contemplada pela senda que eu deveria ter muito mais cuidado chamado "garganta". Eu não a tratava bem; sempre a admoestava quando as quantidades exorbitantes de álcool eram ingeridas para convocar meus amigos.

Uma. Duas. Três. Sempre copos cheios. O doutor já recebia seu prato, enquanto nada dos Três aparecerem. O que havia de errado?

Realmente, o que havia de errado?

— Será que foi algo que aconteceu durante a madrugada? — disse num volume baixo, com o copo na mão. Eu observava o pouco de uísque restante.

Eles estão te resguardando. É normal. Tua maior querela agora é continuar despercebido.

— Como vou poder incrementar novos encalços sem os maiores guardiões de mim?

Eu sei. A voz soava como criancinha sem a chupeta milagrosa que impedia choro infinito.

Pela primeira vez, mais profundo aos pensamentos e às corrosões obtidas em cada um destes náufragos, percebi quão especial eram os Três. O álcool não nutria mais nada em mim – até mesmo por saber da capacidade de obtê-los apenas ingerindo-o. Por mais dificultoso que os problemas se engendravam a mim, continuar sentado naquele restaurante sem as insólitas presenças dos Três conflitava o desejo de permanecer parado ou de alcançar Laura.

Tu podes apenas aguardar observando os dois. Olha, ele colocou a mão em cima da dela.

Um gesto afetuoso. Um afago no dorso da mão enquanto brindavam a taça de vinho. O que mais tinham a apresentar nesta sólida e intensa segunda solitária? Para começo de conversa, eu nem deveria ter ousado demais...

Um beijo, Tiago. Deram um beijo.

— E o quer que tem? Já estou arruinado.

Tu estas se culpando pela não aparição dos Três?

— Sabemos o que será de mim daqui para frente.

Catei meu celular. Via a tela um pouco embaçada. Selecionei o nome de Paulo, que me respondeu com apreço que estaria disponível para a reunião.

Para hoje? Não invente.

— Se ele confirmar... Não sei o porquê de ter vindo parar aqui. Foi total perda de tempo — solucei. Engatei a segunda marcha no quarto copo que chegava; pequenos pastéis foram trazidos para o acompanhamento. Pude degustar sem sentir tanta fome.

Perda de tempo? Não te conheci assim.

— Antes tu estava contra a vítima. Agora me incita a continuar?

Olhe para si, pareces um adolescente rebelde que responde a mãe quando não foi autorizado sair de casa numa sexta à noite. Derrotas e mais derrotas. Aceitará sermão de mim, a intangível?

Intangível? Tentei tocá-la como outrora. Frio. Muito frio.

Melhor se adaptar com o que tens. Este dia ainda não acabou e uma surpresa pode surgir. Até mesmo uma queda, como a da senhora no meio do shopping.

Ela tem razão. Um casquinar baixinho seria interessante para a autoestima deplorável como dum bêbado na sarjeta daqueles botecos de esquina e um karaokê para finalizar o dia.

Penso em música. Qual seria interessante para o momento?

Tchaikovsky? Número quatro?

Hum. Gosto de Laura me incentivando. Ela parece realmente gostar de me reviver. Uma centelha brota de palhas molhadas depois da garoa ter sido responsável pela minha derrocada.

— Quais seriam os passos?

Olhei para todo o salão. Das diversas mesas, apenas uma estava com uma pessoa. Seria interessante uma investida para trazê-la como acompanhante? Custar não custava. Eu sei. Bastava apenas um não para tornar inverdades numa corrente de perguntas e respostas daquele homem tão apaixonado pelo seu vinho.

Tente! Provavelmente ela esteja esperando alguma pessoa. Oferecer dinheiro? Uma refeição?

— Factível. Seria a melhor abordagem. Quero estar defronte à mesa do doutor, mas não tão perto. Falaria com um dos garçons para inclinar a mesa numa posição favorável, antes que eu pudesse sentar e atrair sua atenção quando ele estivesse de saída. Assim provaria meu ponto. O desafiaria, indo contra meus princípios.

Quer chama atenção? Não entendo.

— Entenderás, minha doce Laura.

Paulatinamente aproximei-me da mulher. Sua beleza, dentre as três citadas hoje, ela reinava no terceiro lugar. Ela era branca, peitos bem abusivos de grande e um rosto cheio de plásticas. Fico levemente enojado ter de agir contra qualquer fator sem naturalidade.

Não a desmereça. Mantenha-se adequado; cortejar é a melhor das abordagens.

Laura realmente quer que eu me dê bem. Mas e se alguém me avistar com esta mulher e cair nos ouvidos de Olga? Já tive uma desavença antes. É a passagem mais estreita e agonizante que alguém pode se utilizar. Não sou muito bom com retratações. Sempre me acomodei com facilidades e comodismo.

Comodismo com muita riqueza?

— Sabe como é...

Agilizei os passos. Esperava que ambos tomassem ao menos uma sobremesa antes de minha chegada. Queria ter tempo suficiente para ouvir ao menos frivolidades daquele homem.

— Olá, você está sozinha? — Parecia conversa enferrujada de bar. Não me alegrava. — Preciso de um grande favor, caso seja de seu feitio. — Ela arregalou os olhos, acuada. — Desculpe a rudeza e a falta de sutileza — sorri. — Se você puder me ouvir, na verdade, aceitar que eu me sente, agradeceria.

Ela respondeu com um "oi" e nada mais, enrubescendo-se, contudo, aceitável ao meu pedido; sua voz, um entrelaçado de lembranças infantis, reverberava um miado de gato, dos mais carentes possíveis.

— Preciso de uma companhia para esta noite, e sentaremos numa mesa diferente, mais afastada da entrada. Posso pagar nossa refeição, caso se interesse.

Novamente arregalou os olhos. Pendia a um acerto pelo sorriso de canto de boca, levemente embaraçada com o que eu requisitei.

— O que me diz? — enfatizei, pressionando-a e repetindo o questionamento.

Ela, de movimentos frágeis, pegou seu celular numa pequena bolsa, mandou uma mensagem tão rápida que seus dedos não se enganchavam – como? – e se levantou.

Depois, ao segurar sua mão com afinco – a perna movendo-se involuntariamente pela afefobia –, chamei o garçom. Ele me atendera com disposição, recebendo ao invés de uma nota de vinte, apenas uma de dez. Estava ótimo. E ele pôs a mesa inclinada na posição que descrevi, ligeiramente afastada da mesa do doutor. Eu rapidamente sentei, relativamente atrás dele, enquanto minha companhia observava os movimentos da mulher que o acompanhava.

Como se não percebesse, analisei minha companhia; ela sorria para mim e pareceu dizer algo, que não entendi. Respondi baixo para que a moça pedisse qualquer coisa que desejasse. Em seguida, concentrado à vítima, afastei a cabeça numa posição favorável, e esvaziei todo pensamento da mente e todo som que adentrava aos ouvidos. Como o local encontrava-se pouco aglomerado, facilitou e muito ouvir a leviana conversa do casal; abri um pequeno sorriso após as últimas palavras dita pelo doutor:

"Engraçado como nos dermos bem. Foi o primeiro... meu amor. Foi algo tão bizarro... não entendo como sua alma não se revoltou..."

Ótimo? Não sei. Estava indignado porque algumas palavras não soaram tão bem, devido ao barulho estridente de uma mesa ao lado e seus incontroláveis talheres. Culpo também a acústica. Enfim. É até estranho ver que eles conversavam sobre mim, se era de fato sobre mim. Provavelmente a esposa seja alguém da psicologia. Difícil corroborar a esse ponto, dada sua jovialidade. Há algo de estranho, sim. No mais, o objeto do assunto foi rapidamente alterado e eles seguiram o cear, que perdurou um silêncio que não me agradara.

Bem, o que mais poderia se ouvir dum casal intelectual jantando em plena segunda-feira, Tiago? Tu ouvirias sobre ti. A curiosidade do mundo é a conversa dos benevolentes. Agradeça por ter esta chance. É o início da semana e tu foste agraciado com grande espólio.

Refleti sobre o que Laura dissera. A moça com quem eu estava acompanhado tocou minha mão direita encostada à mesa, que segurava o copo de uísque. Não realizei reação ao tenro toque. Abaixo da mesa minhas pernas estremeciam.

— Oi. Você vai falar comigo? — Ela disse.

Dê-lhe atenção. Não ponha tudo a perder por um deslize arrogante. Sente-se direito. Tu pareces prostrado apenas a ouvir o casal.

— Oi, querida — respondi baixinho. Foi pouco audível até para mim.

— Por que está falando baixo? — interpelou, enrugando a face.

Fiz um sinal de silêncio. Ela esmoreceu.

— Estou pensativo — continuei num tom baixo. — Já, já conversamos — sussurrei e virei meu rosto.

Quem dera eu ser tão acessível assim a contrariar até danos inerentes às condições acuadas. Podia ter nexo a parte de me relacionar com estranhos para conseguir obter êxito na tarefa tão absurda, quiçá impossível?

Ah, atentei-me às vozes: "O que faremos hoje? Podemos continuar... em casa. Hoje é... dia."

Não adiantava se irritar. Pensei logo em adultério. Meus pensamentos estão frenéticos. É melhor eu me acalmar.

Tente encontrar a aliança. Quem sabe não sejam...

Menosprezei Laura. Eu não tinha visão dos dois. Se fosse para ver uma aliança, seria somente na próxima segunda, durante a segunda consulta. Enfim. Eu queria ouvir mais:

"Como será a partir... nossas vidas? Juntos... com novos... sem empecilhos conturbando as andanças... Largarei a universidade. Poderemos viajar o planeta. Maravilha!" Ele continuou: "Devemos... naquele detalhe."

Cúmplices?

— Eu te amo, Laura. Obrigado por ter me feito ficar — ajustei a postura. Mesmo com vários problemas de audição, dava para supor algo.

— Mas meu nome é Maria — respondeu a estranha, enfim largando minha mão.

Esqueci-me da estranha.

— Desculpe-me. Tenho pensamentos aéreos — sorri.

Um detalhe. Mas que detalhe? Talvez um corpo. Morte, possivelmente. Casal cansado da vida matrimonial. Possivelmente riquezas exorbitantes que não poderia ser dividida em caso de uma separação decorrente da lei. Não sei. O adultério me parece ser mais crível do que um assassinato. Não sei. O doutor disse que eu poderia já tê-lo visto antes. Isso denota consternar sobre alguma questão? Interessante...

E soa pertinente? Aquela imagem tão serena compactuada a um assassinato? Lembrei-me do homem grisalho que fizera isso à minha deusa. Por que os humanos tendem à praticidade de romper a linha do destino? A morte é algo perfeito, mas não deve ser acelerada. Um dia terá que sobreviver aos encantos e dissabores comedidos pela insatisfação da vida social ditada por nossos exemplos. E o que mais deriva deste processo é a capacidade de aceitar tais declínios. Uma hora morremos e as pessoas que deveriam ser apegadas se afastam e nem ao menos se dão por notadas; meu corpo escondido permanece intacto, e eclode gases; cadê minha mãe para dar qualquer sinal de vida depois de minha partida? Então Guilherme quer que eu seja um herói? Eu poderei ser.

Não vais. Nem pense na hipótese de querer ir mais a fundo. Tu tens uma descrição da conversa, porém o teor pode ser completamente diferente. Resguarde-se daqui em diante para evitar um desdobramento que não esperava para o momento.

A comida de Maria chegou à mesa. Ela tomava um vinho extremamente caro e se deliciava com o molho pesto sobre a pasta, que salgava sua vida. Mais uma solitária. Poderia ser ela hoje encostada a uma viga branca como acontecera com Laura. Mais uma vítima da sociedade por ter de se relacionar com idiotas alcoólatras, psicopatas e aquém do sucesso.

— Brindemos! — Minha voz saiu vibrante. Espero que o doutor não tenha se virado.

Maria ergueu a taça e prostrou-se alegremente, dado sorriso exuberante e esbranquiçado por demais. Era artificial quase em tudo.

— Obrigado por me acolher — disse-me, já tomando o primeiro gole. — Você falou seu nome? Posso te seguir nas redes sociais? Bom, deixarei contigo meu nome — disse numa grande velocidade. — Fique à vontade para me seguir e comentar nas minhas fotos. *Maria Alexandra.*

Eu poderia criar uma seita com ela. Catei meu celular e fingi anotar seu nome.

— Me chamo Paulo Nóbrega. Não sou um ávido utilizador de redes sociais. Criarei um perfil para te seguir, certo? — falei num tom diferente do usual. Tomei meu uísque, deixando dois dedos remanescentes no copo. — Deseja algo mais?

— Você já vai? — perguntou num tom incisivo, esmorecida.

Não. Claro que não. Só depois de me virar delicadamente percebi o casal de pé sem me notar. Eles estavam prestes a sair, mas ficaram um pouco mais de tempo após o pagamento. Então...

— Quero chegar o quanto antes em casa. Minha embriaguez está alcançando um nível altíssimo, se é que me entende — sorri, embaraçado. Não percebi o tempo passar depressa.

Ela pousou sua mão sobre a minha, fez carícias. Queria poder usurpar-me, sugar todas as chances de algo mais promissor. Levemente tirei-a de cima e sorri, mesmo empedernido, movimentando os ombros impacientemente; a zona de conforto dela foi a melhor possível. Não a desmereci e contente permaneci.

— Deixarei um dinheiro para vir a pagar a conta, certo? Obrigado pela companhia.

Fingi estar no celular, virando-me na cadeira; olhava descaradamente para a companhia de meu doutor que saía do estabelecimento. Foi assim que mudei de ideia: era melhor continuar na espreita, já que ele não percebeu minha presença. E se tiver percebido, não fará diferença. Na próxima sessão as coisas serão bem mais interessantes.

———

Incompetente, assimilei incontestáveis mobilizações para conseguir chegar onde cheguei. Após levantar-me da cadeira, um fulgor dissipou sobre meus olhos, aquele lampejo pelo abrupto sentido de falta de equilíbrio. Quase caí. Quase. Não agora. Deixei aquela Maria e segui.

O encalço foi grande até alcançar a casa de Guilherme Acán, meu psicólogo. O volante parecia uma roda gigante de tão descontrolada que ela parecia. Suavizei meus atos, sendo ajudado por Laura durante todo o percurso. Salvaguardado por *um anjo*, eu pensava.

Por horas esperei, defronte à garagem, no bairro mais esquisito de Natal. Na verdade, paira sobre mim uma dúvida cruel: San Vale é bairro? Bom, é rico, até. Mas muito esquisito. As penumbras se formam e aglomeram qualquer chance de luz adentrar àquele local. Facilitava meu acobertamento, só. Eu odiava ter de estar aqui sem ouvir nada. Nem um pingo de alma penada queria me assombrar, sacudir a obscuridade que reinava neste momento de embriaguez ferrenha. Até cochilei e nenhum sinal dos dois sair da casa.

Acorda. Olha lá!

Abri os olhos de relance, quase fechados na longa espera: havia um carro saindo da garagem. Não deu para identificar o motorista.

Quando olhei pelo retrovisor, os Três acenaram para mim. Admito que uma lágrima transcorreu meu zigoma esquerdo, pouco evidente. Eu era frígido demais para chorar. Era bom tê-los por perto. Era muito bom aquele estimado retorno.

— Obrigado — disse sem esperar reciprocidade.

Tu sabes que a autodestruição pesa tanto em ti quanto em nós. Não somos movidos pela tua engrenagem que sabota temperança neste patear incorreto. Bebes. Bebes. Bebes. Uma coisa é partir do pressuposto das vítimas. Alcoolismo existe, mas forçar nossa chegada é algo que não nos dignifica.

— Peço perdão, Pai. Não é a primeira vez que erro diante de vós.

Fica a lição. Laura soube comandar-te direitinho, hein?

— Filho, a vida está me trazendo experiências tão inexoráveis que eu mal consigo explicar as verdades. Veja: um carro se distancia de casa numa hora peculiar. É ruim observar que mais e mais vezes acontecem coisas deploráveis. Faz bom tempo que não tenho tanta correria quanto foram essas últimas vítimas.

Usual. Lei da sobrevivência.

Lei da sobrevivência envolta nas camadas densas do dinheiro. Pois enquanto estou aqui, nada me surpreende. E olhe que já estamos em Parnamirim. Se em hipótese ele estiver fugindo, a distância elevada confirmará meu veredito, visto que ele acaba de entrar em um terreno baldio; e há poucas casas em volta. Minha cabeça e a sensibilidade de achar conveniente desovar corpos em terrenos. Achar seria prático. A BR-101 enumerava o primeiro alvo. Eles realmente estão distantes da sociedade. Malditos...

Mantenha a calma, querido. Tu não sabes do que eles são capazes.

Parei o carro no acostamento, enquanto ele adentrou a uma estrada de terra nas adjacências de Macaíba, cidade vizinha a Parnamirim, que é vizinha a Natal. Parecia um milharal, enorme. A plantação poderia encobrir um corpo por meses até ele ser descoberto.

Faço isso há anos. Sempre digo que estou no momento certo que as coisas acontecem. Imaginem, por si só, se vocês tivessem a capacidade de, discretamente, ver tudo que não pode ser visto. O que vocês fariam? Eu já vi alguém ser espancado, já vi um roubo, já vi sexo proibido – porque o homem se despedira da mulher muito cedo e se encontrava com outra no final da noite, dentro do seu carro. Mas há algo que eu nunca vi. E temia. Muito. A vida é assim. Eu era acostumado com peculiaridades. Não sei se ficaria aquém de perseguir um casal em fuga porque algo de ruim pode ter acontecido.

Não prolongarei minha noite; adentrei à estrada de terra após apenas um minuto deliberando se era correto fazer aquilo, preocupado com a fuga; o carro dos dois passou ao meu lado, numa velocidade lenta, enquanto eu recrudescia a velocidade do meu carro para despistar uma possível desconfiança deles: eu os via pelo retrovisor central, e os faróis traseiros demoraram bastante para sumirem de minha vista. Imediatamente dei meia-volta, desliguei os faróis por alguns minutos, reduzi a velocidade, e atentei-me à estrada, à procura de qualquer indício de...

Aqui, para aqui.

Acendi os faróis dianteiros assim que ouvi a voz de Pai.

Olha as marcas de pneu. Para aqui. Adentraram à plantação por aqui.

Com ajuda dos Três e de Laura, bastante amedrontada, caminhei por uma extensa parte do terreno sujando todo o meu sapato de lama molhada, além de partes da calça, incrustada e seca, de difícil remoção. Logo liguei a lanterna do celular. Fui, minuciosamente, observando particularidades deste milharal. Havia um pedaço de saco plástico, visivelmente sem cor, pendurado a um dos pés de milho, um pouco acima da raiz. Ele se encontrava bem longe de onde meu carro havia ficado; agora eu já via uma trilha bem demarcada e lisa e muitos pés de milho tortos, como se algo o impelisse do lugar.

— É agora.

Acalme-se. Não suponha.

Supor um assassinato. Supor que Laura estivesse viva. Supor que a imaginação fértil criara Três responsáveis pelo meu crescimento sensitivo. Supor que não há chance de me redimir. Supor que meus sapatos não sejam encontrados e nem muito menos aquela Maria no restaurante. Vamos supor que...

— Encontrei!

Cautela, Tiago.

— Fiquem tranquilos. Não será nada...

Aproximei-me do que parecia um saco. Um saco preto, grande e fechado. E o cheiro distinto subiu impetuosamente às narinas. Assimilava-se aos dois homens no espetinho do sábado. Veio uma ânsia e ela não ousou interromper-se: regurgitei ao lado do objeto. Respirei fundo. Os olhos pareciam ter sido socados de turvos que estavam.

Cautelosamente abri o saco e me deparei com um corpo cheio de furos e a vida desmerecida, cinzenta, totalmente desconexa da escuridão que nos cobria.

— Um assassinato. Outro... — arquejei, virando-me noutra direção.

Não é tua culpa. Talvez houvesse tempo para salvá-la caso tivesse a conhecido antes. A vida segue.

— Esse é o problema, Filho. Próxima semana hei de revê-lo. Será que haverá, mesmo, uma chance de manter-se adequado à conversa, mesmo se, por acaso, ele tenha me visto lá no Camarões?

Os Três permaneceram calados. Laura nem se movia, desaparecendo subitamente após um instante.

Instintivamente retornei ao carro e dirigi até minha casa. Ainda não sabia como dizer sobre meus sapatos e calça. Terei de deixar no carro e me vestir com as roupas que tinha trocado. E talvez limpá-los num outro momento, ou simplesmente dou para um morador de rua. Não me fará diferença... A morte me segue como um cão sarnento persegue um osso sem excertos de carne... Eu não quero pensar em mais coincidências. Quero pensar na morbidez que meu corpo alcança.

XI

Interessante como o relógio desta clínica sempre atesta estar numa horizontal equivalente ao descanso de seus ponteiros. Ou eu chego cedo demais ou me preocupo com a sentença que será proferida a mim ao pôr pés exauridos pela longa semana me admoestando, seduzente a mais sabotagem. Sabotagem, Senhor, essa expressada a mim porque abri aquele saco plástico e vi a tão inédita morte; vi a imagem de minha pessoa embalada para ser enviada ao limbo do mundo.

Alguns adjetivos poderiam, agora, ser-me suscitados: incauto, fraco, acovardado. E aceito, com apreço, para diferir que a morte vista não fora parecida com as outras durante todos esses anos de prática ignóbil.

Nada, eu explico: nada foi substancial para que eu pudesse abster-se desta consulta. Queria encarar Guilherme. Fazer fantasias. Artimanhas. Praticar o impossível diante deste olhar cínico e conturbado.

Paulo, meu sócio na empreitada da boate, não acertou a reunião naquela semana. Disse ter viajado para Pernambuco à trabalho. Enquanto isso, administrei meu escritório e a chegada em casa após aquele lamaçal ter me destruído por completo.

Lembro bem a surpresa de Olga quando me vira sem sapatos. Foi motivo de risadas, admito, mas no fundo havia o teor de curiosidade alimentando equívocos. Você acha que essa miríade de transformações ao embalo dos anos de casamento ganhava tração oposta? Sim. Todo casal passa por séries de aflições, discussões bestas, provisórios rompimentos que acabam por aumentar o amor quando o bom filho à casa torna.

— Tu saíste assim para a consulta? — Um chiste bobo que me incomodava.

Bernardo correu para me ver. Ele gostava das atrações esquisitas.

— Definitivamente não saiu assim de casa. — Ele indagou, e abriu um sorriso enquanto fitava meus sapatos. — Reza a lenda que os sapatos estavam bem brilhantes.

Eu adoro essa criança. Prometo não o esganiçar.

— Deixemos de lado este detalhe. Quero tomar um banho e me deitar — aproximei-me de Olga; ela sentiu um cheiro azedo sair pela minha camiseta. Havia trocado a utilizada no milharal para a que eu utilizei na consulta.

— Podemos conversar sobre o que aconteceu com Bernardo mais cedo? Ele relatou sua regressão.

Claro que ele iria contar. Bernardo me adora e sabe cuidar de mim.

— Espera eu tomar banho? Prometo não demorar.

Os dois pareciam contentes e aceitaram. Corri até meu quarto, tirei toda a roupa, e a sujeira corrompida saía numa torrente abusiva ante minhas pernas, passando pelo meu órgão genital e fincando as garras onde a dor seria excruciante. Olhei para baixo; a água fazia-se corpulenta a evidenciar a imagem do rosto daquela mulher. Eu não soube reagir; chorava como uma criancinha necessitando do aconchego dos pais numa noite sem energia elétrica.

De fato, meu medo arraigava-me ao que eu concebera sobre vítimas, sobre encalços, sobre a rotina desenfreada. Os pingos de água chocavam-se a mim, catalisavam pensamentos obscuros, traçava destinos que há muito não queria visitar. Destinos... Todos eles me desafiando a fazer no exato momento, no exato momento.

O que representava aquilo? Até hoje não sei. Não sei porque continuo sortudo e azarado ao mesmo tempo.

Entende esta lágrima que corre pelo meu zigoma? Ela suspende a trôpega pugna de cada dia. Seja com o chefe ou com si mesmo; dos ônibus lotados e da vizinha que pede açúcar por ter usado exacerbadamente numa sobremesa na noite passada; daquela criança pobre vendendo bala no ônibus para conscientizar as mentes nesta falácia vivida porque alguém indica que é melhor estudar do que viver. Como ela irá comer se existe apenas um livro à sua frente e nenhum dinheiro para pagar a passagem de ida e volta? São questões irresponsáveis, sem respostas, sem alvos, demagogia alta. Veja o rosto. Veja o rosto que se dissipa na água, podendo ser insolúvel se seu sangue não tivesse brotado por incompetência do mundo. E lá estou eu sempre os observando sem poder fazer nada. Nunca poderei fazer nada.

Desci até a cozinha depois de ter me banhado, estava cheiroso, menos sujo. Um pouco menos sujo. A mente parecia derreter-se quando cada passo sentia aquela corrosão de lama.

Olga saboreava um sorvete enquanto Bernardo lia aquele livro, entretido como eu o vira na cozinha mais cedo. Era belo ter uma família. Sentia falta de ter Júlia mais presente. Saudade dessa vivência aguerrida, consumando fatos diários e sabatinando qualquer frivolidade brasileira. Está certo que meu filho era assim. Porém aquela garota... Sempre foi meu céu.

— Vamos?

— Por que estás apressado? — Olga inferiu, deixando um pouco do sorvete sobressair pelo canto da boca.

— Não é nada, amor — limpei seu canto de boca com o polegar. — Sigamos. Quero poder me deitar. Estou realmente cansado.

Sim, eu já trajava meu pijama.

— Descompasso? — perguntou Bernardo, interrompendo a leitura.

— Sim. Cordialidade e discórdia. Somos quase um *yin-yang*.

— Ah, pai, foi apenas um conflito pequeno, mas mamãe tinha de saber. Fazia tempo que eu não o via assim. Tragicamente eu fui o primeiro a te ver todo esparramado no sofá. Ainda resta traços do cheiro forte de uísque na sala de estar. Não sou pequeno demais para ver esse tipo de coisa?

— Não. — Lhe respondi enfaticamente.

— Sim. — Olga o respondeu quase na mesma hora.

— Decidam. — Ele sorriu, voltando-se para a leitura.

Embates faziam nosso deleite. Alegria. Desta vez o semblante anunciado era diferente. Não havia ânimo algum. Começava a me preocupar com ela. E Laura apareceu justamente quando a confusão em minha cabeça reinava.

— Meu amor, ele está grande. Sabe de meu declínio. Irregularidades e inconstâncias ressurgem. Por isso fui à consulta. Preciso reaver alguns conceitos.

Eu ouvi os passos lentos na escada. Júlia prostrava-se atrás de mim, também trajada para dormir. Um belo sorriso no rosto, equiparado ao de Laura. Que belas mulheres eu tinha nesta vida indômita.

— Pai, por que falas tão alto?

"Falas". Deleite para os ouvidos.

— Desculpe, filha. Já estava dormindo?

— Tiago, esqueceste que ela dorme cedo todos os dias? É ano de vestibular.

— Perdoe-me, não queria causar estardalhaços.

— Tudo bem, pai, não tem problema. — Ela me abraçou; passou alguns segundos ali apertada a mim, o rosto grudado ao peito, que batia aceleradamente.

Tua filha é linda. É uma pena tu não dares a devida atenção.

Nem consegui me irritar com as palavras de Laura. Subitamente ela sumiu quando eu me despedi de Júlia e volvi-me aos outros dois que faziam suas atividades antes d'eu chegar.

— Querem saber da consulta?

— Não é sigiloso? — perguntou Bernardo. Queria saber de onde ele tira tantas questões rápidas e respostas certeiras.

— Claro, mas posso comentar um pouco sobre Guilherme Acán, responsável pela consulta.

— Não quero, pai. Só espero que tenha sido melhor que o anterior.

Olhei rapidamente para Olga. Ela gargalhava como um macaco zombando de outras criaturas, pondo sorvete à boca e quase cuspindo-o.

Bom, não continuei a conversa. Sabia de meus atos quando fui diagnosticado com vários dos distúrbios. Meu único pensamento é ter sensibilidade ao me tratar mais sutilmente diante dos vários motivos que se amontoaram naquele tempo derradeiro. Não que meu alcoolismo agora seja tratável. Eu vomitava a casa toda; quebrava vidraças. O barulho era ensurdecedor. Júlia, a mais impactada, sofrera bastante. Vês como é difícil se resguardar das aflições deste mundo?

— Estamos resolvidos?

— Sim, querido. Vá dormir. Deves estar cansado — respondeu Olga, focada em sua sobremesa.

117

— Tu não ia chegar tarde hoje? — perguntei, analisando o porquê de sua cabeça estar inclinada para baixo, sem me olhar.

— Denúncia falsa. Bom, até o momento, nada mudou — respondeu segura. — O assassinato continua sem nenhuma pista direta e aqui estou muito desmotivada para o caso. Estou ajudando Alexandre, que parece mais comprometido que todos.

O promotor que, na universidade, estudava com ela e dizia-se apaixonado. Por sorte havia um homem mais irreverente chamado Tiago Salviano para roubar-lhe beijos e devaneios. Aliás, posso ser leigo no assunto, mas muito me parece estranho os dois estarem trabalhando num caso policial.

— Sim, sim. Ele ficou com o caso?

— Isso — respondeu quase de pronto. — Pediu até que nós fôssemos jantar com ele e Glória em sua casa. Discutiríamos alguns pormenores e, por conseguinte, jantaríamos — olhou para mim.

— Glória ainda tem aquela cigarreira herdada do pai?

— Uma banca de revistas, Tiago. Não seja indelicado — desculpei-me. — Interessante como ela ainda tem o prazer de viver daquilo — escutei ela raspando a tigelinha enquanto me respondia.

— Marquemos para sábado. Seria bom?

— Posso comentar com ele.

— Faça isso. — E saí.

—

Uma semana se passara desde o ocorrido e os dias cálidos se tornaram inexpressivos; era a confusão dos dias e da pressa; quiçá a representação de que sou falho e continuarei falho perante... Sei lá. O sol nasce e aquela mancha azul de espraiada parecia apática. Não tinha regalo, resplendor, fulgor dos raios solares. Lembrava-se dum raio solar em especial. Outrora trazia à tona antigos amores. A preocupação da morte. Todas. Queria me tornar o assecla de todas, sem exceção. De todas que eu não pude nutrir amor e afeto, antes de me tornar apenas um com minha doce Olga... Relembrando que meu antigo amor... Desculpe, os erros são cometidos e julgados de acordo com o tempo. Ultrapassava uma barreira singular. E eu, insólito, tornava-me discrepância em meio a tantos rostos vergonhosos, querendo apenas viver à base de álcool – a panaceia de todos os problemas – para sucumbir desejos impávidos.

Antes da próxima consulta – na qual já estava na clínica a aguardar –, contarei como se deu o jantar na casa de Alexandre. Não que me agrade a ideia. O interesse maior era somente no caso de Laura, conhecer alguns pormenores imbuídos às conversas espontâneas; até porque Olga sabia de meu compromisso: permanecer calado nos assuntos mais restritos e esbanjar faces de uma solitude agraciada por qualquer pessoa que me dirigir a palavra.

Não naquele sábado. Para mim era diferente. Eu veemente ansiava por aquele jantar. E até estou misturando os fatos, que não deveria, pois todo o relato estava cronológico. Continuemos.

Ao chegar à casa dos Farias, no condomínio fechado, minha temperança estava bem tranquila. Comento algo com Olga sobre o jantar e aquelas verduras sempre servidas por Glória. Ela insistia na vontade de pôr excessivo vinagre como se a defesa do organismo fosse à base daquele liquido ácido. Pobre alma. Acredita em tudo que lê.

Adentramos. Cumprimentamo-nos. Observamos as grandes mudanças no interior daquela residência. Bom gosto, diga-se de passagem: quadros belíssimos no corredor de entrada; uma tv excepcional na sala de estar; uma mesa feita em mogno africano – uma das madeiras mais caras do mundo. Reformas e mais reformas. O que mais tinha para ser feito nesta imensa casa? Perguntei sobre a piscina.

— Olha, Tiago, sem nenhum se vangloriar, mas a piscina está uma beleza. Fizemos um *deck* maravilhoso. As crianças adoram ficar lá. É uma espécie de casa na árvore, porém um pouquinho abaixo do normal — riu muito. Sua risada era grotesca. — Quer vê-la antes de cearmos? — perguntou Alexandre.

Olga deixou-me livre. Ela conversava com Glória no ambiente interno, muito entusiasmada, onde pôs, resoluta, seus olhos centrados àqueles olhos negros da mulher deste homem que me levava até o fundo do quintal.

— É bom recebê-los aqui — fechou a porta que dava acesso à área da piscina. — Glória sempre convida antigos amigos e as respostas se perdem tão rápido quanto foram feitos os convites. Não sei o porquê da falta de interesse se sempre fomos bons anfitriões.

Eu deveria responder de forma mais branda ou assertiva? Encarei-o um pouco até refletir sobre. O que este homem fazia com as garotas na época da universidade para ser tão badalado? Queria muito ter tido a experiência de universidade e entender o porquê de tanto desejo...

— Os amigos somem. É normal, Alexandre. Raramente eu e Olga chamamos alguém para nossa casa. No máximo, saímos para jantar fora com políticos e outros seres que vocês estão acostumados a conhecer diariamente. Sabe aquela minha condição, né? — Ele assentiu. — Então. Olga se resguarda para manter-se distante destes vacilos.

— Vacilos? — Ele inferiu sobre mim, meio sem graça.

— Sim. É a barata troca de interesses. Sabemos bem como são os corruptíveis desta cidade. Aliás, há algum burburinho em relação às eleições lá onde vocês trabalham?

— Tiago, desde a morte daquela garota, eleição é um assunto pouco discutido — embaraçou-se, não tão expressivo.

— Tiveram alguma descoberta contundente? — interpelei rapidamente sem me preocupar com o questionamento imbricado ao descontentamento dele.

É agora. Minha hora de brilhar.

— Sigiloso. Desculpe — respondeu Alexandre, bebericando sua taça de vinho.

— Eu sei. Porém tem algo mais aberto que os jornalistas estão explorando?

— Talvez o itinerário dela. Locais que possam ter sido conduzidos durante aquela noite. É meio a meio. Não sabemos detalhar bem como ela se portou diante disto. Se é teatral. É incomum para nossa gente.

— Lembra-me teatro moderno. Incisões modernas.

— Como assim? — focou-se inteiramente a mim, instigado, esquecendo os pormenores da apresentação daquele lugar.

— Alguém deixado no ponto de ônibus. Uma passagem para o se apaziguar. Uma passagem simples, de baixa valia, comprimida às emoções sentidas. Tudo isso retrata o teatro moderno. Posso ser leigo no assunto, mas já vi bastante retratado. E comento sem o mínimo de erro, pois fui muito instruído quando... — parei de falar, vendo que estava novamente revivendo uma querela muito antiga da vida. — Enfim, é algo pertinente do teatro. Tenho plena certeza.

— Poxa, obrigado, Tiago — respondeu-me demasiadamente alegre, com uma alegria bem estranha. Eu estou parecendo muito leigo e pueril às questões? — Talvez você possa exprimir mais alguns detalhes e nós possamos te colocar como consultor externo. Iria contra os paradigmas de Olga? Ela não deve temer isso.

— Consultor externo? Não, não. Melhor eu ficar longe. Lembre-se das condições — abri um sorriso entediado. — Aquilo pode me pôr aos nervos.

Rimos, já voltando ao interior da casa.

— O que mais tu mudou aqui?

— Salão de jogos. Eu e Mário passamos horas jogando videogame, sinuca e afins. Quando falo horas, Glória odeia.

Estávamos com nossas respectivas. Por obséquio, larguei desta atenção desenfreada nas pinturas. Rubor passava rente aos olhos e aquilo causava desconforto.

— Jogos... Nossa, Bernardo iria adorar.

— Por que não o trouxe junto com Júlia?

— Júlia está estudando bastante. Ano de vestibular — respondeu Olga, nos atravessando, já mais entretida aos assuntos. Seu sorriso esboçado era totalmente diferente; alargado, até suas sobrancelhas saltavam.

— Entendo — Alexandre esmoreceu. Depois de um instante tornou a falar. — Queiram se acomodar na sala de estar. Vamos ver como anda o jantar e retornamos. — Ele seguia Glória e parou de andar, virando-se para nós. — Querem beber algo? Estou com minha taça e fui rude em não ter oferecido.

Respondemos com uma carinha feliz. Nada de voz reverberada. Consentimento de ambos que se dirigiam à sala de estar sem resmungar sobre o acolhimento – muito bom, por sinal. Alexandre pareceu entender o recado e saiu do local, depois do breve silêncio.

— Conversou o que com ele? — perguntou Olga, assim que o rapaz saiu.

— Sobre a piscina, sobre o assassinato. Ele até quis me colocar como consultor externo.

— Não me diga que citaste teatro moderno, querido.

— Por isso tu é minha esposa, Olga — beijei seu cenho, ela me abraçando em seguida; senti-a um pouco frígida.

Até o momento parecia tudo tranquilo. Foram longas horas sentados no sofá a conversar, Alexandre, Glória e Olga com suas taças de vinho engraçando-se pela ebriedade; eu, por outro lado, me resguardei, fazendo *vista grossa*. Já havia recusado inúmeros convites para embarcar nesse ressabiar, na ânsia de sentir o aroma; desejava, e muito, bebericar um gole daquele elixir da vida. E por mais que sejamos finos, até mesmo Olga já embolava frases.

Durante o jantar, as conversas foram cessadas. O mastigar incomodava. Cada garfada era um centímetro de culpa. Galgava espaços no vazio inócuo. E via cores vibrantes. Via o cordeiro assado lamentando sua morte. Estava ficando louco. Segunda estava tão longe… Restava nada mais que… Dei meu primeiro gole, pululei desejos e redescobri o caminho para o alento!

— Vocês me dão licença? Preciso atender um telefonema.

Nenhuma reação. Ouvia-se até aquele grunhido de delícia. Hum…

Fui fumar. Área externa. Mal abocanhei a comida no prato e já suavizava a relva, o sereno; coriza espessa pregava-se às laterais das narinas afiladas. Tragava. Segurei tempo suficiente para asfixiar-se. Era o sentimento puro de perder a compreensão. A mente pondo-se abjeta. Maldita mente abjeta que suga possibilidade de poder se asfixiar e deixar tudo para Olga e as crianças. Trair apenas a mim.

Tu sabes que isso não existe. Por sorte tomaste apenas uma cerveja.

— Por sorte vejo céu estrelado e não uma criatura soturna saindo dum saco plástico.

— Querido, está tudo bem?

Olga apareceu subitamente àquele *deck*. Era preocupação excessiva por causa do ínfimo álcool ingerido.

— Sim, meu amor. Vim aqui apenas fumar — mostrei o cigarro pela metade. Meu semblante não era o dos melhores, muito menos o dela por ter me visto com o cigarro. — Fique tranquila que já volto lá para dentro.

Sentimento puro. Pergunto-me como ela ainda me aceita diante de tanto turbilhão carregando as vacas que são meus movimentos. Sou terremoto enraizado às carcaças adormecidas. Trago mais uma vez o cigarro em seu fim. Sou terremoto desses incapacitados de viver.

Susto. A imagem da mulher esquartejada à vista, num lapso. Amedrontado me afugentei ao interior da casa. Cerveja, onde está a cerveja? Onde está a maldita...

— Olga, podes pegar uma cerveja para mim, se não for incômodo?

Ela encontrava-se finalizando o prato. Fui totalmente indelicado.

— Espere — respondeu Glória, sorrindo tão leve para mim e aos demais.

Satisfeito? Vais se embriagar na casa de outrem. Olhe o vexame...

Laura é um ser impressionante. Aceitar e vingar todo o momento de vilipêndio no lamaçal beirava o inferno na terra. Era rever-se à pintura de outro artista. Bordar com linha de outro tipo linear da vida em fuga da original. Ansiedade num carrossel infinito. Prisão interminável. Presa a mim. Presa por minha culpa.

Assim que a garrafa de cerveja chegou, catei-a e tentei ir confrontar a efígie criada pelo esparso espaço. Via a piscina mover sua água devido à grande ventania. O frio exagerado impactava pouco a mim. O cigarro muito menos. Na verdade, o cigarro havia se apagado. Não me atentei. Tornei a acendê-lo e procurei vestígio da efígie peculiar.

— Queria ser morto — beberiquei um gole da cerveja —, mas enquanto vivo. Sentir levemente ela chegando. Nada súbito. Fumo demais e nunca tive ataque cardíaco. Possivelmente terei daqui a uns vinte anos. É suficiente?

Suficiente como a água na piscina?

Ali continha insuficiência.

— Suficiente como a insuficiência deste vazio — beberiquei novamente. — Já não aguento mais ter de viver contravenções sociais. Aceitações sociais. Tudo que gira em torno desta falácia aberta. Que livro fajuto.

Estás delirando, querido.

— Olhe lá. A moça. Ela quer ajuda — apontei para um lugar aleatório fora do *deck*.

Mas não tem nada ali. Aqui dentro do deck?

— Aqui. Aqui. Aqui. Aqui. Aqui — segui apontando.

Cada palavra um gole. Encharquei-me.

Pare de beber. Não estás vendo aonde isso vai parar?

— Quero descobrir quem fez isso contigo. Preciso confrontar aquele doutor. Mais uma prisão como a sua e eu terei um clã inserido dentro de mim, movendo-me até a morte a pensar na prosa que terei com o Deus maior.

Laura consternou-se a me ver daquele jeito. Aproximou o corpo cálido dela ao meu.

Estou sufocada, Tiago. Muito pior que uma navalha a me cortar. Queres vir a mostrar quantas facetas tens enquanto este percurso parece derivar um final da peça entreaberta?

— Parafraseia-me com o teatro moderno? Não quero relembrar disto. Em hipótese alguma quero relembrar disto.

Quero teu bem. Somente isto.

— Pode acalentar-se. Estou calmo. Paciente, sem transpirar. Porém não quero relembrar disto.

Adivinhar minha destra nesta neblina invisível continua sendo a questão incoerente mais difícil. Busco nichos nunca prevalecidos; busco até o canto do quarto escuro para me afugentar, sabendo que a penumbra pode ser a cegueira completa. Há muito que admoestar-se. Escuto Iannis Xenakis ressoando alguns sons claustrofóbicos à minha mente; complexos. Vigentes. *Jonchaies*. Laura nada contra à correnteza na tentativa de tentar me salvar da queda-livre.

Abro o maço de cigarros. No cantinho tem *aquele* reservado. Antes corro até a casa e pego mais uma cerveja. De volta ao *deck*, subo o murinho. Acendo a chama e trago sem fim, trago o engodo que me alimenta. Sinto-me leve e beberico mais cerveja. É uma tragada e um gole. Não paro até finalizar.

De longe vejo Laura me encarar. De longe vejo Olga a se perguntar porque estou pondo-me separado dos outros. Por sorte sei quão agraciado estou nesta casa. Eles sabem de minha condição. Uma vez até perguntaram se eu tinha traços autistas. Soou engraçado, divertido. Rimos um bocado e voltamos às conversas. Assim aceitei o aperto de mãos dos anfitriões depois da longa jornada de aceitação. A afefobia pode muito bem se adequar.

Enquanto fumava, já utilizado metade daquele pequeno fumo, tentava mais a fundo entender o assassinato em si. Precisava retornar à Ribeira, Teatro Alberto Maranhão, para um dos espetáculos, ou para qualquer evento nas imediações. Viver singularidade boêmia após grande recesso. Como será que está aquela parte da cidade? Muitos jovens audaciosos fumando pulmões e bebendo sangue como transfusão para sobreviver às sórdidas caminhadas em salto-alto? Vou na próxima semana. Espero estar vivo até lá.

Fumando depois de longo intervalo? Sapiente se utilizar desta ferramenta. Vais questionar algo mais sobre Laura?

— Provavelmente não, Santo — disse num tom arguto, mantendo-se cabisbaixo. — Estou adquirindo coragem para ir embora. Se for proveitoso ajudá-los na empreitada de consultor externo, quero estar preparado. Irei ler alguns textos e buscar algumas linhas contrárias para me pôr fora da reta. Nada mais justo.

Não achas arriscado, principalmente por rememorar algo... Sabe?

— Filho, para quem viu e viveu de tudo, arriscado, no meu âmbito, é apenas morrer. E eu sei que isto é fácil de acontecer.

Não brinques com isso. Sabes como age o impiedoso.

— Sei como agem todos. Difundem pensamentos atrozes quando ajo incoerente. O tinhoso se volverá contra mim?

Tu estás louco?

Tu estás louco?

Tu estás louco?

Uníssono. Grito. Os Três não gostavam de ouvir a palavra do enegrecido. Os Três eram capazes de desaparecer por dias sem nenhum bilhete deixado como consenso desta falha humana.

— O que foi? Deixem de hipocrisia. Vocês sabem que eu não ficarei aqui no neutro e muito menos ascenderei aos céus, se é que existe — traguei, chegando ao seu último cilindro; queria até ultrapassar o filtro. Fumar meus dedos. — Vocês creem numa redenção? Por mim, de corpo chamuscado após a morte, as cinzas poderiam ser jogadas à casa de minha mãezinha, na fazenda. Que saudades eu tenho.

E por que não a visitas? Muito se fala nela e pouco se faz questão de reencontrá-la.

— Se fosse simples, Filho, estaria lá para nunca mais sair. Se fosse simples, Júlia não me abraçaria forte como se o último dia de nossas vidas estivesse estipulado para acabar. É está esfaimado pela verdade. Ouçam. Laura quer dizer algo.

Dei a última tragada e joguei a bituca no quintal vizinho, sem titubear.

Queira voltar até lá. Este teatro aqui já deu.

— Está revoltada por eu ter proferido esta palavra de baixo calão? Ora, ora, a detentora da razão, a sem promiscuidade, a sem-vida.

Os Três estavam abatidos. Laura demonstrava choro, soluçando baixo, com o corpo a se debater. Eu finalmente havia chegado ao meu ápice de loucura.

— Devo entrar. Despeço-me de vocês.

Larguei a cerveja no lugar e retornei para os braços acalorados de minha deusa na terra. Mas cadê ela? Pus-me a olhar para todos os cômodos.

— Eles estão discutindo algo sobre o caso. Quer me fazer companhia? — disse a anfitriã, e abriu um grande sorriso.

Sentiu o cheiro estranho e pôs-se a refletir sobre.

Glória às vezes era incisiva. Não sei se é o rosto muito carismático, se é cinismo. Difícil se agradar com essas pessoas. Espera-se uma apunhalada nas costas e uma oração após o vilipêndio. O sangue serve para abençoar as chagas dos joelhos podres de tanto tempo a rogar praga para milhões. Estou destroçado; estou desvairado, ébrio.

— Pode ser. Como anda a banca de revistas, de jornal? — pisquei deveras o olho para manter-se equilibrado, sem mostrar quão derrotado aparentava estar.

— Tudo ótimo. Tenho clientes fixos. Um *hobby* bacana. Vou lá mais do que devia para administrar chegada de novos produtos. Então se cansar é tarefa comum.

— Ainda existe aquela revista pornô no mercado? — engatei a pergunta, soltando um sorrisinho de canto de boca, segurando ao máximo para não rir espalhafatoso. Estava óbvio que eu estava sob efeitos.

— *Playboy*, você quer dizer?

— Anos — enfatizei — que não a vejo. Outrora as mulheres eram mais atraentes, se é que me entende — curvei a perna sobre a outra.

— Ah, concordo plenamente. Artificial em todos os aspectos. Será que existem mulheres como eu e Olga?

Desviei o olhar. Queria poder enxergá-la sem estar conspícuo de que há tanto cinismo e achismo. Ela parece ser artificial? Voltei o olhar.

Sorri para não puxar mais desconfiança. Plástica no nariz. Peitos inchados. Mandíbula afilada. Botox, botox. Há, deveras, cinismo acentuado. Posso provar quão errôneo foi ter sentado naquele sofá confortável. Sono. Estou, estou *ébrio*.

— Vocês são belas, mas minha deusa na terra é esplêndida — sorri, sem me preocupar com sua reação, e desviei o olhar em direção ao nada. — O raio solar que eu preciso para continuar vivo.

Ela realmente não mudou seu semblante quando voltei meu olhar para ela. Ela simplesmente saiu dali. Por quê?

Fui até o escritório e bati duas vezes na porta. Coloquei o ouvido na porta e escutei um zumbido da cadeira mexendo-se. Por vários motivos não criava pensamento de traição ou algo relacionado. Vivia a vida sem me restringir. Só que ela aguentar tanto assim sem ao menos refutar minhas displicências? Comum não era. Nem eu era comum. Nem Glória era comum. O que estou fazendo?

Descartáveis. Estão recitando uma cantiga de ninar para poderem volver a vida daquele animal ali. A criatura feminina. Ressentida.

— Pare com isso...

Bêbado que não sabe lidar com estas vidas? Acorda! Queres lidar com o quê?

— Quero poder lidar com viver — respondi a cabeça baixa.

— Está bem, Tiago? — inferiu a anfitriã.

Maldita Glória olhava para mim, muito consternada. Onde estou?

Na casa desconhecida. Teu senso-comum está aleatório. Vais vomitar?

— Vou vomitar, mas só no fim desta conversa.

Vomitei antes de poder soltar sílabas soltas. As letras saciavam o poder magnânimo. Por quê? Por quê? Corri em direção ao banheiro. Mas qual banheiro? Não senti o vômito vir pela primeira vez na vida.

Pobre ser. Glória resignada vê a cena em tua tão perfumada casa. Motivava uma corrida? Ébrio? Responda-me antes de sentir qualquer escapatória.

— Vai se foder, Pai! Maldita sombra querendo tomar conta de mim.

Como eu recitei tudo isso em ânsia extrema?

Tudo falácia. Semblante destruído por si. Sabotagem.

— Vai se foder, Santo! O que Filho falará?

Ele nada falou. Silêncio. Nem pude enxergá-lo.

— Vai se foder também, Filho. — A bile saiu, sujando toda a borda do sanitário. — Tu quer sugar meu vômito? Vai, continua querendo se lascar. Sou mais eu.

A porta se abriu. As bordas manchadas de lascas do mundo sujavam aquela passagem. Eu via Olga tão endeusada pelo fulgor que não quis… Quão bela era Olga. Estou realmente ébrio ou o convalescer persiste, na maior escaramuça contra meu poder de se tornar sóbrio?

— Vamos para casa? — Sua voz de plumas soou como cântico milenar aos ouvidos ainda tilintados por orquestra que me incomoda.

É claro. Quero poder tranquilizar meu ânimo. Se eu continuar aqui, apenas saberei que Laura, Glória e Olga são infortunadas e malditas sanguinárias nesta completitude desarraigada. Minhas palavras soam estranhas?

— Tiago, vamos para casa! — esbravejou minha deusa.

Vomitei uma última vez, já dentro do carro…

—

Abri os olhos como se viver fosse minha última tarefa naquele momento.

O carro balançava e a nossa casa era festivo de seres místicos nunca vistos; via escuridão dentro de escuridão. Fulgor era a pior das hipóteses. Onde irei chegar sabendo que Olga me traiu?

Pare com isso. É questão de segurança.

Os Três já não me aguentavam. Dissabor.

— Quero água — disse, com a cabeça pendendo para ambos os lados.

— Estamos quase em casa. Já liguei para que Júlia nos esperasse.

— Amo Laura.

Olga me olhou estranho. Foi súbito. Relance.

— Laura, Tiago? Estás regredindo?

Demorei a responder. Nem sabia por que continuava a respondê-la. Nem sabia se houvera outra pergunta neste meio-tempo.

— Chegamos?

Olga estacionou o carro; saiu rapidamente, a temperança bem pesada. O que eu havia falado?

Tu sabes o conteúdo. Não se faças de doido.

— Por que tu me deixou falar? — gritei, meu corpo sentindo pontadas na área da barriga.

Júlia chegou ao carro e expressou um contentamento por me ver combalido. Carregava-me. Ouvia minhas palavras e nem se preocupava. Sabia quão ébrio eu permanecia, andando como se a perna esquerda houvesse sido cortada do corpo, trôpego, inclinado ao esteio que ela era.

— Júlia, perpetrei algum... Hoje?

Um minuto para ser feliz.

— Pai, se eu fosse o senhor regrava mais suas palavras. Se vomitares em mim, faço questão de te largar aqui mesmo — enrubesceu, pondo muita força para levar-me sobre os degraus. — Esforce os passos. Não conseguirei levá-lo assim.

— Peça perdão a sua mãe por mim. Estou desvairado... Pensando como... — enguio. Por sorte não saíra nada.

— Fique tranquilo. Amanhã será um novo dia.

XIII

Resumindo: eu sou uma derrota. Em estado uniforme. Infindavelmente uniforme. Quando digo que as zoadas reverberam, e se encontrar sozinho nesta antessala abafada é o caminho indigente, prova que nunca fui insólito. Nem sei porque poria título n'algo totalmente longe deste parecer; e daqui para pior.

Porém recordo que terei de ser o herói dito por Guilherme Acán. Ele me recebe em sua sala; dois olhares se cruzam. Hoje apenas quero infiltrar-me neste algoz e digladiar suas vantagens de ser irresponsável. O que temos por aqui?

— Como foi sua semana? — perguntou-me naquele habitual tom sereno.

Desastre em cima de desastre.

— Usual: álcool e reflexões, quiçá algumas disparidades.

— Ainda colocas o álcool como responsável por seus deslizes?

— Semana passada fumei maconha. Sou indestrutível.

— Pensamento de se achar extraordinário ainda se perpetuando, Tiago?

Incorreto. Estou afirmando para ti uma discrepância de meu ser. Falta moldar-se contra essas atitudes. Porque convenhamos, quando saberei que a verdade virá à tona? Não tenho nenhum companheiro ao lado; não tenho singelos humanos me acompanhando na fase derradeira, pagando-me cerveja ou simplesmente abocanhando a conta no fim da noite. Então eu o pergunto:

— Faz sentido?

— Claro que faz. Depende de vários fatores.

Mesmo? E o saco plástico?

— Estou aqui para tu me guiar, doutor. Eu pago caro para isso — indaguei, fixo diretamente aos seus olhos.

— Sua rudeza não irá levá-lo a lugar algum.

— Eu pago caro, certo? — retorqui. Minha expressão sequer estremecia.

Ele permaneceu calado um tantinho. Anotou alguns pormenores. Nem me preocupava mais. Acho que ao fim da consulta, uma faca pode fazer o que foi feito a Laura. Bem assertivo, de tração cirúrgica. Nada mais pode me motivar a ser diferente. Nada...

— Lembraste da história do herói? — Depois de um instante me perguntou. Eu estava sombrio, introspectivo; mal pude perceber que havia se passado alguns minutos do início da consulta.

Teodora... Eu poderia visitá-la. Neste tempo conturbado, a melhor coisa que eu poderia fazer seria me enclausurar em seus braços. Ela sim seria a heroína desta imersão de facetas e assassinatos e dúvidas e adultério. Espero que ela esteja viva.

— Por incrível que pareça, denotei certo tempo para pensar sobre. Revisitar aquele tempo faria eu relembrar o patear-outrora deste ser incompreendido. Vejamos: o que é ser herói?

— Altruísta é uma boa resposta para tua pergunta.

— Como o senhor? — Não percebi a menor minúcia em sua expressão.

— Inquisição não. Leve na naturalidade.

— Não é inquisição. É questionamento mesmo. Tu que é o homem prostrado sobre mim para ajudar. Por que eu deveria colocar-me contra suas indagações? Aceito, porque tu é altruísta, a meu ver.

Ele não se agradou com a resposta. Continuava neutro.

— Nada? — questionei. Olhei para o relógio. Meu semblante parecia mais crítico.

— Queres mesmo focar em mim diante de tuas múltiplas falências de pensamento? Olha, este caminho é meio tortuoso; no mais encontrarias insucesso, e isso não quero para ti.

— Insucesso é uma incapacidade minha. Quando me coloco como insólito, tudo que eu penso é em saber distinguir a vitória da derrota, mesmo muito derrotado ultimamente. E quando foco no senhor, é mais ou menos para ter singela vitória nas comparações desvirtuadas da vida. Entende, doutor?

— Estás querendo um modelo a seguir? Isso, infelizmente, eu não posso receitar — enrubesceu.

— Diga-me o que fazer. Está nebuloso e a cegueira toma conta de mim. Vejo tudo turvo. Parcial. Capaz d'eu me perder até mesmo nesta sala minúscula… — Interiormente estava sorrindo. A cena era de bom gosto. — Como eu posso ser virtuoso para si?

— Regrar-se é a primeira etapa. O que mais pode ser gerado diante das incertezas que tu esboçaste?

— Regrar na bebida se é ela quem me conduz?

— Troque-a. Faça o exercício da consciência, da razão, do que está atrelado à tua mão, fazendo contato. Tu podes destrui-la. Destrua a chance de ser este deplorável que o põe como atônito nesta vida.

Eu admiro as palavras do doutor. Soa como monólogo livre, cheio de discussões internas que geram borbulhas de filosofia cultural. Eufórico. Crispa-se; brota de dentro das palavras um ar malicioso para me salvar. Queria pôr credibilidade ao homem capaz de apunhalar inúmeras vezes um corpo e desová-lo num matagal sem escrúpulos para viabilizar condenação; ele continua límpido como minha adulta fase pueril. Olha, seu rosto não se altera em nenhum momento. Ele aflora em mim algo hediondo. Supre necessidades. Minha mão chacoalha. Tenho medo de que eu possa sofrer nas mãos dele. Por que ele continua aqui?

Passei um tempo em silêncio. Não houve contestação. Refleti. Queria ajuda dos Três – sumidos desde o fatídico sábado. Poder confrontá-los quanto ao que fazer a este homem. Será que eu deveria ser o herói instigado por ele?

Quando penso em abrir a boca, sugiro-me guinar o curso deste itinerário ferrenho e escrupuloso. Quero jogar falácias à cara do dito cujo. Irei moldar as estradas para que ninguém possa ser ferido durante o percurso.

— Talvez eu consiga largar a bebida. Parar de me sabotar. Parar de infundir pensamentos designados como maldosos. Ser comum. Menos insólito.

— Exagerar não condiz contigo. Seja corriqueiro. Para tudo. Porém, leve num ritmo menos frenético a evitar danos instintivos. Chagas, essas, difíceis de estancar. Tua bebida um dia comentará contigo: "sou aberta e impiedosa; infinita a elucidar tuas melhores formas de tratamento; sou capaz de pôr-te do ruim para o bom em questão de segundos..." É isso que queres para ti?

Óbvio. Até o momento existem zero pessoas machucadas ao ato dilacerante que é tomar minha bebida em paz.

— Talvez não. Estou confuso...

— Saia da zona de conforto. Continue os hábitos, porém com menos tensão sobrepujando tuas vivências. Entende como é reconfortante viver pleno sem as imersões de algo colocado como adendo nesta vida cíclica?

Ousado mencionar o ciclo. A mulher cortada em pedaços deve estar em outro corpo agora, não é, doutor?

— Quero ser um herói. Como posso voltar a ter bons ânimos de outrora?

— Se outrora a ti pertence, forçar mudança vai à contramão do condizer com a realidade supracitada. És diagnosticado com afefobia e sociopatia, como me disseste anteriormente; mudar as condições vai além da realidade. Entende como precisamos manter um costume durante as sessões para viabilizar melhora? Aprofundar teu dia sem remeter-se a adendos. Largue um pouco o álcool e deixe o dia fluir. É a primeira etapa que eu te peço. Se sentires algo, podes me ligar. Farei questão de te guiar.

Horripilante ser guiado por alguém capaz de apunhalar um corpo, não?

— Tudo bem. Faremos assim — indaguei, fitando-o como se aguardasse sua revelação sobre o ocorrido.

Ele olhou para o relógio. O ponteiro não queria se movimentar. Entende-se que há discordância. Queria se livrar de mim logo porquanto sua neutralidade inferia-se ao recinto que borbulhava calor.

133

Ser herói... Eu disse que falaria tudo na primeira consulta e fui enfeitiçado pelo dinamismo... Faltara conciliador... Cadê o tempo? Cadê o tempo?

— Próxima segunda desejo esmiuçar tudo para você, doutor. Tudo que vivi durante os meus quase cinquenta anos de vida. Agradeço a paciência que tu está dando à minha condição. Prometo melhorar.

Promessas. Promessas.

— Como quiser. Fique bem.

Glória e Guilherme pareciam duas pessoas numa só: cinismo de quem acoberta situações para ganhar tempo, vantagem. De prismas totalmente diferentes, vejo como se destacam à multidão; há um burburinho que quer aclamar as respectivas vidas. Você acha que um pode ser diferente do outro apenas por ter diploma de uma passagem sofrida estudando os pormenores da psicologia. Esse é o maior problema do brasileiro: passa pano para vagabundo que acha ser dono da verdade – só por ter um título de doutor. Todos são malditos...

—

Chego em casa. Olga possivelmente encontrava-se no juizado especial. Sigo até o quarto de Júlia. Bato. Bato novamente após uma longa espera. Vejo minha filha sorridente ao me receber. Ela levemente cheira aquela área; vê que não tenho um pingo de álcool no corpo.

— Peço-te desculpa pelo meu ato falho. Obrigado por ser paciente comigo. De verdade — abracei-a. Ela retribuiu com um aperto generoso. — É bom tê-la por perto — olhei rapidamente para o interior do quarto. Livros jogados na cama e na escrivaninha. — Quer ajuda nos estudos? — Foi a única coisa que pensei.

— Seria interessante vê-lo me explicar História. Que tal?

Júlia é maravilhosa!

Mainha, lembra-se do dia que eu te vi catando brotos de feijão? A terra árida emergia a secura. Porém ali existia tanto amor pelo natural que sempre havia o que comer. Sem fartura. A fartura era psicológica. Pobreza fora extinguida com o passar do tempo. Assim fiquei nutrido, o quinto dos filhos, o mais novo e também o mais querido – e talvez o mais mimado. Sandra e Lívia as mulheres, e também as mais velhas; eu, João e Lucas os homens, respectivamente, de idades bem aproximadas. Entende como a religião sempre esteve incrustada às atitudes da família? Eu, o mais novo, era chamado de Tiago *véio*. Talvez por velho ser rabugento, eu tinha esse nome.

Voltemos ao dia que me senti herói.

Sentei-me num extenso banco de madeira, bem desgastado, bem rígido; ele tinha um rangido quando se movia o corpo; eu, soerguendo a cabeça à parede do alpendre, ficava de olho nas cabras que berravam, e para alguns bois no curral vizinho; soga nenhuma era capaz de segurar o mais indômito do animal ali. Por vezes eu o encarava, o medo levando-me a querer fugir daquela terra.

Meu pai, próximo de mim, que debulhava o feijão colhido mais cedo, parecia deveras concentrado. Não quero citá-lo muito. Tinha medo e tenho desprezo por ter sido concebido por um ser extravagante e arbitrário.

Sabe-se que a vida no campo tem nímios momentos de aprazível sensação a esmo pelo campo, caindo, dispersando areia e sossegado, no encalço dos bichos. Eu era o mais novo; havia ingenuidade até no meu olhar e uma plena liberdade de querer ser igual a ele. A culpa recaía sobre mim. Por horas sentado, acabei por desafiar minha vontade de correr no pasto – mesmo ordenado pelo meu pai que não saísse sem ele ver –, mas parei defronte ao curral, pois queria me atentar ao valente animal, obstinado por seu periclitante olhar.

Curiosidade; corri depressa até as frestas do curral. Aquele animal não irá fazer nada contra mim, eu admitia em voz alta quando a areia penetrava aos olhos a lacrimejar. Assim insisti; aproximei-me tão rápido como um tiro na espingarda de chumbinho que meu pai utilizava para abater arribaças nas árvores que se compunham adentro de nossa residência e ao longo da estrada de terra após a porteira. Calma, verás o que é ser herói.

Vi o boi, minha obstinação. A pata abria sulco na terra; ousei ultrapassar para vê-lo mais de perto. Minha ingenuidade havia sido transformada em tolice. Lá vinha ele. Estava descontrolado. Um grito do meu pai. Corri imediatamente sem pensar nas consequências para fora do curral. Senti pela primeira vez vergonha por ter me submetido à falta de juízo, já ajuizando pensamentos vingativos daquele ser que não tinha nenhum controle – corroborado à indecência; equiparado ao boi branco de chifres tremendos.

— Tá louco, menino? — levei uma bofetada na cara; meus irmãos se aproximaram depois da gritaria. — Quer morrer?

Teodora, gentil, bela, de toque tenro. Existia sobre desilusão. Existia sobre a pior das tormentas. Aguentava, como parede maciça, desagrado infernal destes infortúnios quando os brados do desumano homem rompiam colunas da casa assombrosa por tanta infidelidade.

— Desculpe... — abaixei a cabeça, chorando rios sem direção. — Eu só...

— Só nada. Saia logo daqui antes que eu bata em seu rosto de novo, menino malcriado.

Já saindo do ambiente, enquanto visto pelo semblante amedrontado dos irmãos, mainha – como "mãe" é chamada carinhosamente no nordeste brasileiro, já que eu não explicara antes – chegava, um pano de prato colado à cintura e com o rosto molhado de suor; abraçara-me com seu toque tenro; enxugou a testa, já perto de mim, amassando meu rosto com a mão e frisando o olhar morto em direção ao marido.

— Vai ficar contra mim, mulher?

Contra, o limite que, quando adulto, ficava longe; e esvaía quando tolhido pelo próprio limite. Limites, esses, nunca alcançados; pois o rosto de Teodora, minha mãe, tolhido depois dos segundos de embate expressivo entre os dois, tornou-se o alvo mais propício para ser desferido a fúria que ninguém conseguiria impedir. Larguei o corpo dela e me opus, pela primeira vez na vida, contra ele: chutei sua perna por ser contra o que ocorrera; chutei com toda força e ódio com o qual o boi branco se pôs capaz de avançar sobre mim. Fui jogado ao chão, até o mais velho de nós, João, tentar acalmar nosso pai ao abraçá-lo de frente e interrompê-lo, com dificuldade, com o ato nada satisfatório por quem era homem como ele. Ele saiu. Distante, seu rastro consumia o pouco de silêncio restando àquela casa.

A partir do que fora vivido, aproveito o ensejo das sensações abarcadas desse momento depois de longos anos em uma mistura de bons e maus momentos; criei vontade e saí daquela casa. O único entre os irmãos, talvez. Estudei tanto, me frustrei tanto, perdi pessoas que não deveria ter perdido. Tanto... Todos os livros capazes de pôr pensamentos a mim. Nem o *matuto* foi capaz de permanecer. As palavras já eram completamente nutridas doutra forma, e muito singular.

Fui um herói ao ser contra. E vanglorio-me disso. Fui saliente, ignóbil naquela perspectiva. Mesmo incontestе, sabia da lição. Entretanto, dentre tantos anos passados, larguei a única pessoa capaz de me entender. Não a ligava, nem visitava. Sequer a convidei para ir ao... Ao meu casamento. São anos sem ir àquela fazenda. Minha única obstinação, como foi com o boi branco, era poder pôr os pés no alpendre e saber que meus irmãos viviam bem, que minha mãe agora podia descansar em sua rede a costurar roupas puídas, e o dito cujo falecido, enterrado em seu outro terreno, distante de onde ninguém transitava, por ser apenas dele.

—

Durante a viagem, dirigindo meu carro em direção ao lugar em que nasci, revisitei outros pensamentos colocados pelo doutor. De lá para cá percebi quão saudosista e assertivo me atrelei às constâncias de quando era pequenino. E também percebi que afastei minha família, que a omitia quando psicanalistas perguntavam se a causa dos meus problemas partia deles. O álcool, por ser mais palpável, era o maior problema. Ofuscava, por exemplo, de quando casei pelas... De quando casei, dizer simplesmente que houvera uma briga e os contatos se romperam. Então imagine eu a contornar... Eu sentia vergonha. Essa é a verdade. E eu não falei ao doutor como havia prometido a si.

Continuemos.

Após o incidente com meu pai, tendi a um controle maior de meus movimentos perante o rapaz sábio e inarrável da casa. Fui deslocando-me por todo espaço entendendo seus trejeitos; enquanto mais velho traçava planos mais maquiavélicos; nada tão ultraje, pois nem com quinze anos fui capaz de perder a virgindade com a garota da fazenda vizinha, a Mariazinha. E olha, ela tão madura e tão esperta, de seios maravilhosos, eu franzino não consegui ser alguém perante ela. Queria ter sido mais esperto como hoje. Deixemos de lado. É um pensamento tão desnecessário...

Guilherme Acán quis saber o porquê d'eu ter esse pensamento heroico. Bem, fatos arraigados levam a crer numa maior investida. Cresci e me adaptei ao terreno farto e populoso. Depois do bofete pensei ser outra pessoa. Queria estar longe o tempo inteiro; fui rebelde, admito. Os afazeres, que muito me agradava na lavoura, foram postos de lado no horário da manhã para evitar contato com painho; corria até o açude pela manhã e só voltava quando achava ser horário do almoço.

Foi assim que a conheci, a garota, minha vizinha. Ela banhava-se somente de calcinha e sutiã; às vezes até sem uma das peças, fazendo de tudo para que eu pendesse ao seu lado.

E se perguntar se eu havia tido relações com ela mais tarde, afirmo que não. Mariazinha ficou grávida logo cedo. Abestalhei-me. Como se fosse simples assim. Na roça, naquele tempo, conhecimento precário favorecia tais fascínios do mundo. Na Natal? Loucura! Hoje jovens se banham nas loucuras.

Antes de minha saída repentina, Mariazinha havia tido seu segundo filho. Tristonha, nem mais se banhava no açude como de costume. Na verdade, aparecia diversas vezes com um roxo profundo nos olhos; envergonhado, eu nem mais acenava para ela. Espero revê-la quando se deparar com aqueles olhos azuis e o cabelo cacheado, a tez morena de longo tempo exposta ao sol.

Rodovias. *Organ*, terceira sinfonia de Camille Saint-Saenz, muito alto no alto-falante. Saudade... Meus óculos escuros disfarçavam preocupação ante a saudade incrustada às incoerências de minha face.

Saí de casa com os dois filhos avisados da viagem. Júlia me incentivou dizer a Olga que visitaria mainha depois desses árduos anos sem vê-la. Doeu em mim. Doeria nela, com certeza, que nunca conheceu minha família, pois achava que eles estavam mortos. E nós havíamos perdido a sintonia após o ocorrido na casa de Alexandre; provavelmente o amor regredia. Mais e mais o adultério surrupiava meu prazer de continuar me locomovendo até o chorume da alma.

Até hoje não faz sentido porque eu passei muito tempo longe, a evitar que Olga conhecesse minha família. Não sei se eu sentia medo de algo; não sei se eu temia não reencontrar mainha, se elas duas não se dariam bem, se eu teria o pensamento de ter sido deserdado.

"Vá, pai. Eu cuido dela enquanto você não estiver aqui", respondeu Bernardo, no aguardo do cumprimento com a mão, como geralmente fazíamos.

Encontrava-me já próximo de Pedro Avelino, pois avistei o Pico do Cabugi, maior ponto de referência da região. O pouco verde destoava entre à grande camada de terra infértil; árvores se perdiam na imensidão daquela grande solidão; galhos secos cinzentos apenas proporcionava a seca em deletério – isso porque estávamos no outono, que eu recordava ter muitas estiadas.

Quando alcancei a estrada de terra, uma longa senda de acesso à fazenda sinalizada com uma pedra de tamanho médio para quem vinha da direção de Natal, brequei o carro; poeira subiu sem dispersar. O sol batia forte ao meu rosto, bem visível ao ângulo-direito. Respirei fundo. Tremia tudo, eclodindo um frio na barriga que dava vontade de defecar ali mesmo. Nem com minhas vítimas tinha tamanha ansiedade; abri subitamente a porta e regurgitei. Foi mais água que excrementos de comida. Limpei as lágrimas que desceram e assoei o nariz. Tornei a ligar o carro e segui com dificuldade pela senda, numa velocidade tão baixa que os buracos do caminho pareciam se multiplicar à medida que a fazenda se aproximava. Ah, era o que painho mais reclamava! Painho, o masculino de mainha; acabei sem explicar.

Portanto, afirmo, sem demonstrar nenhuma capacidade compelida de meu ser: buzinei para chamá-los no intuito de revolver o sossego de menino: o acabamento da casa tinha um ar mais lúgubre, obscuro. Via-se muito mal acabamento às poucas colunas, paredes ruindo com fissuras de grandes medidas e o alpendre com a famosa rede de minha mãe – diferente da de antigamente, a vermelha com flores e seu nome bordado nas laterais – a se fazer composição.

Será que eu poderia ter o *específico* desejo realizado ou eu demorei a retornar porque Tiago Salviano não era mais o mesmo menino-homem de antigamente?

Antigamente, como toda a população brasileira, sair do sertão era primazia de sustento, de esperança. A maioria das pessoas almejavam dignidade. Deus nunca nos deu dignidade; as chuvas eram escassas, e a esperança, há muito não vista porque era intangível, rechaçava-nos a fugir e não voltar mais. Não bastava mainha e painho implorar por chuva, eu não sei como foi criar cinco filhos com essa quantidade exorbitante de miséria, porque sem chuva a miséria tornava-se o maior inimigo.

— Alguém em casa? Ô de casa! — puxei um pouco aquele característico tom arrastado do sertão, antes da porta de entrada, depois de subir três pequenos degraus antes da extensa e alta calçada. — É Tiago Salviano.

As portas escancaradas mostravam a simplicidade das pessoas do campo. Fui abrindo a porteira de madeira, minúscula como uma criança de um metro de altura. Já dentro do alpendre, senti o cheiro forte de feno; caminhei até aquele espaço reservado para tal e toquei-o, ensebando a mão, e olhei um tatupeba que arranhava grande parte do invólucro que era aquele costumeiro barril de mesma aparência. Aquele barril ainda existia com a mesma finalidade...

Um forte temor recrudesceu sobre mim ao escutar o ranger da segunda porta de madeira que se abria. Saía de lá uma senhora morena e de cabelo branco, curto na altura do ombro, tinindo ao fulgor que meus dias obscuros desejavam. Ela respondeu um "oi" fraco e se preocupou a me ver de costas. Virei-me e o susto a fizera desmaiar, ali, batendo forte as costas no batente de acesso ao interior da casa. A cabeça, virada para o alpendre, parecia não ter sofrido nenhum impacto contundente.

— Mainha? Acorde! — corri até ela, pondo parte de seu corpo sobre minhas pernas enquanto sentado.

Logo aparecia Sandra, uma mulherona. Minha irmã havia se tornado uma mulherona! Um pouco mais alta que eu, cabelo bem escuro e o rosto chamuscado como o de minha mãe, porém de tez mais clara.

As roupas eram puídas, trajava um *short jeans* apertando fortemente às suas coxas, além de usar uma blusa simples, com a alça esquerda quase por torar e de fiapos aparentes. Ela se pôs a chorar quando me viu, totalmente boquiaberta, as mãos molhadas tampando a boca e os olhos esbugalhados, já imersos no marejar incalculável. Ela não pensou duas vezes e veio me abraçar, agachada, bem destrambelhada; eu trajava roupas tão exóticas que ela não soube reagir com um abraço forte, evitando "machucar" o tecido. Foi engraçado e exagerado.

— Minha irmã! Como você está deslumbrante! — afastei-me um pouco, a olhando debaixo para cima.

Silêncio. Ela apenas chorava. Também tremia um pouco.

Assim apareceram algumas crianças ao alvoroço. Duas meninas menores e um garoto maior que elas, que se apertava ao corpo de Sandra.

— Como você está linda! O tempo lhe foi um grande amigo.

— Olha quem fala! Andando tão chique assim vai acabar arrumando meia dúzia de mulheres na cidade.

— Não quero mulheres. Quero vocês comigo — tornei a abraçá-la mais fortemente. Havíamos esquecido de nossa mãe, ainda desacordada.

— Vou pegar um pouco d'água para jogar em seu rosto. Ultimamente ela anda bem fragilizada após nosso pai falecer.

Que grande baque! Esmoreci facilmente; mesmo com a notícia sendo a realização de um longínquo desejo, repercutida como grande vibração interior, aquele homem foi responsável por lidar com grande pobreza em sua vida, ao saber contrariar as expectativas e elucidar provisões substanciais à nossa sobrevivência. Chorei um pouco, e contido; observava mainha e rememorava o episódio de quando menino.

Teodora tinha rugas no rosto, mas uma pele escura que denotava jovialidade, distinção do afã sob o sol. Cabelo branco envelhece muita gente, entretanto, seu tom esbranquiçado provia o necessário para se sentir bem consigo. É igual às minhas raízes grisalhas: eu as adoro e as odeio certas vezes; caso fosse solteiro, seria um charme indiscutível. Além disso, ela parecia bem macilenta, provavelmente devido à perda de meu pai. Ela trajava roupas comuns, desgastadas com o tempo. Uma saia longa cinza e uma blusa laranja bastante suja e também puída como a de Sandra.

Sandra retornara e jogou, sem piedade, todo o líquido no rosto de nossa mãe. Foi esquisito ver aquilo.

— Por que você fez isso? — esbravejei, incomodado com a forma do ato. Por sorte eu havia me levantado antes, molhando apenas o chão empoeirado e parte dos meus sapatos.

— Ela não iria se levantar tão cedo. Olhe o susto — sorriu para mim e agarrou as crianças que sorriam junto. — Ela é difícil de ter esses *piripaques*. Vai ser preciso muito mais para levar ela deste mundo, homi.

Agachei-me, tornando a abraçá-la fortemente. Seu semblante não mudara. Havia uma pitada de estranhamento. As energias densas surrupiavam a alegria daquele imenso lar.

— A senhora não vai falar nada? — perguntei; estava um pouco incrédulo porque minha expectativa era das maiores e ela nada falara.

— É para dizer o quê? Estou toda molhada, menino. — O tom das duas sentenças foi um estrépito. Pode-se dizer que era uma amálgama de alegria e choque pela aparição repentina de minha pessoa.

Eu e Sandra a ajudamos a se levantar. Abraçamo-nos intensamente; as várias crianças não sabiam o porquê, e permaneciam afastadas do nosso abraço. Foi um momento afetuoso, sem fim. Queria que tudo girasse como foi agora: um belo recanto de alegria, e a dor pairando apenas sobre terras secas em busca de água.

Ainda levemente descontrolados, o coração palpitando como jamais pude presenciar, adentramos ao lugar, claro, sem antes não esquecer o velho costume:

— A bença, mainha. — Ela sorriu, as pálpebras num ligeiro movimento ressabiado.

— Deus te faça feliz.

Estávamos na pequena sala de estar. Observei, vizinho à grande estante de madeira com alguns prêmios de vaquejada, o icônico quadro do macaco caçador armado com a escopeta, prostrado com o cotovelo sobre a pata, que ficava em cima da cabeça de um tigre abatido; em seguida fitei a televisão de tubo tão antiga quanto minha coleção de livros, objeto adquirido após eu ter saído daqui. Já no cômodo seguinte, na sala de jantar, observei o lampião, o famoso lampião das noites solitárias, acima da mesa de jantar, local onde as várias tentativas de observar qualquer traço de escrita rudimentar por finalmente começar a estudar incomodava a mim e meus irmãos; também, acho que a coisa mais especial depois do quadro do macaco, a cristaleira de mainha, jamais aberto por nenhum dos filhos – já que só ela possuía a chave –, no qual servia para pôr variadas comidas e alguns biscoitos a serem servidos exclusivamente como sobremesa após as refeições. O móvel parecia conservado, mas com um dos vidros, da portinha, quebrado.

Toda aquela travessia pareceu ter durado décadas. Finalmente chegamos à cozinha, local das várias reuniões familiares – com abstenção geral de nosso falecido pai. Sentei no banquinho que sempre fora reservado para mim, rodeado pela miríade de moscas que parece não incomodar nenhum deles. Uma criança, em seguida, tocou em meu braço e pediu-me licença.

— Acho que o lugar já não é mais seu, Tiago — sorriu minha irmã, levantando um coro a casquinar de mim. — Fique de pé. Não tem problema algum.

— Minha viagem foi longa, Sandra. Seja mais empática — zanguei-me. Estava convicto de razão.

— Tiago, sente no meu lugar — disse mainha. — Estou preparando o almoço. Assim conversamos e você descansa.

— A senhora sempre a mais generosa daqui — respondi, logo enrubescendo para com Sandra. Ela continuava uma risada desenfreada seguida pela grande trupe de crianças, concomitantemente sentando-se às outras cadeiras.

— Cara feia para mim é fome — retorquiu mainha ao se deparar com meu descontentamento; ela estava, talvez, mais enrubescida do que eu.

Qualquer cara feia era motivo para ela falar isso. Agora adulto, soava tão engraçado ouvir depois de tanto tempo. Lembro-me também de "rapadura é doce, mas não é mole não". Rapadura que era uma das *sobremesas* mais consumidas após as refeições.

— Irmã, quer me fazer um favor e preparar uma torrada naquela maravilhosa torradeira que temos aqui? — Então disse, sem parar de olhar para as duas mulheres, mantendo um leve sorriso.

— Creio que seja um favor dos grandes, hein?

Sandra parou de sorrir e caminhou até a geladeira; pegou o necessário para poder saciar minha fome. A famosa torrada na chapa, de quando era raro ter pão nesta casa, pois havia apenas um dia na semana que painho ia à cidade comprar. E essa geladeira, também, mesmo muito velha, parece que fora comprada assim que eu saí daqui, provavelmente quando chegou energia elétrica.

— Pode ser só um queijo e uma mortadela? Está difícil por aqui — tornou a indagar. O sorriso desvaneceu como estiada de chuva.

— Não se preocupe com isso, Sandra. Faça a torrada como ele pediu — disse mainha.

— Estão com dificuldades financeiras? — olhava para elas duas alternadamente, bastante apreensivo.

— Desde a morte de nosso pai, as coisas vão indo de mal a pior, Tiago. Basicamente nossa maior renda é a aposentadoria de mainha e o sustento por base do trabalho de meu marido. Dá? Dá. Mas tá bem difícil. Vendemos muitas cabeças de gado no mês passado para sustentar essa casinha. São quatro filhos aqui. A mais velha ajuda Sandoval na lavoura. Faço alguns bicos como diarista na cidade para famílias ricas. Só. E vamos indo…

— Cadê o resto das pessoas? João, Lucas, Lívia?

— Todos seguiram seu caminho e saíram daqui. Eles não toleravam mais painho comentando sobre a vida alheia, gritando palavras o tempo todo; chegou um dia que nem a doença foi capaz de segurar ele, citando você como uma derrota na vida. E olha só para você, todo chique — virou a chapa da torradeira na boca do fogão. Vi um leve crispar. Relevei o fato de painho me achar uma derrota.

— Ficasse por mainha, né? — indaguei.

Ela sorriu, um sentimento agridoce, conturbada em família e sobrevivência insone.

— Não precisa me atualizar tudo de uma vez. Passarei alguns dias com vocês, tudo bem? Ajudarei no que for necessário — mudei o tom da conversa; lembrei-me de Mariazinha. — Mariazinha ainda mora naquela casa lá embaixo?

As duas mulheres no recinto riram desenfreadamente. Sem estardalhaço. Estardalhaço apenas das crianças.

— Falei algo engraçado? — tentei sorrir também para não ficar muito escancarado o descontentamento.

— Mariazinha, a matadora de maridos? Valha, homi! — disse minha irmã.

— Sandra, deixe o garoto em paz. Vá lá visitar ela, filho. Esteja aqui para almoçar na hora combinada.

— Não mesmo. Faço questão de esperar. Capaz de a senhora me bater se eu não chegar na hora.

Passei bom tempo aferindo pormenores. Aferi a cara de cada criança naquele local. Eles gostaram da minha visita; batiam incessantemente na mesa, às vezes chamando minha irmã com gritos enquanto ela ajudava na preparação do almoço. Que beleza estar entre elas hoje. O pesar da morte de meu pai não acometia a nada. Dava para aguentar facilmente, sabendo da responsabilidade em reencontrá-los. Afinal, quem era Sandoval?

— Seu marido chega que horas, irmã?

— Só no final da tarde. Vitória que vem antes. Sempre almoça com a gente e ajuda durante o restante do dia. Há atividades aqui que não conseguimos fazer. Você vai adorar conhecer ela. Tem porte de homem por causa do trabalho braçal, mas é uma doçura de menina.

— Quantos anos ela tem?

— Completou 22, mês passado.

Caramba, eu perdi tanta coisa. Vê-las assim endurece o coração. Enquanto eu, vaidoso, me preocupava com a vida de tantos estranhos – sendo o maior estranho nesta completude – tentava a todo custo entender a realidade que passava feito furacão. Posso aprender; ainda há tempo. Quero permanecer aqui o restante de minha vida. Lidar com as faculdades mentais em esfacelamento. Agraciar-me com a leveza do ar puro e as garoas sendo o temporal moderno. Até me esqueci que havia agendado ingresso para uma peça na quinta-feira. Não obstante, devo adiar; não me sinto confortável para volver-me ao passado como aqui fiz abruptamente.

— Aqui tem sinal de telefone? Preciso fazer uma ligação — perguntei, levantando-me da cadeira.

— Irmão, vou te mostrar onde tem um pequeno pontinho de sinal. — Ela me levara até a parte de trás da casa. Um cheiro forte de excremento, que saía de uma poça lamaçal adjacente ao esgoto da casa, penetrou às minhas narinas sensíveis. Havia pegadas de animais nela, talvez de porcos.

— Vê aquela árvore ali atrás, onde matávamos os bichos? — assenti. — Pronto, lá geralmente tem aquele pequeno pontinho de sinal. Espero que seja a operadora que *presta* na cidade.

Largou-me ali e voltou aos afazeres.

Avistei algumas galinhas e guinés indo em direção ao lugar dito por Sandra. Nossa, guinés! Que animal esplêndido... O gosto de sua carne é bem ressaltado, denso, e unta as papilas gustativas. Olha! A miríade surpresa pela chegada deste homem extraordinariamente horripilante, que emitia "tô fraco" bem sonoro e ciscavam, em disparada, assombrados. Será que mainha ainda tinha ressentimento por matá-las?

Chegando ao local designado, perscrutei a única árvore dali; continha muitos galhos tortos. Lembrava-se do dia que ajudei painho a matar um carneiro para comermos, num domingo, pendurando a carcaça do animal num desses galhos. Era um domingo que mais parecia segunda, terça, quarta... Aqui os dias não refletiam bem o significado exato. Lá na cidade grande eu bebo na quinta. Aqui eu via meu pai bêbado todo dia, tomando cachaça e rompendo a queimação com alguma fruta, a mordiscar apenas uma tira, reaproveitável sempre que possível.

Todas as camadas de outrora se encontravam aqui. Olha, mancha vermelha no chão; a pedra com fissuras; terra cheia de sulcos ali atrás. É bom retornar à casa onde se construiu uma história, vê a dilacerante verdade já debaixo da terra; vê a dilacerante verdade sem proferir palavras a denegrir imagem. Mainha está bem. Meu telefone finalmente obteve sinal...

Tratei de ligar rapidamente para Júlia, preocupado com a perda da única chance. Não falava com Olga desde o fatídico sábado.

Tocou. Tocou. E por fim ela atendeu:

— Oi, pai! Chegaste? — dava para notar a alegria nas palavras. Certa euforia. — Conta tudo!

— Tu não estas em aula, filha? Acabei ficando tão eufórico que esqueci disto.

— Deixa para lá e conta tudo!

— Meu pai faleceu. Acho que eu já contava com isso. Fiz minha mãe desmaiar. Boa parte dos irmãos saiu daqui com o mesmo motivo dado por mim. Sobrou apenas Sandra, tão linda como sempre. E mainha. Que maravilhosa... Me acolheu, sempre generosa. Ah! — dei um grito.

Ela reclamou do zumbido. — O quadro do macaco, meu amor. Intacto aos anos. Possivelmente irá comigo.

— Quadro do macaco? Deve ser uma obra de valor inestimável para tu pensares em trazer. Um macaco? — gargalhou.

— Não é qualquer macaco! É um macaco estampado como caçador com a pata prostrada sobre a cabeça dum tigre abatido. Seus olhos hão de marejar quando ver — pausei. Lembrei de Olga. — Como está sua mãe? Perguntou sobre minha súbita viagem?

— Ela mandou mensagem mais cedo sobre o almoço. Aliás, estou aqui do lado de uma diarista. Será que ela a contratou para ficar integral?

Olga sabia o que ocorrera nos nossos anos iniciais de matrimônio. Ter uma diarista gerava distúrbio ao lar; foi assim que se gerou o primeiro conflito diante do ciúme sem sentido. Eu levei numa boa; passava bom tempo no escritório a resolver parte principal da vida: fazer dinheiro.

— Conversaremos quando eu retornar. No mais está tudo bem aqui. Ficarei aqui o quanto elas precisarem de mim. Ainda não conheci o marido de Sandra, o Sandoval. Quero saber se ele pode aceitar minha estadia aqui.

— Tudo bem, pai. Não deixe de ligar.

— Como quiser, meu amor. Fique bem.

— Tchauzinho, pai.

Desliguei com aflição – mesmo com grandes cortes devido ao baixo sinal –, antes de choramingar ao alento desta paisagem sem chuva e da resposta imediata de minha filha; uma mensagem esperançosa de nosso relacionamento que se estreitava para uma boa dose de amor que ficara para trás.

Eu havia batido no rosto de minha filha quando ébrio na pior das minhas fases; tomava remédio para depressão, tendo equilíbrio apenas com os Três ao meu lado. Estranho, não é? Equilíbrio justamente quando imerso no álcool. É o que eu… Enfim. Perdi sua confiança. Encontrei-me como o boi naquele dia: a cólera ao agir sem pensamento, tornando-se meu pai diante de quem deveria proteger.

Fui até o curral, não tão longe dali, diametralmente ao lado esquerdo da casa para quem entra por onde entrei. Sandra, que provavelmente me vira sair da área onde eu estava, me viu agora encostado com os braços curvados na madeira.

— Ainda se lembra daquele dia? — encostou-se com o ombro.

— Interessante como aquele dia sempre irá pairar sobre mim sendo redenção desta carcaça putrefata.

— Fala difícil, homi. — Desta vez me abraçou lateralmente. — É bom tê-lo por perto. As coisas estão difíceis. Anos sem poder ver sua beleza, o maior e mais novo de nós.

Virei abruptamente para ela, descontente do comentário feito.

— Você sabe que a única beldade aqui é você, irmã. Está conservada! — afastei-a. — E com quatro filhos! Como consegue?

— Doses de amor, trabalho braçal e paciência.

— Acha que Sandoval gostará de minha presença aqui? Ele é o único homem entre os adultos. Tem voz de comando?

— Ele é tranquilo. A voz de comando sempre será minha — sorriu, largando-me. — O almoço já deve estar quase pronto. Não atrase. Dona Teodora é louca e não vai te bajular com um docinho depois da comida.

Sorridente, virei-me.

— Ela ainda faz isso? Será que terei chance de catar a chave misteriosa e abrir aquela cristaleira?

— Impossível!

Fiquei ali. Poucos bois. Poucas chances reprimidas. Até uma farpa adentrou-me em um dos dedos apoiados na madeira. Foi muito afã para chupar aquela lasca preta da derme irritada; impacto surreal à realidade aqui incisiva. A roça não saía facilmente do lograr infinito das pessoas que aqui foram concebidas. Dependem de vários fatores para mudar as facetas corroboradas ao desalento. Quero volver-me às margens daquele açude e só retornar no fim do dia.

Almocei galinha caipira. Roía os ossos como se eu odiasse os cães da casa, por não querer deixar nenhum excerto de carne para eles. E estava uma delícia. Com feijão tropeiro perfeitamente cozido de acompanhamento, uma salada leve e farofa da mais temperada. Mainha sempre teve a *mão pesada* e eu não reclamava do tanto que era temperado. Minha barriga cheia apertava as entranhas de tão exaurido que iria ficar o estômago.

— Agora vai ver Mariazinha? — perguntou minha irmã.

Fiz um sinal negativo, pondo a mão na barriga de tão estufado que eu estava. E lembrava-me do docinho. Fiz outro sinal, da chave da cristaleira. Sorri para aumentar minhas chances de ganhar dois docinhos. Mainha elucidou um marejar, que deixou todos os presentes preocupados.

— O que foi, mainha? — Eu e Sandra nos consternarmos.

— Pelo amor de Deus, não é nada, meu filho.

— Ora nada não. Diga.

— Você voltou.

Choramos. E dávamos risadas também. Foi contagiante. As crianças não entendiam o preço deste encontro. Alegrava-me o coração. Um dia inteiro sem pensar em bebericar qualquer quantidade de álcool. Naturalidade... A esmo nesta imersão calorosa. O que mais poderia ocorrer a mim?

Deliciei-me do docinho de goiaba, ceando-o na mesa na parte interna da casa. O lampião prostrava-se acima de mim, preso numa haste de ferro que era pendurada a uma viga de madeira central ao teto, muito abaixo do telhado alto. Passei boa hora sentado ali enquanto pensava como iria abordar Mariazinha. Seria interessante caminhar até lá? Não tenho pressa e o clima ameno pode ajudar-me com as elucubrações. Devaneios corriqueiros da infância conturbada. Seria interessante saber onde é a cova de meu pai?

— Mainha, onde meu pai foi enterrado? — Não a fitei.

— Lá atrás, perto da árvore — fitei-a por um instante; meus cotovelos estavam sobre a mesa e minha cabeça levemente curvada, quase encostada ao tampo —, num espaço solicitado por ele quando estava bem doente. Os pulmões dele aspiravam mais coisa ruim que o normal. Foi o cigarro e a cachaça. A gente avisou.

— Ele parecia feliz?

Instintivamente foquei aos seus olhos ressabiados. Vi grande apreensão. Cabisbaixa ela se levantou da mesa; andou até a parte externa da casa. Creio que eu deveria segui-la para saber.

— Espere. Vou contigo — murmurei, a voz quase tomando todo o recinto.

A cova estava muito longe, mais afastada da árvore onde estive mais cedo. Como mamãe comentara, muitas das horas de trabalho, o descanso provisório era feito sobre uma pedra, atestando o azul dos céus e falando infelicidades em voz alta. Dizia ser responsável pelo insucesso na vida, pelo insucesso dos filhos. Ressentimento em várias vias. Havia resignar exacerbado. Sabia que infundira refugo da naturalidade ao filho mais novo, pondo-o sobre relva austera.

— Seu pai colocou muita pressão nas costas por causa de sua saída. Ele te adorava, mesmo com o relacionamento sofrido. Sofrido por causa daquilo quando você era menino. Ele pediu desculpa. Disse que pedisse desculpa se você voltasse pr'aqui — tocou a cruz metálica fincada na ponta da terra esfarelada; havia um terço barato e simplório envolto no objeto, último resquício das ferrenhas andanças e provisões da fazenda simples.

— De certa forma o ar lúgubre conquistado por suas falências não corrobora ao galgar todo santo dia para ordenhar as vacas leiteiras. Ele era especial, mainha. A senhora sabe disso. Haja insistência, teimosia; aquele senhor foi responsável pelo nosso sustento e sobrevivência. Cigarro na mão e um copo pequeno tomando doses de cachaça pode ter sido a herança indesejada que eu herdei. Conquistei vícios quando adentrei à cidade grande. Culpa dele? Não. Sou tão destruído quanto ele nesta profusão de falências — continuei, me aproximando de dona Teodora e da cova, salpicando alguns tortuosos galhos inseridos acima do espaço reservado ao corpo no descanso eterno. — Meu maior alento é saber que existe vocês aqui para me acolher. Estou sofrendo em Natal. Bebo tanto que preciso da ajuda de Júlia para subir os vários degraus até meu quarto. É tudo culpa minha, mas aceito. Estou feliz de ter o acolhimento adequado. Mostra quão bom fui para a senhora, para Sandra e para os outros, mesmo longe.

— Não fale isso, filho. Acontece. Seu pai quis isso desde o dia que ele colocou um roxo na minha cara. Acho que tenho marcas de outras coças sofridas enquanto levantava a voz para enfrentar ele.

— Não era para ter sido assim — despedi-me de minha mãe; ela parecia frígida, querendo sair daquele espaço. — Vou ficar um tantinho aqui para conversar, pôr os remorsos de lado. Daqui seguirei até Mariazinha, tudo bem? Volte em paz, mainha — beijei sua testa úmida e caroquenta.

Ela despediu-se rápido. O patear paulatino não me incomodava. Cada um tem ritmos distintos. Levando-se em consideração a idade, suas panturrilhas tinham ligeira semelhança às minhas de tão torneadas que eram. Quero ser vibrante como ela na velhice, menos senil que meus sogros, é claro.

Finalmente pude me atentar ao pequeno cômoro. Não parecia uma cova. Trágico homem levado pelo vilipêndio praticado diariamente. Lágrima nenhuma fora capaz de regar lavoura. Igual a mim, nem o vento pôde trazer-me ao seu enterro para eu poder prestar um pouco do respeito ensinado por você – deveras intransigente, mas correto. E a observar minha mãe andando incólume às suas investidas, tenho certeza de que fiz o correto. Não há dinheiro que pague o respeito, educação. O dinheiro afastou-me de você, ávido por algo que pairava como profundo. E puxo este cigarro em sua homenagem; a cerveja eu jamais traria para te abençoar. Assim, quando eu for embora para sempre, jogarei ao vento límpida bebida. E fico feliz que tenha sido... Assim... Sem mim. Pois jamais verás a mim. Jamais verás seus netos felizes. E talvez hei de levar dona Teodora comigo – caso ela aceite. Essa vida aqui já não mais existe. Eu estaria beirando uma depressão pior de quando esbofeteei Júlia como o senhor fizera a mim naquele fatídico dia que um esgar horripilante do boi branco poderia ter sido salvação deste agouro jovial. Por que insistir, não é mesmo?

Traguei o cigarro. A fumaça dispersou furiosamente para fora da cena. O ar puro tomava conta de tudo.

Penso em me retrair. Atirei a bituca, como num peteleco, em cima da cova. Desnecessário, a catei. Sentia o fogo brando à pele. Pus a mesma contígua da cruz feita com gravetos e unida num arame desajeitado, situada no lado direito.

O senhor poderia ter sido vastas concepções de ser humano, a provar quão árduo é ser alguém neste fim de mundo. Muito absorveu; viu ignóbil, o ranço de pessoa, sendo aguerrido contra quem não tinha fator equiparado ao seu; força esvaía quando confrontado, de semblante desgraçado. Posso terminar aqui rogando aos céus que o senhor esteja aí, pois, se não estiver, estarei contigo em minha morte, no baixo mais baixo, a oposição dos factícios reais e soberanos, com nenhum fulgor da virgem Maria, como o senhor sempre quis e ansiava nas missas de domingo, sempre com a melhor roupa cavalgando os jumentos sob o premente sol que nos agonizava. Seu escrúpulo de merda... Espero muito que esteja aí orando pela sua mulher, resguardando-a. Porque se fosse por mim, sua carcaça nem estaria aqui rodeada por tamanha plenitude. Apaziguar meu ódio vai contra princípios cultuados após sair daqui. Então, não lhe desejo nada. A vida é mera coincidência real. O fim? Na verdade, é apenas um detalhe engastado a essa andança ferrenha. Com certeza nós nos veremos em breve.

—

Voltei à fazenda, calcei sandálias, me vesti mais confortável e saí em busca de Mariazinha. O calor era infernal. Via-se poucas nuvens.

Será que ela estará deslumbrante como continua Sandra? Aqui se fala "enxuta", certo? Isso. Será que ela estará "enxuta"?

A caminhada, no mais, fora tranquila. No percurso vi dois vaqueiros, que passaram por mim acenando. Um aceno pequeno, erguendo o chapéu com simpatia, e aprumavam seus dóceis animais; o cavalo e o jumento estavam desnutridos, de costelas bem aparentes e patas bem sujas. Aqui a seca destrói qualquer paciência e vontade de viver. Se a depressão existisse na época que vivíamos todos aqui? Bem, se existisse essa urgência para tudo, esse imediatismo, eu não sei o que seria de nós. É muito simples comentar sobre e, diferente de falar, não se arraigar à vivência. Falta de educação pode ter os deixado mais aquém disso, e não vejo com bons olhos, afinal, houve muita tortura involuntária; pouca garoa, pouco açude transbordando; eles são sobreviventes de si. Eu sou apenas espectador comum diante destes insólitos, verdadeiros insólitos de lugar magnífico.

Continuemos.

Mariazinha vivia na mesma fazenda que antigamente, situada a uma distância relativamente grande da nossa. Desconhecia sobre a exata localização, se era Lajes – município vizinho – ou Pedro Avelino. Não recordo bem dado o longo tempo longe. Espero poder vê-la como antes. Ou terei alguma surpresa?

Foi um bom tempo de caminhada. Aquela casa humilde já era vista, singela e compacta. Porcos sambavam na entrada, grunhido pelo visitante peculiar que adentrava ao espaço. A pequena cerca dava simplesmente para ser transpassada, coisa comum entre os moradores habituados a tal. E não me poupei. A primeira perna passou e logo mais já estava dentro da pequena cercania, sorrindo por agir feito vaqueiro – nunca gostei do termo; deve ser por isso que estou na cidade grande hoje em dia. Nada contra, aliás. Vaqueiro é uma espécie de homem de conhecimento farto na área, destemido e aguerrido. Conhecia com a palma da mão todos os empecilhos, além de técnicas avançadas para cultivo e adestramento animal. Bom, isso é o que eu entendia, indo bem assertivo em direção ao aprendido.

— Ô, Mariazinha — gritei. Devia ser três da tarde. — É Tiago Salviano.

Sempre bom se identificar, visto os últimos momentos comentados por mainha e Sandra. "Matadora de maridos" soa engraçado. Se eu vier a morrer aqui, deixo-te uma última mensagem: "foi bom enquanto durou" e "maldito seja aquele doutor".

Lá vinha ela. Outra barriga em construção. Deve ser o sexto, sétimo, oitavo filho. Não faço a mínima ideia, muito menos se ela podia conceber mais filhos dada a avançada idade.

— Quem é? — disse ela sem reconhecer, franzindo o cenho devido a claridade chocar a sua face.

— Tiago Salviano, seu antigo vizinho.

— Menino — gritou estridente, meus tímpanos quase perfurados pelo som esganiçado. Ela vinha numa euforia estranha, os passos alquebrados como se estivesse pisando em cacos de vidro. — Como tu tá diferente! Um homão! — aproximou-se de mim, abraçando forte; senti um certo enrijecer daquele encontro. A barriga à frente dava-me receio para continuar o aperto. — Como cê tá? Nunca mais lhe vi por essas bandas.

— Olá, Mariazinha. Depois de muito tempo criei coragem para retornar. Minha mãe se alegrou bastante — sorri envergonhado.

— É claro que ela ia se alegrar. Não via a hora de lhe ver. — O som do "lhe" era fofo, admito, porque parecia "li". — Comentava com todos os conhecidos a esperança de lhe encontrar. Olha como cê tá, meu Deus! — olhava meu corpo de baixo para cima. — Parece que não envelheceu neste tempo todo. As roupas chiques. Parece modelo. Parece aqueles homens ricos da cidade. Vai passar quanto tempo com a gente?

— Uma breve visita. Ainda não tive a oportunidade de conversar com elas sobre o futuro. Almocei, visitei a cova de meu pai e aqui estou. Queria ver se o tempo a teria tornado amargurada ou uma velha desajeitada. — Desta vez sorri mais sociável, recebendo um afago ao abraço. Foi estranho...

— Velha desajeitada nem sua mãezinha se tornou, quem dirá eu. Eu, a Mariazinha de todos.

Seria peculiar comentar sobre a gravidez? Esse "de todos" parecia alavancar novas conversas. Ademais, gostaria de sair daqui antes do entardecer. Só Deus sabe como está a região.

— Você está casada?

— Com Deus, apenas — gargalhou alto. Novamente outro incômodo. — Por que, quer ser o próximo na fila?

Fila. Fila... De onde surge tanta gente assim?

— Não, não. Sou casado, Mariazinha.

— Como ela se chama?

— Laura.

Aquela maldita...

— Bonito nome. Quando ela vai vir conhecer a gente?

— Acho difícil. Ela é muito atarefada na cidade grande.

— Pois entre. Vou preparar uma comida para a gente.

— Não se dê ao trabalho, Mariazinha. Ainda estou farto da refeição de mainha. Parece que ela estava adivinhando que eu viria. Galinha caipira. Preferia que fosse um guiné, mas sabe como é, eles são preciosos demais para dona Teodora.

— Todo mundo aqui sabe. Enfim. Entre. Conheça as crianças. Temos até fotos nas paredes de tanta gente que é.

Será o nono, décimo?

Adentrei à casa. As coisas continuavam bem singelas, um toque rústico e ligeiramente simples, mal-acabadas, necessitando de reparos imediatos. A tv do senhor seu pai, muito similar à nossa, estava na pequena sala de estar, defronte a cadeira de balanço, tão rústico quanto o botão de ligar, ruço devido o tempo. Dali não passei. Premente permaneci parado para não ver outros cômodos.

— Vejo que você conservou muitas coisas aqui. — Eu disse, a fim de interrompê-la. Apareceram as primeiras crianças. Contagem segue em três. — A cadeira de balanço parece intacta. Como conseguiu que ela ficasse conservada? — Mais duas crianças.

— Conheço alguém na cidade grande que conserta coisas. Em troca faço aquele amor gostoso — sorriu, afastando as várias crianças do caminho. Havia seis à minha visão. — Vamos, não perca tempo com elas.

Estou embasbacado. São muitos. Isso não é normal!

— São quantos? — perguntei sem deliberar se era preciso levantar o tópico.

— Este aqui vai ser o "nove".

Isso, de fato, não é normal!

— Como você consegue administrar todos e você ao mesmo tempo? Algum marido para te dar sustento?

— Óbvio, não é, homi. Se não fosse *eles*, o que seria de mim?

Está claro que eu devo voltar. Isso está ficando muito fantasioso. Nem nos joguinhos de Bernardo as coisas andam desta forma. Pense numa mazela hedionda cuidar de oito crianças e estar aguardando outra neste tipo de vida. Dava para formar uma orquestra de músicos e compor músicas *à la* Beethoven, certo?

— Mariazinha, foi ótimo revê-la. Estou preocupado com a hora e a caminhada de volta — olhei para o relógio. — Não sou muito fã do escuro. A falta de iluminação me põe numa rédea curta.

155

— Acabou de chegar, Tiago. Deixe de coisa.

Se você fosse comum, mulher, com certeza ficaria aqui para prosear contigo. Aqui está beirando ao caos moderno, e de moderno já basta eu. Aflito com pormenores tão altaneiros que nem mesmo uma santa poderia mudar os conformes do achincalhar que vemos aqui. É questão de bom senso.

— Perdoe-me. Mas façamos o seguinte: visite-nos algum dia. Ficarei esta semana, possivelmente. Posso até lhe transportar, caso seja melhor.

— Ir na casa do senhor seu pai? Não acho uma boa ideia. Muitas amarguras.

— Ele te fez algo? — indaguei alto.

— No mais? Nada demais. Conversamos outro dia. Passar bem.

Fui expulso sem mais nem menos. Agradecia por não ter presenciado nenhum homem naquele raio. Sabe-se lá onde estaria meu corpo agora...

—

Noite. Alpendre. Meu lugar favorito quando jovem, onde eu observava as inúmeras estrelas que brotavam contíguas à lua. Era um branco distinguível por sua veracidade; tudo era límpido e provava ser o maior espetáculo aberto todas as noites.

E na perfeição a obscuridade também reinava. Decerto, mais claro o fulgor vinha em minha direção. Papai, quando conosco, fumava seu cigarro de palha e bebia algo no copo translúcido; eu incauto acreditava ser água.

Nas várias horas enquanto sentado no alpendre, pouco incômodo sentia. Mainha juntou-se a mim, sentando-se naquele extenso banco de madeira, posicionado para o melhor espaço, encostado bem na extremidade à esquerda de quem entrava pela portinha da casa. Ela me disse que ali ouvia painho cantar versos de músicas, a saborear o luar. Não haveria revés desta vez. Alegria reinava. Painho não se fazia presente a incomodar nossa presença em seu lugar favorito – assim como era o de todos na casa.

Sandra veio até nós, as mãos molhadas por lavar roupa, que respingava poucas gotas de água ao chão empoeirado. Lembro vagarosamente do que acontecera depois. Por isso, veemente guardei o diminuto momento sem me preocupar com o que veio em seguida.

Estrelas caíam e manchavam o escuro num tom azul-escuro-cristalino.

Hoje, aqui, sinto-me mais apaziguado. A afefobia sequer provou ser empecilho. Sou apenas antro de perversidade na capital. Aqui engendro fatalidades apenas aos vícios. Por isso, trago mainha para próximo de mim. Ela ouve músicas emitidas pelo meu celular, músicas clássicas, que eu a imagino nunca ter ouvido antes; logo as lágrimas tornam-se escarcéu à imensidão, levando-me ao ápice do momento.

Antes que eu continue falando sobre a experiência repetida, conversei com Sandoval, após chegar da casa de Mariazinha. Procurei mostrar minhas virtudes, mas sem apertar sua mão. Ele continuava sendo um estranho, e expliquei, sem delongas, sobre minha condição. Recusou de bom grado, e pôs-se à disposição para qualquer situação decorrente da mesma. É bom ver que a reciprocidade unia os dois lados da civilização.

— Mainha, lembra bem daquele dia? Éramos agraciados pelas estrelas, e uma leve garoa passou por nós, e o mugir das vacas no curral. E quando penso quão surreal é isso, quero permanecer aqui até morrer. Antes da senhora. Porque quero que tu sejas eterna nos corações e nas mentes atreladas de problemas, pondo suscitar cálido enquanto haja esperança nas tribulações. Romanos capítulo 5, versículos 3-5, se me recordo bem.

Ela enxugava as lágrimas que caíam na própria tormenta. Nunca aprendeu a ler e ouvia a palavra sagrada somente do padre, nas missas de domingo.

Mainha e painho frequentavam esporadicamente a capelinha na cidade. Faziam questão de, quando presente, sentar-se no primeiro banco, que fez eu me acostumar com essa ideia de também se sentar no primeiro banco quando na capital, sempre interessado em ter uma melhor audição do que o padre iria falar.

— A senhora sabe que eu errei muito em ter demorado a retornar. Dei tempo ao tempo e acabei sucumbido a mim. Esperava, erroneamente, ver meu pai; porém ele jaz debaixo da terra, que é seu lugar. Mesmo sendo o melhor no que fazia, esqueceu-se que havia muitos que podiam-no ajudar. Tudo era ele — exasperei-me. Percebi que ela só focava no que entendia das minhas palavras por eu ser deveras grandiloquente.

— Pelo amor de Deus, não fale assim, filho. Ele tinha suas razões. Era um homi bom — enxugou seus olhos com o dorso da mão.

— Espancar não é razão, mainha. Consentir não tem explicação. E olhe — esbravejei —: só sobraram a senhora e Sandra nesta imensa casa. Entende o que eu quero dizer?

— Então quer dizer que nesta vida toda você nunca errou?

Erros estão aí para serem consertados. Convivi com atrocidades à mente, vícios complexos, o álcool que batia a porta solicitando entrada como cônjuge indesejado, inquilino destruidor de faces, corrupção avassaladora. Convivi com pessoas de manias irreversíveis. Convivi com recaídas. *Perdi* a mulher que mais amei, bati na mulher que mais amo e vi uma delas morrer por apenas ser o "sexo frágil". E diante de tantos fatos expostos, a vergonha pairava desabrochando vidas; mensagens abusivas enquanto ancorado à morte buscando sua fortuna, único possuidor da chave a abrir a magnífica cristaleira. Júlia está bem. Júlia estará bem... É só isso que eu penso, pois perdi Laura, Olga, Mariazinha, Sandra e um bocado de mulheres! Agora sobrevivo com alento frio das trevas, salgando carne fétida que é a minha para dar de comer ao passado, homens que são equiparados a mim, na psicopatia inalterada...

Esmoreci diante dela.

— Vê como são as coisas? Um dia a gente vê as estrelas no sossego, sem ter preocupação. Hoje, sentimos falta das pessoas que também gostavam do sossego do início das noites — mainha disse.

Laura retornou. Observava o céu estrelado comigo e mainha, aconchegada em mim. Nenhuma vez pude observar ser tão desolado, aquém da vida.

Ela tem razão, Tiago. Vais machucar quem mais a fim de conquistar teus infortúnios? Tua vida é plúmbea como a morte de teu pai para ela. Não se esqueças disto. Problemas sempre serão reais. Se vais retornar à cidade grande, trates de melhorar.

— Mainha, é muito mais complicado do que imaginamos. Apunhalar vícios é tocar o intangível. É beirar a calçada que passam carros nos atropelando. E o combustível para tais atividades afãs conturbam o dia a dia quando, absorto ao modernismo, vejo minha face sendo descolada do corpo.

— Achar é uma coisa diferente, filho — respondeu com um esgar, estranhando a quantidade de palavras estranhas. — Você pode colocar quantas questões forem possíveis para sair disso para voltar... — passou um tempo pensando. — Para voltar ao que quer.

— Alcoólatra, sociopata, qual será meu fim? — respondi agressivamente.

— Se acalme — disse de um jeito brando.

Mainha vive uma época inexistente. Painho foi embora; meus irmãos também. Sobrou quem pode abarcar seus ideais, a vida no campo, a precariedade. No fim eu sou o fim. Jamais entenderei como as coisas soam tão belas para quem vive a reger divergências, suplicando aos céus que traga garoa a fim de sobrevivência.

— Eu hei de conseguir. O maior problema é entender os caminhos. As falências do ser humano. Sou retrato mal contado, desestabilizado; encontro, aqui, a melhor fortuna que alguém já pode ter: minha família. E quero permanecer até morrer...

— Mas você tem sua própria família. Eles necessitam de você.

Ela tem razão, Tiago. Vais continuar insistindo numa coisa inexistente? Tu mesmo comentaste. Aqui tu jazes no mais profundo esgar soturno. Eles saberão sobreviver. A principal função da vida é sobreviver. Veja onde eu estou e onde tu estás. Irônico, não? Alguém amalgamado em incertezas e declínios; e uma outra que não pôde viver apogeu da história.

Saio abruptamente da visão das duas mulheres. Entrei à casa e avistei Sandra lá no terraço, na presença de Vitória, sua filha. Os traços dominantes de nossa família consistiam nela; a beleza viva, os olhos verdes, o cabelo apertado à cabeça com alguns cachinhos nas pontas. Sua tez era muito similar à da mãe, porém mais branca, pois seu pai era branco, diferente de nós. Diferente entre aspas, claro.

Aproximei-me mais e vi as duas, que tagarelavam. A melhor cena até agora no fim dos fins.

— O que estão aprontando? — esgueirei-me à conversa.

— Vem cá, homi. Vitória estava contando uma fofoca das grandes — abriu um sorriso, fazendo gestos espalhafatosos, alegrando a filha.

Quem gosta de fofocas para desafogar a alma?

— Bença, tio! — Vitória antecipou-se. Eu a respondi como se fosse alguém experiente, mas era a primeira vez que eu fizera isso.

— Conte logo, menina. Ele vai gostar. — Ela insistiu para a filha.

Envergonhada, ficou tão vermelha que destacou as cores verdes de seus olhos em meio a pouca iluminação alaranjada. A lâmpada fluorescente era fraca de intensidade ou o suporte às casas distantes das cidades recebiam menos potência. Não tenho conhecimento para opinar.

— Bom, estávamos trabalhando na fazenda de senhor Alberto. Eu e meu pai. Do nada, como se menos esperássemos — ela fala bem pruma garota que mora no interior do estado — surge uma mulher carregando malas de roupas e trouxas cheias de utensílios domésticos. Senhor Alberto veio de pronto, querendo identificar quem era. Ela tinha se identificado por Roberta. Ela abraçou o patrão e chorou por finalmente ter alcançado a fazendinha. Um caso antigo do homem, exposto para todos os trabalhadores — continuou, toda irradiante, corada. — Por sorte não houve nenhum rebuliço. Senhor Alberto é viúvo. Ele a acolheu, mas, após horas dentro do espaço, ao fim da tarde, ela tinha sido expulsa sem mais nem menos — lembrei-me do episódio na casa de Mariazinha. — Ela chorava muito, Tio. Meu Deus. Tive pena dela.

— Por que ela foi expulsa? — perguntei; estava tão absorto nesse vazio que nem percebi quão interessado estava na história.

— Não sabemos. As fofocas giraram em torno de uma dívida antiga. Infelizmente, é isso. Na verdade, fiquei até feliz de não saber mais detalhes. Povo fofoqueiro leva para cidade e é assunto interminável até fecharem os bares.

— Fez bem. Eu tento ao máximo ficar longe destes vaivéns. Soa tão egoísta, às vezes — respondi.

— Tem razão, tio — respondeu-me.

Sacudi um pouco o ombro. Pedi licença à garota, que escolhia feijão com as mãos numa bacia com água. Ela saiu de fininho.

— Irmã, há possibilidade de vocês virem comigo para Natal? Tenho dinheiro suficiente para acolhê-los. Todos. Ao se instalarem, Sandoval busca algum trabalho. Vitória pode fazer universidade. Ela fala tão bem...

— Sabe que é impossível fazer mainha sair daqui, Tiago. — Me interrompeu antes de finalizar. — É uma ajuda pertinente, mas o tempo é outro. Talvez num futuro longe...

Futuro distante. Futuro mordaz. Futuro incessante. Futuro tórrido... Talvez um futuro longe.

Passei bom tempo na presença de minha irmã, motivada a continuar nos preparativos do jantar. Uma súbita reflexão sobre a vida. Álcool. Como estou lidando àquela pertinência?

— Está indo aonde?

Na cova. Mas não a respondi. Não precisava.

Vi o escuro e o medo do escuro, como citado para Mariazinha. Caminhei paulatinamente até a cova. Escutava sons dos bichos, sobretudo dos grilos, e até dos peçonhentos. Cobras ciscavam. Caminhei rapidamente sem parar um segundo. Olho o céu, meu bom e estimado amigo das noites no alpendre. Quando cheguei à cova, a bituca de cigarro havia sumido. Até a procurei. O vento possivelmente deve ter a carregado aos fins coligidos por mim. Talvez meu pai tenha retornado dos mortos e tragou o último fio tênue de persistência. E por mais que eu insista em revê-lo, sabia que o agouro jamais ostentaria lugar insólito em mim. Nunca ostentei ridículo. Nunca ostentei gastura. Lembrava-se dos assassinos, dos mortos, daqueles que eram capazes de solucionar vingança com compaixão. Aquela cova era o sulco da terra ornamentado pela desilusão. Chuva passaria e suavemente ridicularizaria: "ei, quem foi o incompetente enterrado no além?"; e eu responderia: "meu pai, o dono deste fim inútil." Ríamos. Muito. Ríamos até poder compactuar da indolência.

Puxei outro cigarro. Laura juntava-se a mim.

Asseguro que a hora passa lentamente, complicada. Fume.

Traguei. Olhei no canto daquele maço. Havia se esquecido daquele, utilizada na casa dos Farias.

— Incutir embaciado. Cova em desalento. Painho morto; eu mais ainda. E Sandra desaprovou meu convite. Continuo só pensando em álcool. E só se passou um dia. Um dia! Vê disparidade nisso, Laura? — traguei, puxando mais a fundo ao pulmão quase destruído, expelindo rápido a fina fumaça. — Eu vejo o insano querendo espantar-me, que prova ser correto abdicar do incólume. Eu, o ser insólito tão longe do usual nesta terra simplória.

Se culpar só irá te levar ao declínio. Ias tão bem...

— E continuo. Ficarei mais alguns dias. Quero poder fazer o bem aqui. Acordarei cedo amanhã para fazer o itinerário que painho fazia. Quatro e meia acordo. Hora boa, mungido alto das vacas; leite de cabra pode ser uma experiência interessante.

Isso, programe-se. Fará bem para ti.

Maldito ser humano. Sinto à minha pele a cruz do Deus maior enquanto há conflito. Sinto, também, que não irei durar muito aqui e a saudade reinará mais uma vez. Profusões de arrependimentos. Torrar dinheiro. Deixarei dinheiro com eles e não mais voltarei. Preciso continuar a íngreme escalada; o monte da redenção está próximo e eu anseio por ele.

Olhei a nuvem avolumada no céu. Cobriu as várias estrelas. Molhou-me. Apagou meu cigarro. Trouxe acalanto para terra e animais, que se cobriam como podia, bebericando as gotas d'água que precipitavam sem cessar.

Sabes quão errado estava. Hei-me de repetir isso até eu ir embora, visitar-te todo dia como se fosse minha única resposta para tanta falta de empatia. Pobre homem. Espero que eles, daqui, possam ser mais do que deviam enquanto tu não os impedes de viver e se alegrar.

Sandra corria para me chamar. Com o pano em cima da cabeça na tentativa de evitar o sereno – meio desajeitada –, achincalhou-me; havia cólera, porém mais retraída.

— O que houve? — questionei, meio pueril do que acontecera.

— Você fez mainha chorar, homi? — esbravejou alto, muito colada ao meu corpo.

— Não foi por querer, Sandra. Citei o fato de ficar aqui. Fui desaprovado em consenso incomum.

— Vamos entrar. O jantar está pronto.

Natal espera-te, Tiago. Sabes que há muita tarefa inacabável.

Natal aguarda-me! Farei o possível para alcançá-la em uma semana. Aqui jaz para mim... Aqui jaz para qualquer ser humano. O tempo é incontrolável.

Sexta. Os dias passavam demasiadamente rápido na simplória fazenda dos Salvianos. Isso porque nunca faltava trabalho, tarefas, organização, tudo especificado por mainha durante boa parte do tempo; e eu, cauteloso que era, obedecia, a superar qualquer atrito dos dias anteriores com dedicação para se manter regrado – afinal, nem o álcool pode ultrapassar limites impostos aqui; já eram três dias sem o bendito elixir da vida.

Durante todos os dias acordei cedo, tirei leite das vacas, suplantei pés de feijão, nutri a terra com vigor, as enxadas machucando mãos de menino sem pudor; sonhei com estrelas e com bois tentando tirar-me da concepção atroz de ser esmurrado por meu pai; caminhei terra adentro, totalmente apático, porém virtuoso, pois queria mudança; e brincava com as crianças ensinando os perigos da vida adulto, que Sandra insistia para eu mudar o assunto e ser menos chato. Foi assim durante todo este período. Voltei trinta anos na minha vida em questão dum estalar de dedos. Eu prometi mudar. Laura aparecia diversas vezes para me pastorar nesta hipotética mudança.

Sandoval, benquisto, homem trabalhador, não tinha culpa dos vícios que perpetuavam minha vida, perpetrando a sina absurda. Hoje, sexta, o vejo acompanhado das doses de cachaça no alpendre quando chego do trabalho. Salivei feito os cães sarnentos da fazenda.

— Vai se juntar a mim, Tiago? — ergueu o copo, bebendo-o; mordiscou uma manga rosa, pequena de tamanho. — Não fique *mufino*.
— Há quanto tempo não ouvia essa palavra? — Podemos prosear e esperar as mulheres fazer a janta.

Vitória, que havia solicitado uma conversa comigo outro dia, observava aquilo de longe. Ela catava feno para pôr aos animais; a vergonha elevou-se e eu definitivamente me acanhei. Consegui me segurar. Foi por um triz.

— Esqueça. Estou bem. Na capital já bebo por demais.

— Você num disse que só voltaria na segunda, homi? Aproveite o descanso desse final de semana. Nada mais justo depois de tanto trabalho.

Ele tinha razão. Qual era o mal nisso?

O mal é tu influenciares certas pessoas, Tiago. Conserve-se.

Viu? Laura está cuidando de mim.

— Melhor deixar para depois. Quem sabe amanhã quando formos à cidade. Um barzinho com cerveja gelada.

Ele sequer me respondeu. Voltou as atenções à manga e ao pequeno copo enchido até a metade.

Fez bem. Já, já essa tormenta passa e a rotina excruciante retorna, dando espaço ao teu dispor. Aceite. Aproveite.

— Laura, você sabe que eu estou meio perdido aqui — tirei as botas sujas do meu falecido pai, deixando-a encostada à primeira portinha de madeira, sentando-se ao antigo banco de fios de silicone, bem desgastado pelo tempo, próximo da segunda porta entreaberta, como de costume. — Quero poder aproveitar os dias com minha mãe e Sandra, mas está difícil. Depois de minha chegada, tudo parece meio tumultuado. Nebuloso, como eu falo da grande Natal. Seria interessante me precaver e sair antes?

Já deixastes dinheiro para elas?

— Saquei uma quantia considerável no banco da cidade, suficiente para ambas.

Achas que tem algo mais a realizar aqui?

— Com quem o senhor conversa, Tio?

Havia me esquecido completamente de Vitória, que me olhava com olhar curioso. Encostou-se a mim, semovente a situação.

— Às vezes falo com meu eu interior — soou engraçado. — As palavras ecoam um pouco mais alto do que deveria.

— Parece que você tem intimidade com alguém. Estou errada? Ah, na psicologia é chamado de esquizofrenia.

Inferência um tantinho errada, posso afirmar.

— Desde quando você sabe sobre psicologia, menina?

— Desde o dia que criei coragem para ler alguns dos seus livros que ficavam escondidos no quarto de vovó. Fiz errado? — Ela então aproximou-se paulatinamente, ainda acanhada.

Que saudades de Júlia.

Ela é esperta, Tiago. Quem mandou deixar os livros na fazenda? Capaz de ela dar-te uma surra intelectual.

Meus livros, frutos do meu suor enquanto fazia todo tipo de trabalho braçal, fizeram com que eu distraísse a mente e evitasse pensar em loucuras.

— Fez corretíssimo. O que acha de um dia poder explicar melhor esse termo? Eu iria adorar ter essa aula contigo. Vitória, a professora — fiz um gesto à frente da cabeça. — E tem uma boa sonoridade. Tem vontade de ensinar? — interpelei só para instigá-la.

— Falando nisso, poderíamos conversar agora sobre o que eu te pedi anteriormente? — assenti. Olhei para o lado e seu pai havia sumido, deixando a garrafa pela metade, em cima da sacada; volvi os olhos para minha sobrinha. — Bem, queria saber se você poderia me levar para a cidade grande. Vejo aqui impedimento suficiente para me fazer regredir como pessoa. Estudo bastante, nas horas vagas do trabalho. Peco um pouco em matemática, mas é pouco. Bem pouco mesmo.

— Sua mãe autorizou? — ajeitei minha postura, encurvando-se para frente, admirado e receoso com a proposta.

— Ela quem pediu, na verdade. Ela sabe de meu potencial. Lembrou-se muito do senhor quando saiu daqui em busca doutra vida.

Saí combalido da fazenda, sem emoção. Andei no sol quente disgramado, a trouxinha de roupa definhando pelo uso excessivo; pau de arara pesava fortemente à clavícula. Assim andei sem desmerecer outrora, contando pedrinhas como passatempo. Queria poder ter tido um boné, quiçá o único de meu pai, para me proteger dos extenuantes raios solares que incidiam à minha pele.

E já na estrada, poucos carros transitavam. A cidade era pobre. Os ricos apareciam só em época de campanha política para surrupiar o pouco que nós tínhamos, pois a sandália torada, a que eu utilizava no dia de minha saída, pertencera a meu irmão e era remendada com dois pregos à tira bem *folote*. Se me perguntarem como sobrevivi a tudo isso, ficarão boquiabertos, estonteados por tamanho sucesso e um pouco de sorte. Bem, revelar primazia pode ser o feito mais gostoso que vocês ouvirão. Deus sabe onde eu estaria agora se não fosse...

"Garotinho, quer vencer na vida? Junte-se à brigada militar." Tempos sombrios. Meus tempos sombrios. Mas não sucumbi a isso. Não mesmo!

— Vitória, por mim, eu concordava agora. Lamento, mas infelizmente as coisas não são tão simples assim. Sua mãe realmente pediu para você vir conversar comigo? Parece-me descontento da vida afã e exaurida.

— Eu juro por ela! Confie em mim! — esbravejou, pegando minhas mãos e as unindo neste ato desesperado. Ela se exasperou. Provavelmente seja verdade.

— Bom, podemos ir lá agora? Como ficará seu pai?

— Ele entenderá — olhou rapidamente para o lado. — Tenho certeza.

Aí é que mora o problema: certezas são descumpridas; certezas são inflexões. Provo, como um mais um é dois, que essa história não renderá final feliz.

Vou cauteloso até minha irmã, levantando-se da cadeira, sem tirar a preocupação ante minha sobrinha esperançosa com a proposta. Por conseguinte, olho para a garrafa de cachaça, sorrio e entro para dentro de casa, a seguir Vitória que almeja ter *essa* chance de viver.

Chegamos à cozinha. Admito estar muito receoso de confrontar tais pessoas, como comentara anteriormente. Confiança tamborilava de margem a margem; pus meu rosto neutro; a menina, por outro lado, escancarava sorriso ameaçador contra sua liberdade. Tudo fica por um triz. Tudo fica por um filete passando no tênue espaço da realidade. Olha, devo concordar, de antemão, que fico feliz por ela "tomar partido". Espero que seja tudo diferente de quando foi minha vez de se despedir sem um tostão no bolso.

— Mãe, conte para ele como foi a senhora quem pediu — disse Vitória, o tom solene desvanecendo pela ofegante respiração, que olhava para os lados à procura do pai.

— Calma, menina. Você tá muito avexada.

— Desculpe — respondeu, tornando a falar rapidamente. — Vai, mãe, fala!

Lá vinha Sandoval da parte externa da casa, com o copo de cachaça numa mão e na outra, agora, uma goiaba partida no meio. Ele mastigava de forma peculiar.

— Do que cês tão falando? — Ele inferiu, e parou um pouco distante de nós, na entrada da cozinha.

Vitória esmoreceu; frígida se aproximou da mãe. Via percalço irregular sobre as palavras e um possível temperamento desregulado do pai.

— Sobre Vitória vir comigo para capital. — Eu disse sem rodeios. — Ela ficaria lá em casa. Estudaria. Coisas que pessoas normais fazem na cidade grande.

— De onde veio essa ideia? — Seu semblante se alterou drasticamente.

Sandoval olhava para todas as direções possíveis. Seus passos foram encurtados. Prostrava-se perto de Sandra e minha mãe, sentada à mesa a debulhar feijão preto.

— Partiu de mim, homi. Você tá de acordo?

Ele, alternadamente, entreolhou nosso semblante. Cada um possuía diferentes particularidades.

— Essa é a primeira reunião sobre o assunto?

— Sim, Sandoval. Ela trouxe a mim este assunto depois que você me ofereceu a *garapa*. Viemos até aqui e continuamos, levemente interrompido com sua chegada — respondi.

Ele pegou os ombros da menina Vitória, bem desconsertada da situação. Pôs-se a encarar seus lindos olhos verdes e cintilantes; amedrontada, ela pôde sentir o medo enraizando às mãos do ébrio homem, uma pressão desconexa, que amofinava sua compleição. O cheiro forte de álcool lhe criara uma ânsia. Dava para perceber.

— Pai, será de grande importância para mim. Sei que o senhor vai entender.

Uma lágrima escorreu do rosto dele. Eventualmente largou a menina, saindo, desenfreado, como um cavalo alazão. Todos sorriram. Podia se ter a sensação de que tudo estava correto dado o marejar? As coisas são tão esquisitas ultimamente. Instabilidades existem, e eu reino esse terreno com aptidão e vasto conhecimento.

— Então vai arrumar suas coisas. Natal lhe espera, sobrinha — abri um sorriso, pondo uma das mãos sobre o ombro de mainha.

Ela saltou, saltou e saltou. Abraçou cada pessoa no recinto, com gritos altos e consequentemente assustando dona Teodora, que aborrecida largou os feijões; virou-se até mim, já de pé. Um sermão vinha impetuoso.

— Vai cuidar bem dela? Ela é esperta e é muito capaz de matar um boi apenas com um olhar! — Manteve um dedo apontado a mim, bem próximo de meu peito.

— Claro, mainha. Se for de consenso comum, hei de levá-la comigo para poder aproveitar todas as possibilidades que a cidade grande pode oferecer. Confie em mim.

Confie em mim. Confie em mim... Vê, alegria não bloqueava certos pensamentos. Eu tinha um certo receio que o pai da garota pudesse retornar e tirar contraprova. Sabemos muito bem como agem os alquebrados. Sabemos muito bem como há nebulosidade aqui; se fossem apenas atos impávidos perante benquisto, seria totalmente diferente. Eu busco o sentido de não ter me retirado daqui antes. Agora ganho o prêmio: ser morto ou receber um guiné de presente para se saciar quando estiver em casa. Impossível ou convincente? Escolha a opção correta. Irei até a cova pôr mais um cigarro longe da presença de mainha.

Sabes que estás errado em levá-la. Deixará a responsabilidade a quem? A Júlia, que passa o dia trancada no quarto e estuda para o vestibular? Ou teu filho, que deverá se encantar pela prima e tirá-la do sério?

— Ingenuidade sua. Tu acha que a deixarei só? Ela quer conhecer a cidade grande. Veja a forma como ela se porta, como fala, como quer conquistar as coisas, como eu fiz ao sair daqui. A diferença são as pontes facilitadoras. Antes eu tinha apenas trouxinha e a carroça de um trabalhador. Entende a metáfora?

Relativizar a metáfora da caminhada? Tiago, ela é uma adolescente, sem nenhuma experiência na vida adulta. Queres levá-la para festas, teu cotidiano insano e nefasto? Acordas deste sonho perverso! É capaz de nem conseguires alcançar estrada novamente. Olha a quantidade de cigarros que já fumaste. Por que estás impaciente?

— Sabe por que eu te difamei, certo? Não me deixa nem fumar em paz, quem dirá falar coisas com fundamento. Vitória estará em paz.

Ela tem inteligência das ruas combinada com os livros. Se portar é o menor das preocupações. E quando falo rua, falo de trabalho, de ver pessoas... De ver pessoas, Laura. Como eu faço!

Admita que sente fraquejar. Botará face à prova junto ao doutor; sentirá o cansaço como agora. Descontrole, Tiago. Descontrole.

— Descontrole faz parte do cotidiano. Tive depressão e outras doenças também me acometeram. Quer mesmo comentar sobre descontrole tendo uma vida corruptível e morosa? Veja: eles são sedentários, mesmo pontuando cada atividade primordial na lavoura, no cuidado dos animais. Sabe para onde isso vai levar? Para nada! Tudo porcaria endeusada. Acham que a modernidade não existe. Vitória não tem celular! Estou errado? Laura, tu não compreende a real aflição deste povo e quer repreendê-los de viver. Se mainha não quer me seguir, tem quem queira. Eu não irei desaprovar mudanças. Tenho propriedade para levá-la. Conversarei mais abertamente para saber como será.

Esquece. Tu és cabeça-dura.

— Cabeça-dura era meu pai que jaz nesta terra. Repetirei quantas vezes for necessário. Tudo bem? Ou quer mais desmerecimento?

Consciência limpa. Inferno clamando pela ventura finalizada. Sabe-se quão iníquos são os tempos áureos corroborando com tamanha desfaçatez. Sabe-se também que retornarei ao sono profundo quando eu vir Sandoval hoje: choro falso e a destra factível com sabotagem dos sonhos alheios. Parecer sereno todos conseguem. Faltam resquícios de crueldade que se esvaem do benquisto homem. Entendi o que eu devo fazer.

Não invente.

— Sou o estranho que se prevalece sobre tais facetas, Laura. Hoje, sem álcool, farei a linha descuidada. Venha entender o que se passa na cabeça daquele homem, minha efêmera vítima. Ainda é cedo na noite e ela será longa: minha última aqui.

De fato, Sandoval mostrava-se impaciente. Sua linda filha, de mala feita, lia um dos meus livros trazidos na viagem. Ávida leitora, o costume do lampião aceso deu-lhe vantagem na leitura.

Por todo o momento fiquei no encalço de Sandoval: bêbado, descabido, mastigava inúmeras goiabas, grudado a um pequeno celular sintonizado na única rádio do lugar, sobre à pequena parede do alpendre; enleei a ele qualquer movimento, dando espaços curtos de ausência.

Já tarde da noite, mainha adormeceu cedo – como de costume – e Sandra costurava um banhado na calça *jeans* do marido; eu, a propósito, descansava no lado oposto ao de Sandoval; acompanhado do livro que estava com minha sobrinha durante boa parte da noite e dos arranhados do tatupeba ao barril, lia sem pensar na hora de dormir, incomodado com a baixa iluminação onde eu me sentava. Coisa pouca em relação ao som estridente do solitário homem.

Olhei para ele no exato momento de seu soslaio. Frisou. Abriu a boca sem pensar nas consequências:

— Isso foi ideia sua, né? Admita.

Ergui o livro, que tampou meu rosto. Odiava interrupções.

— Tenha decência. Vitória é tão nova...

Fechei o livro sobre minhas coxas e dei-lhe ouvidos.

— Por ser nova deve ser impedida de viver? E não, não fui eu que relativizei a viagem dela. Creio que Sandra queira o melhor para ela. E eu pensava o mesmo de você. A lágrima foi incoerente. Dava para saber quão falso poderia externar vossas vontades. Estou correto?

— Talvez. Nunca liguei para o futuro dela até hoje. Passei essa noite toda bebendo e refletindo.

— A qual conclusão chegou?

Atenha-se, Tiago. Não faças loucura.

Laura não se comportava.

— Que deixarei ela ir. Mas com uma condição: uma quantia em dinheiro para vivermos bem na fazenda dos Salvianos.

— Barganha, Sandoval? Que ser inescrupuloso você é...

Ele largou o copo de cachaça, mudou a postura, pôs-se de pé e caminhou a passos lentos, um pisado bem atribulado e intenso, em minha direção. Continuei parado. Lembrei-me do boi branco de olhar periclitante, idêntico.

— Cê vem até aqui depois de anos e quer tirar minha única forma de sustento, homi? Quem é você?

Catou minha camisa, manchando-a com a poupa da fruta, o tom avermelhado assemelhando-se ao sangue; abri meu livro e aguardei um soco. Aguardei. E aguardei.

— Responda! — esbravejou, escapando algumas gotículas de cuspe em meu rosto; ele havia puxado minha camiseta com força, que o elástico, na altura do pescoço, desatou-se.

O grito reverberou. Bastou um tantinho de tempo para que ambas as mulheres do homem saíssem do interior daquela casa, já trajadas com roupas de dormir, consternadas pelo barulho ecoado.

Sandoval, de frenesi endiabrado, abriu a portinha de madeira da frente da casa e se sacudiu dali. Ferozmente tentou ligar a moto, sem êxito.

— Para onde você vai, homi? — perguntou mainha, a voz desequilibrada num grito ao choro se elucidando.

— Bem longe, se possível!

Vitória chorou. Nunca havia visto seu pai com aquele temperamento. Olhou para mim, à espera de uma resposta.

— A resposta que você deseja é que amanhã sairemos daqui bem cedo. Esteja pronta.

Levantei-me da cadeira, e com a chave em punhos, ultrapassei os limites da portinha de madeira, em direção ao meu carro; liguei ele e saí no encalço do homem em frenesi.

—

Alcancei-o na estrada, com os faróis dianteiros apagados a evitar maior fulgor a lhe cegar. A moto dele andava em ziguezagues por grande tempo na pequena porção de faixa-dupla. Pelo horário, ambos estavam incorretos; o único bêbado, desta vez, era aquele que barganhava a filha.

Entende como a hipocrisia gera conturbações? Ninguém mais consegue sobreviver às modernidades, o alimento sendo mais caro que ouro, de imóveis em preços exorbitantes para terminar de pagar em vinte a trinta anos. Hoje nem o mais rico dos ricos há de existir às flexões de mercado. Olha, a moto de Sandoval deve ter custado barato, dividida em parcelas estimadas como baratas. Ele estava tórrido como areia quente ao meio-dia no curral, e corajoso de sair nesse nível de embriaguez e sem capacete

Depois de muito segui-lo, chegamos à cidade. Ele, que se mantinha na querela absurda, entrou no primeiro bar. De longe só o vigiava, indignado por ter de fazer campana indevida enquanto o via tomar várias e várias doses de cachaça.

Crime perfeito, não?

— Não sei do que tu está falando, Laura.

Vais matá-lo. Vejo teus zigomas irritados, desenfreadamente movediços. Costume irrequieto das falências que tanto comentas.

— Imaginação fértil, Laura. Tu verá quão gracioso sou para todos.

Se não vai matá-lo, criará um acidente. Nada mais justo depois de muito rodeio.

Sorri para ela. Estava comumente a desapegos desta escalada viciosa até mesmo no lugar onde eu nasci. Eu vi minha chance de descansar.

Divina passageira, a vida é dura. Sinto falta das minhas meninas e sinto mais ainda por largar todos numa divisão apática. Não cito dinheiro. Cito ânimo, cito demasiada luta na sobrevivência. Vejo que não aguentaria duas semanas em árduo processo de abstinência. Vejo mais ainda a falácia de continuar num processo sem razão, em esparso solilóquio, precavendo-se de não enfrentar mais as derradeiras pontes do mundo, a pugna moderna, sabido que um salário é insuficiente para pôr feijão todo dia na mesa. Aquele homem ali sobrevive com barganha. Eu sobrevivo com minhas faculdades mentais enroladas como num bolor expelido pelo gato, apaziguado quando afogou o estremecimento que lhe enroscava. E pensando no pior, sei quão arquiteto da vida somos; sei das capacidades que cada um tem de mudar. Seria cabresto aceiro do senhor meu pai. Painho. Ele tinha plena convicção disto. Quando descambei da fazenda, soou o sino, sinal remanescente das brumas celestes. Profundo. Alcancei o lugar almejado, porém continuava soturno. Normal, depois de tantas ousadias. Eu não tinha nada, e um senhor como Sandoval me acolhera em sua moradia – tecnicamente sua moradia –, dando-me comida e trabalho por tempo indeterminado. Foi o suficiente para ser alguém...

Congratulações a mim por tanto intermédio e paciência. O ébrio Sandoval sai do bar numa hora avançada da noite. Realizava o mesmo ziguezague em praça pública, porque não conseguiu sustentar a embriaguez, alcançando um banco e regurgitando o vermelho da goiaba. Não havia nenhuma alma penada a fim de ajudá-lo. Muito menos eu. Sou um mero observador.

Então não é acidente. É decurso natural.

— Terminei minha reflexão e tu continua com o mesmo pensamento vingativo. As têmporas não motivarão conluio, Laura. Saia o quanto antes ou tu verá tempestade infortuna.

Contra mim ou contra ele?

Negligenciei qualquer palavra que ela soltasse agora. Meu foco estava ali, quase moribundo, e aguardava apenas o dito transportador para levá-lo deste mundo.

Sandoval buscava forças do além. Encostava-se aos bancos da praça na tentativa de erguer qualquer parecer vantajoso a si. Tentou, tentou, tentou e tentou. Quase não conseguia; isso até uma moça vê-lo em estado deplorável e pô-lo de pé, num tremendo esforço para manter o corpo ficar ereto ao chão; saiu rapidamente de próximo dele, a evitar o novo e súbito regurgitar. Por sorte nada ocorreu. Ele permanecera ereto. Caminhou até a moto, deu partida com dificuldade e saiu em disparada. Enquanto isso, dei o contorno com o carro e o encalço antes exagerado surtia efeito positivo. Tê-lo ali era o desejado, sabendo quão benéfico meus atos repercutiriam.

É agora. Veja, ele irá cair.

— Se cair, se levanta.

Quem dera fosse assim. Será um acidente feio. Os braços dele sairão do corpo e as pernas ficarão presas às serragens da moto. Porque tu és o incompetente aqui desejando morte. Lembra?

— Desejo álcool. Essa parte de ser bonzinho durante a semana é estigma dos fracos.

Olha, ele vai cair!

E realmente foi uma queda feia. Não sei quão danosa foi a batida no chão, apesar de achar que ele apenas estava inconsciente. Assim rapidamente encostei o carro no acostamento; desci num pulo, dando-lhe pronta-ajuda. Senti seus batimentos e a respiração ofegante, quase inexistente. Havia escoriações por todo o corpo, sobretudo na perna direita – a que sofrera com o peso da moto.

— Sandoval? Tente se comunicar comigo. Qualquer palavra.

Insisti na mesma expressão. Duas, três, quatro vezes. Até que ele movimentou os lábios.

— Vou levá-lo para casa. Fique tranquilo. — dei-lhe uma alça com meu braço ao ombro muito fraco, jogando previamente o peso ao chão pela concussão sofrida.

— Levanta o pé quando eu disser, certo?

"Por… quê… quê… Por… quê…"

Faço isso para agradá-los. Você não merece meu respeito por evitar prevalecer de mudança. É difícil de entender até para mim.

— Levanta agora. Estamos no banco de trás. — Ele sentenciou seus passos, erguido. O sangue escorria por grandes chagas abertas. — Agora tenta se sentar. Aliás, deite-se. É melhor.

Encostei a moto dele também no acostamento, um íngreme barranco ao lado direito da estrada. Retirei a chave e retornamos à fazenda. Lá ele recebeu os devidos cuidados de Sandra e eu só pensava na reflexão elucubrada.

O que ainda me resta para refletir, Laura?

Difícil pensar em sair das minhas raízes. Mais estranho ainda me considerar fruto deste lar.

De antemão, a fixar todas as imagens do que ficaria para trás, dirigi-me ao banheiro bem cedo; não havia iluminação, e o pouco que incidia era oriundo de frestas. Consegui, contudo, tomar banho de cuia, como todos os dias, avizinhados, sempre, de sapos, grandes sapos que ficavam parados às paredes do banheiro, fenômeno que até hoje não sei explicar. Inclusive, asseguro que as partes mais internas de minhas coxas devem implorar, desde terça, por um banho apropriado. Eu sei, eu sei. Privilégios. Porém não tenho do que reclamar; quando eu era menino, os banhos mal existiam. Infelizmente.

Quando acordei naquela manhã, mal percebi mainha nos afazeres domésticos; despedi-me como se ela estivesse inconsolável, já sem fazer nada, ao sair do banheiro. Escondi meu choro incontrolável, perpetuado por ansiedade em não poder vê-la nunca mais. Era pensar nas inconstâncias e nas pugnas que iria enfrentar novamente; os desejos insaciáveis diante das noites intermináveis, das translúcidas garrafas engendrando velocidades altíssimas na rodovia sendo presságios que eu não desejava revisitar.

Enfim. Eu havia planejado viajar cedo. Estive no alpendre durante boa parte da manhã nascendo, sem pressa, caótico, deliberando os próximos passos da volta a Natal com uma companhia, uma companhia estranha e provavelmente inteligente como eu.

Ah! Eu esqueci-me de falar sobre o cheiro. Não quis estragar a surpresa. A minha surpresa.

— Cuide de minha filha, irmão. Quero te ver menos pálido da próxima vez. Não só com o sol nos braços e no rosto por causa do trabalho — apertou meu braço esquerdo, tenro. — Vá mais para praia, homi. Ouvimos falar que Natal tem ótimas praias.

Devo contar que Natal já foi uma ótima cidade para se morar?

— Certeza de que ela ficará bem, minha irmã. Cuide dos pequenos — cumprimentei cada criança — e do rapaz aí — fitei Sandoval, ele cabisbaixo, apoiado nela. Meu senso de observador às vezes não falha. Abracei Sandra, apreço de irmão caçula aflorando em mim. — Sandoval, juízo. Essas feridas superficiais devem sarar em pouco tempo. Aliás, deixei uma pequena bolsa com Sandra destinada a você. Faça o que quiser. Esqueça nossa prosa e siga a vida, com cabeça. Seja simplório com quem é simplório contigo.

Ele levantou o polegar, desfavorável quanto à saída de sua filha dali.

Enquanto finalizava a despedida, via, de longe, Laura contígua ao curral. Ela acenava, chamando-me. Serelepe, adiantei os passos, sendo observado por todos.

— Vitória, pode entrar no carro — gritei para que ela pudesse escutar. — Preciso só cuidar de um negócio.

Paulatinamente encostei os braços curvados à cerca de madeiras irregulares. Enxergava poucas vacas desnutridas, num mugido baixo na cálida manhã. O sol tinha baixo fulgor e não incomodava quem amava tudo isto.

Vais até a cova do teu pai?

— Depois daqui seguirei até lá.

Laura desapareceu como de costume. Fiquei bastante tempo refletindo sobre a madeira; toquei as farpas que saíam constantemente daquele espaço diminuto, criando a imagem do boi no curral.

Sandra gritou. Não dei ouvidos. Já estava dentro do cercado e pisava no chão terroso, uma mistura de fezes, areia seca e umidade sem saber qual era a fonte. Senti o cheiro muito marcante de fezes, eu totalmente estonteado por reviver a sensação de outrora, porque imbuía-se facilmente aos vários lugares da casa, das portinhas, dos degraus, desde as pequeninas e abundantes bolinhas defecadas pelos bodes, às robustas fezes dos bezerros, mais à vontade com as cercanias da fazenda.

— O que faz aí? — Sandra me questionou, detrás do cercado.

— Queria poder enxergar o boi vindo em minha direção. Nosso pai foi capaz de congelar o tempo quando viu o súbito pulo.

— Painho era um homem estranho, mas de bom coração.

Enxuguei a única lágrima verdadeira que caía por meu zigoma. Antecipei a saída, caminhando até a cova.

— Vai voltar lá?

É o destino, querida irmã. Ensejo da vida em fatalidades. Meu último cigarro com painho. Meu último cigarro neste pedaço de terra abençoado pelas mãos do Criador – diria dona Teodora, a atestar plausibilidade nas palavras.

Ah, desencanto. A cova tinha apetrecho incomum. Terra molhada criara um túnel. Acendi meu cigarro, inócuo perante a vontade de correr segurando a trouxinha de cada membro desta família. Como estariam meus irmãos agora, painho? Como estaria cidade pequena sem regalias dos políticos abocanhando tudo feito última ceia de Jesus? Eu pergunto porque meu pulmão já não mais aguenta este calor e sua incapacidade de mudança. Não aguenta mais recrudescer qualquer sentimento a nós. Entende como se estabelece as coisas nesta convergência? Entende como as coisas estão em grande descalabro? Sinta o odor da ninharia. Fogo aberto baforado pelo dragão descomunal. O senhor não mais me verá ou sentirá minha presença altiva. Sou insólito, e nem mesmo um bofete foi capaz de arruinar convalescença.

Larguei o cigarro no pequeno túnel. A pequena fumaça subia como uma chaminé acesa. Eu sabia que não era um convite para acompanhá-lo. Fechei os olhos e sorri, alentado.

Despeço-me agora. Desculpe o incômodo. Agora seu descanso eterno é vívido e impenetrável. Passe bem, painho, onde quer que o senhor esteja…

Empedernido, caminhei até o carro, mainha sendo a única a me esperar.

Quando já dobrava os cochos projetados ao longo da lateral da casa, vi minha irmã acenando na outra extremidade do alpendre; mandava-me beijos. Na mão de dona Teodora, perto do carro, tinha uma cesta com mantimentos. Assim pensava.

— Aqui é um guiné, feito especialmente para você. Acordei mais cedo, porque sabia que você desejava comer depois de tanto tempo longe. Aproveite — abraçou-me rápido; senti o toque tenro da paciência e do amor. Peguei a sacola oleosa de sua mão, onde estava o recipiente com a iguaria. — Guarde para as crianças, filho. E mande um beijo para sua mulher. Espero poder conhecer ela num futuro próximo.

Agradeci o prato e novamente me despedi, abraçando-a; as lágrimas não conseguiam ficar contidas. Foi um dos dias mais felizes de minha vida. Eu não sei como deixara tudo isso para trás.

Ah, o quadro do macaco quase fora esquecido. Coloquei-o no banco de trás.

—

Na estrada, conflitado com a despedida, não desejava conectar minhas músicas e deixei a rádio – com muita interferência – tocar seus sons. É estranho ouvir outra coisa além da música clássica. Enfim. Eu deveria não me unir aos elos da cidade grande e me deleitar desse som.

Volvo-me à minha sobrinha sonolenta, desacostumada com viagens longas.

Lembro-me da vez que saí de casa. O som não era algo comum para aquela época. Minha primeira experiência após *Asa branca*, quando já na capital, foi justamente com música clássica. Minha sobrinha tem sorte de poder sair em busca de suas vontades, anseios e a praticidade em poder experienciar de tudo sem dificuldade. Mas não será fácil. Até para mim não é fácil quando estou em Natal.

Queria que ela estivesse acordada...

Tentes chegar logo em casa. Não há tempo a perder.

— Tenho consulta na segunda e irei ao samba na quinta. Levarei Vitória comigo. Ela até gostou da ideia.

Acha uma boa ideia apresentá-la à parte mais devassa da cidade? Sabes como os jovens hoje se comportam.

— Ela ficará comigo. Pode ser um bom álibi para admoestar novas vítimas. Encontro-me degenerado nesta carcaça aviltante. Soluções estão longe. Depende apenas da vivência; a fazenda não mais pode ser saudade e incrustado findar. A metamorfose acontece quando o caminhar é interrompido. As asas serão seus melhores amigos.

Minhas asas foram cortadas, Tiago.

— Culpa minha? Provavelmente você deveria ser mais cautelosa com quem anda.

Insensível.

Vitória abriu os olhos. Sentiu a vibração da conversa.

— Isso é Belchior? Parece tão diferente de quando ouvi na cidade, na rádio. Devia estar mal sintonizado.

Viu, Laura? Minha sobrinha conseguirá sobreviver muito bem. Deve ter bom gosto musical, adora ler, tem vivência com o trabalhador rural. O que mais poderia acometê-la? Se ela, por acaso, tivesse se casado com quinze anos para saber lidar com a pobreza e acabasse se tornando uma Mariazinha da vida? Loucura. Acalme-se. Ela saberá, sim, se portar.

Durante a viagem ouvimos vários estilos musicais, como Belchior – citado antes por ela –, forrós contemporâneos e até mesmo o sertanejo que eu ouvia no bar, no fatídico dia que conheci Laura. Entretanto, ousado, por assim dizer, coloquei música clássica, mais especificamente Henryk Górecki *No. 1, Opus 62*, mas seu ouvido não se agradou. Disse ser muito monótono. Não entendi bem. Farei com que ela consiga todos os atributos possíveis e conheça os sons magistrais de uma orquestra sinfônica.

Alcançamos Natal quando se aproximava das 11 horas, 11h30min. No mais fora uma viagem tranquila, sem muita conversa, com poucas dúvidas por parte de Vitória, porém bem silenciosa; consegui até mesmo colocar um concerto de violoncelo de Edward Elgar, *Opus 85*, que tomara as rédeas de nossos lamentos e sequenciou nossas boas-vindas de retorno.

— O que você quer visitar primeiro? A praia? — fitei-a. Ela parecia maravilhada com a quantidade de carros que seguia na rodovia.

— Boemia? — sorriu para mim, maliciosa. Laura poderia estar correta.

— Nada de boemia. De onde tirou isso?

— Está num dos livros que li. Será que foi nesse aqui? — pegou-o sobre seu colo.

Vais apresentá-la ao mundo, homem. Veja a vaidade assomando-se ao olhar perplexo por tanto prédio, as colunas naturais refreando desenvolvimento. Atenha-se que não há volta. Ela está aqui e será a próxima vítima,

Tiago: quer tu queiras ou não. Basta só... Basta só contemplar teus dese-
jos. Um por um.

— Vitória, estamos no sábado. Possivelmente ficarei hoje em casa descansando do trabalho afã na roça. Durante a semana quero que você continue a ler, que aprenda novos hábitos, e interaja conosco. Júlia te ajudará com o que for preciso. Na quinta iremos ao samba, como eu havia comentado. Pensava em assistir algum espetáculo no Teatro Alberto Maranhão, também na Ribeira, bairro histórico da cidade. Mas foi uma ideia vaga. Enfim. Olga não pode saber que iremos, certo? Nos acomodaremos, primeiramente. Darei as seguintes diretrizes quando chegarmos.

— O que foi, tio? — Ela perguntou, levemente ressabiada. Percebi a sonolência.

Eu estava enrubescido. Enleei-me ao processo árduo de agir sozinho, dando as coordenadas. É a preocupação exacerbada recordar mainha e minha irmã.

— Acorde. Pegue meu celular. — Ela pegou, desconfiada do tom usado. — Não se preocupe. É coisa rápida — continuei, atento à estrada. — Procure o nome do doutor Guilherme e digite a seguinte mensagem: "Doutor, descobri o significado de herói. Segunda conversaremos. Ah, e espero poder contar tudo que eu nunca lhe contei."

Os dedos de minha sobrinha eram ágeis. Ela não tinha celular, e provavelmente usava o do pai. Como ficaram ágeis, eu não sei.

— Pronto. Pode enviar? — assenti. — Feito! Algo mais, tio?

Agora começaremos a nos conhecer.

— Você bebe?

— Já tomei algumas doses com senhor Alberto e um de seus filhos. Foi uma experiência nada agradável — fez um esgar sorridente. — Painho foi completamente rude ao me silenciar quando retornávamos para casa. Mas não me senti mal. Foi coisa besta.

Coisa besta beber com homens? A preocupação maior que pairava sobre mim era você se prostituir aqui, subir a gana por dinheiro e se perder nas sendas obscuras da Ribeira, na busca por drogas destrutivas ou se perdendo em meio ao número excessivo de pessoas perdidas como eu.

— Você realmente quer experimentar a vida boêmia?

— Ah, tio Tiago, aquilo não foi bem boêmia... Foi mais uma prosa amiga. É normal fazermos isso na fazenda. Quase não há nada para fazer.

Ingenuidade, Laura. Por isso se caem sobre torturas.

— Sabe que aqui é totalmente diferente, não é? Você citou minha esquizofrenia e agora quer entrar no mundo sem ao menos identificar hábitos e costumes culturais. Por isso falei para ler e conhecer mais daqui. Júlia te ajudará.

— Ela já é boêmia?

Quem dera. Uma vez chegou ébria em casa no tempo que minha depressão alcançara o ápice dos ápices. Fez com que ela buscasse refúgio nos amigos que a levaram para beber. Algo casual. Tive que sair de casa às pressas a fim de evitar maior transtorno; assim como sua bondade me carregou na sexta passada, fiz questão de pôr-me à frente da confusão. Sacudi todas as torpes sensações e o abismo fechou-se. Até hoje os resquícios alcoólicos perpassam nela. Autoconsciência.

— Não bebe. Teve uma experiência ruim quando mais nova. Vomitou o banheiro inteiro. Não diga que eu te contei.

Ao relembrá-la, liguei para ela na entrada de Natal, preocupado com o fato de estar fazendo duas coisas simultaneamente. Pedi para Vitória me auxiliar com a ligação; o telefone tocou; bipes de som excruciante. Havia ódio nos celulares!

— Oi, pai. Como está a estadia na fazenda?

— Oi, filha. Estou chegando em casa. Decidi retornar mais cedo. Aconteceram problemas. Nada grave.

— Ainda bem. Espero que o senhor tenha aproveitado.

— Sim, foi maravilhoso. Um dia para jamais esquecer — continuei. Mudei o celular de orelha para poder passar a marcha do carro. — Olha, você pode arrumar aquele quarto dos fundos para mim? Sua prima irá ficar conosco por um tempo.

Existiria ciúmes logo agora quando nossa relação ganhava tração?

— Ela veio contigo? Por quê?

— Mudanças, mudanças... — olhei para Vitória, que me olhava.

No fundo, no fundo a disparidade ruía. Mudanças são precisas para se poder viver. Aquela doce menina precisava de tempo para se alocar e mais tempo para conquistar vidas, namorar, realizar façanhas sem se rufar contra os invejosos. Geralmente esta é a primeira parte. Logo aparecem inimigos de trabalho e outros adendos mais maliciosos. No fim a Morte prevalece e te leva para um passeio.

— O senhor está perto? Pois estava terminando uma atividade.

— Esqueça! — soltei um grito. Não fui rude. Eu acho. — Quando chegar eu arrumo, tá? Não quero lhe atrapalhar. Obrigado, lindona. Já, já eu chego.

— Ela pareceu contente? — perguntou Vitória, preocupada com a situação de chegar num local e não ser bem recebida.

A voz não possuía tamborilar. Existia apenas contradição. Receber uma prima será estranho. Espero que Olga não seja inconveniente.

Inconveniência maior que essa? Faz-me rir, homem.

— Surpresa. Pode ser ambíguo.

—

Chegamos em casa. Júlia havia deixado a porta entreaberta, sabida do rápido deslocamento. Adentrei, esqueci-me da minha sobrinha, acanhada como "bicho do mato". Sorri e encarecidamente trouxe-a comigo, puxando-a delicadamente pelo braço.

Vislumbre da imensa casa. Aconchego. Soltou a velha e bufenta mala logo na entrada, ainda distorcida das várias camadas de acolhimento. Muitos imóveis; a estante recheada de livros; uma televisão indiscutivelmente maior e melhor que a da fazenda. Totalmente o avanço tecnológico que ela lia nos livros.

— O que achou, Vitória?

— Ela é imensa…

Riqueza proveniente do afã rigor, mascarado em grandes acordos. Quando ousaram me derrubar, avistei tênue passagem; algumas sentenças, prisões acobertadas por fração de desvio. Às vezes acho que fui longe demais com essa capacidade. Vive-se numa cidade extremamente desigual e desenhada para nós ricos que o dinheiro se torna sujo e demarcado nas várias esferas sociais. Portanto, antes de dizer que movimentei bloco por bloco a levantar essa casa, saiba que… Ah, eu não preciso me explicar: casei com a *mulher de meus sonhos*, após uma linda peça de Beethoven. Você acha que eu iria colocar-me na efêmera composição de viver na sarjeta por incompetência? Tudo fora calculado. Cada pormenor em seu devido lugar. Exímio. Totalmente exímio nas funções. E se me perguntaram o que tem a ver boates e dinheiro-lixo, irão criar uma cadeia de análises infundadas e sem nexo. Só confirma tranquilidade nos atos. Continuarei rico e sociopata nesta cidade por insolência do baronato. Vim da pobreza e honro todas as negligências apontadas. Eu soube aceitar minha condição e embarquei nessa loucura. Talvez o governo ficasse com o dinheiro deixado pelo meu amor. Então eu soube aceitar tal condição.

Riqueza ilícita, Tiago? Bom saber.

— Ainda bem que lhe falta entendimento.

Riqueza ilícita e pronto.

Pobre Laura e os pensamentos infundados. Fica aí a questão se o gosto maculado da ascensão deve ser corroborado com sabatinas ferrenhas dos mais ricos questionando a facilidade que eu tenho para conquistar tudo enquanto ouvia música clássica com o maior dos fulgores desta terra. Afinal, era tudo dela.

Liguei para Paulo Nóbrega. Não recebia notificação dele há um bom tempo. Ele acabara me dizendo que a viagem havia se estendido por demais e estaria em Natal no máximo até a próxima sexta, junto da surpresa. Quis saber e não saber. Meu foco continuava sendo decifrar a mente do doutor e acomodar Vitória às incertezas que pairariam sobre ela.

— Júlia? — gritei. Duas vezes, enfático.

Lá vinha minha garotinha, não mudava um traço de sua ingenuidade e beleza. Descia os degraus com rubor, contente, as longas madeixas que tremeluziam a esvoaçar; era o disparate andante! Recebi um abraço apertado, incomensurável. As costelas sentiam o baque; os ossos de todo corpo queriam retaliação amigável. Dava para perceber quão alegre ela estava ao me destruir daquela forma. Pior era ver minha sobrinha atônita. Ela não sabia se permanecia parada ou se andava pela casa em busca de mais diversão.

— Júlia, esta é sua prima, Vitória.

Lá se foi outro abraço. Menos denso.

Vitória parecia realmente atônita; não substanciou reação, querendo ficar o mais longe possível desse afeto exacerbado, de braços abertos sem consumar o gesto.

— Chamamos aqui de afago. Bem, é besteira. — Eu disse, de sorriso bobo.

— Prima, você vai passar quanto tempo conosco? — perguntou Júlia, já um pouco afastada dela.

Ela olhou para mim. Deixei-a responder.

— Pretendo ficar em Natal por um bom tempo, me alocar. Viver de agricultora é difícil para a única mulher entre homens.

— Você trabalhava como agricultora? Conte-me mais!

Deixei as duas garotas a conversar. Já estava na cozinha e observava, com apreço, meu maior aliado em longas temporadas em escarcéu: a geladeira e seus maravilhosos membros móveis! Catei a primeira cerveja e abri-a com vigor; desceu rangendo os músculos, insípido. Senti a fagulha por não ter me alimentado ainda. Voltei para a sala de estar com a garrafa na mão, a fim de pegar comida. A comida! A sacola de dona Teodora seria bem utilizada agora.

— Querem me acompanhar no almoço? — dispus a sacola para as duas. O cheiro era irresistível.

— Eu e Bernardo já comemos, pai. Mamãe deixou dinheiro para pedir comida.

— E onde ela está? — beberiquei novamente a cerveja, um gole mais cheio.

— Saiu sem dizer para onde. Quer que eu a ligue?

— Não, não. Ligo para ela depois — continuei, depois doutra bebericada. — Você está estudando agora? Apresente a casa para Vitória. Irei comer uma porção deste guiné e depois levarei Vitória para almoçar fora. Se quiser tomar banho, aproveite o tempo — interpelei alto.

Ela confirmou. Estava extasiada por demais sem nem sibilar audível som.

A cozinha estava parcialmente arrumada. Assim pude deleitar-me da bebida e me deliciar da carne do guiné, disposto num prato. Eita, esqueci-me de um pequeno detalhe: a diarista realmente foi contratada de forma integral. Perdi-me a olhar para sua corpulenta forma, que vinha do cômodo mais afastado da sala de estar.

— Você é...?

Ela tomou um susto quando falei. Admito que minha desconfiança também a assustou. Acho que o semblante era peculiar.

— Senhor, me chamo Dalva. — Me fez uma mesura. Era perceptível sua timidez.

— Olga quem lhe contratou?

— Sim, senhor.

— E onde ela está, sabe me dizer? — continuei, meio incisivo.

— Disse que ia sair para resolver coisas do trabalho. Não disse quando retornava, senhor.

Trabalho remete Alexandre Farias. Um pouco mais sapiente e equilibrado, sabia das condições exploradas. Se houvesse traição, hoje a vítima do encalço seria minha deusa na terra, benquista como o pobre Sandoval todo machucado.

— Guarde uma porção deste guiné na geladeira, certo? Desejo continuar este prato noutro momento. Ah, traga-me uma cerveja, se possível.

Dalva era a bonança em pessoa. Seus traços não irrompiam maldade. Serena, realizava tudo que eu pedi sem resmungar. Isso independe da condição desta casa, aliás. Ouvi-a, impelida por um bom salário; nada de tão incomum. Papel da sociedade em facilitar as vias de trabalho. Ato altruísta de Olga.

Vitória estava demorando no banho. O que será que Júlia a apresentou?

Estás impaciente em tua própria casa? Agora vai querer requisitar vítimas aquém de si? Estás desvairado, Tiago. Descanse da viagem.

— Laura, se tu soubesse da verdade nua e crua, em busca de fatos assertivos e de fácil assimilação, provavelmente sua presença aqui seria descartada.

Espúrio fato. Certeiro. Faço como minha atividade casual dos dias. Observar é prático e foge da complicação.

— Júlia? Vitória? — chamei por elas.

As meninas apareceram na sacada do primeiro andar, sorrindo, bem amigas, e com um livro à mão, que parecia bem estranho. Digo, peculiar, já que elas tinham acabado de se conhecer.

— Já é tempo para ler? Eu disse que iriamos sair, Vitória — indaguei irritado.

— Perdão, tio. Ficamos entretidas com a leitura de um romance que Júlia está lendo — deixou o livro nas mãos de Júlia e desceu os degraus, rompante. — Vamos agora? Adoraria conhecer a cidade.

— Tudo bem contigo, filha?

Se eu não perguntasse, um atrito poderia ser elucidado.

— Preciso estudar, pai. Ou continuarei lendo o livro. Noutro dia faço companhia, tá? Você ainda me deve um show.

— Combinado!

Antes de me deslocar pela grande e nebulosa Natal, pus o telefone sobre a orelha direita e esperei Olga atender, dizendo que havia chegado. De longe, tão longe, a frígida situação a deixara constipada; óbvio, alguém retorna de viagem sem comunicar? Surpresa! Ela disse que havia saído. Só...

Lembro-me de Glória, a artificial. O que essa mulher faz dos seus dias para não conseguir observar nada no meio destes dois colegas de trabalho? Crime maior é ter de se submeter as tais derrocadas, nomeado de corno por não cuidar direito da mulher que me dera tanto em tão pouco tempo. Erro meu. Mas erro maior da cabeça esfacelada, presa em especulações; nunca o apogeu foi tão explícito e arruinador como hoje. Nem a face corada da sobrinha alegre me deixaria mais à parte da situação.

Primeiro eu deveria saber onde encontrá-los. É sábado. Coincidência alguma. Ligo imediatamente para a maldita Glória. Ela não atende. Nunca!

Decido fazer campana na entrada do condomínio fechado dos Farias. Lembro-me bem dos seus carros.

— O que está fazendo, tio?

— Primeira lição na capital: observar tudo e a todos. Uns querem te dar rasteira; outros tentarão te levar para cova, a cavoucar superfície profunda para posicioná-la ali e nunca mais sair.

— Que conversa estranha. Por que não largou a cerveja quente?

Deixei-a sem resposta.

O carro de Glória havia chegado após uma longa espera, e as atenções eram contíguas às execuções. Mulher artificial receberia visita indesejada.

Telefono para ela. Novamente nada. Vou até a guarita do condomínio; relato visita e aguardo no interfone. Por incrível que pareça, ela atende e solicita a abertura do portão. As coisas iam numa toada inusitada. É lá e cá. Coisas da vida.

Antes que me perguntem sobre o número da mulher em meu telefone: é sempre bom ser precavido. Olga não sabia que muitos dos contatos dela estavam em meu celular. Prática magistral de se esgueirar entre móveis e cômodos e observar privacidade alheia, óbvio.

Continuemos.

Escutei o barulho da barriga da minha sobrinha. Hei de contemplá-la com uma boa refeição, digna de rainha, por esperar e não entender meu alvoroço.

— Aguarde um pouco. Ao sair daqui, com urgência te levarei para comer. Confie em mim.

Confie em mim. Confie em mim...

Ela esmoreceu. Infelizmente tive de deixá-la ali, acompanhada da única amiga das empreitadas: música. Fiz questão de acomodá-la com a chave na ignição e o ar-condicionado no máximo. O calor era intenso; então, como condição, deixei a música mais cálida possível: Bach, *Nun komm, der Heiden Heiland!*

Eu estava prostrado à porta da casa. Toquei a campainha. Meus pés, inquietos, não entendiam a longa demora. Quando a porta se abriu, vi Glória deslumbrante, o rosto cheio de maquiagem e os peitos bem voluptuosos, salientes, quase saltando ao meu rosto; devia ser um daqueles sutiãs de enchimento. Bem...

— Oi, Glória. Vim me encontrar com Alexandre. Marcamos de beber no Red Bar. Ele se encontra?

Puxou meu braço; falou algumas baboseiras. Não dei atenção.

— Ele se encontra?

Será que estavas certo, Tiago? Pela primeira vez na vida acertaste em cheio uma traição da tua deusa na terra? Conceber pensamento assim pode ser retrógrado, certo? Se errar é costumeiro, os próximos passos serão atestados como derrotas, uma bola de neve, avalanche!

— Sente-se — inferiu. — Quer uma cerveja? — abriu um sorriso complacente.

— Melhor evitar, depois do que eu fiz naquele dia em sua casa — sorri, mantendo-se bem adequado e firme no posicionamento. — Vim apenas por ele. Na verdade — usei um truque para avançar na desconfiança —, Alexandre tem se encontrado com Olga essa semana. Como anda o trabalho?

— Eles encontraram a primeira pista do assassinato. O bar que ela frequentou no início da noite. Estão averiguando todas as imagens e conversando com o proprietário, além dos funcionários. Capaz de terem ido para lá agora.

Fui pego de surpresa, depois da desconfiança sobre a alçada da profissão. "Capaz de terem ido", pensei. Logo hoje?

— Sabe qual era o bar? — A voz saiu desequilibrada, apreensiva.

Evite mais conversas. Corra!

— Deixe para lá — indaguei, frustrando-se, muito nítido. Abri outro sorriso para ser adequado. — Estou com minha sobrinha no carro. Melhor levá-la para almoçar antes.

Olhar suspeito. Tentou novamente me puxar pelo braço para acompanhá-la na bebida.

— Glória, realmente preciso ir. Avise que eu estive aqui, sem delongas.

Corri para o carro. Laura encontrava-se no banco traseiro; Vitória, totalmente sem entender do que se tratava meu alvoroço, colocou o cinto.

— Vamos almoçar agora? — questionou, sem parar de me encarar.

Sinal de preocupação. Inferno na terra. Deus não é capaz de agredir minha índole altruísta. Apenas pode infundir sobre minha sociopatia. Mas por que agora? Velocidade extrema. Desbanquei os tremeliques da mão, associando variação nos pensamentos altivos que geravam confusão quando visse Patrick. Patrick! Gorjetas! Patrick...

Vais ficar louco. Acalme-se!

Bach havia cessado; Tchaikovsky assumiu, a *No. 6, Pathétique*. Horripilante. Eu parecia estar sendo sugado por um tornado que rasgava a pele a cada rodopio.

Logo agora trazes mais um membro neste carro. Somos quatro no banco de trás. Queremos teu bem. A tessitura moderna precisa de ti. Acalme-se!

Os Três reapareceram após a urgência no gole demasiadamente quente da cerveja. Grandes vozes amalgamavam-se ao ambiente. Se bem que era sereno. E eu sentia tremores na cabeça, uma dor excruciante; tomei outro gole da cerveja quente, preocupando minha sobrinha.

— Tio, não sente desconforto...? — apontou para a garrafa.

Ela tem razão. Largue isso. Chegaremos rapidamente no bar.

— Desculpe, todos — olhei para trás. Minha sobrinha também olhou, sem entender.

Pronto, agora relaxe. Diminua a velocidade. Atrair atenção agora, numa batida descabida, pode nos atrasar. Conquistes teu direito de ir e vir. Seu papel ainda não foi finalizado.

— Pai, eu adentro ao local?

Possivelmente estará fechado. A hora não é conveniente.

Admito que a preocupação se exacerbou. Inconsciente, em primazia. Na verdade, desconhecia primazia. Ouvia o barulho ensurdecedor da barriga de minha sobrinha, desgostosa em seu primeiro dia na capital. Infelizmente a loucura encaixava-se nos quadradinhos do cérebro inflamado por gritar "socorro".

Socorro! Soava como Laura no fatídico dia. Soava como a quinta-feira que eu bebia sem escrúpulos, acabando-me em companhias fúteis, uma diferente por semana, um arquejar diferente por semana, encharcando-se de promiscuidade para esquecer *a morte*.

Entendi. Entendia o que era uma faixa amarela de interditado. O bar havia sido interditado naquele momento. Não encontrei o carro de Alexandre e muito menos o de minha deusa na terra. Desconhecia regalos. Estava preso por um só pé no mais alto andar do maior prédio do mundo. Estouraria a qualquer momento!

Leve Vitória para almoçar. Nada mais pode ser feito. Aguarde. Ajudar-lhe-emos quando for necessário.

— E o caso do doutor? — falei em voz alta. Vitória parecia estar se preocupando a cada questionamento feito sem uma direção.

Segunda é um novo dia. Aproveite o final de semana para descansar, promover novas diretrizes das perseguições. Não foste capturado. Não tens relação com o assassinato. Laura irá apaziguá-lo.

— Obrigado, Filho. Obrigado pelo retorno dos Três. Muito falta senti de vossas presenças.

— Com quem o senhor conversa?

— Os Três. Eles geralmente aparecem quando meu nível de embriaguez atinge querelas interiores. Explico-te quando chegarmos ao restaurante.

—

Camarão, *pasta*, sobremesa e até um copo de cerveja da estrela vermelha. Sandra disse que ela se parecia comigo. Devo acreditar nesta afirmação com veracidade, observando-a, o se portar muito similar ao meu. Mesmo na estafa alastrando empecilhos e novas perturbações do ser, consegui assentir a afirmação.

E durante todo o tempo naquele restaurante – novamente o mesmo frequentado no jantar após a consulta e do almoço com Paulo Nóbrega – expliquei como as coisas estavam para mim. Mesmo na loucura implícita e às vezes explícito-tardio, caracterizar os Três sempre fora uma tarefa difícil. Olga não entendia. Talvez nem Laura. Porém, Vitória é de fato sinergia, uma semelhança que eu não enxergava há anos! Dava para entender nas entrelinhas, nos trejeitos; até nas questões trazidas por ela, que achava ter idiotice elevada, fantasiosa descoberta de personagens da literatura épica.

— Então os Três te ajudam durante seus encalços? Por que o senhor faz isso?

— Começou com seu avô; retornou quando mais velho, vendo a vida tão monótona. Mas, acho que com a depressão amalgamada aos pormenores do alcoolismo, eles apareceram. Acho que são *anjos*.

— Você os requisita? Eles estão conosco agora?

Um, dois, três... Quatro.

— Sim, estão. Estão sorrindo para você neste exato momento. Quer falar algo para eles? — mantive a serenidade.

Ela pensou. Pôs sobremesa à boca, embasbacada. Eu bebia cerveja; a garrafa erguida pendia pelo cotovelo encostado à mesa.

— Acho melhor não. — A voz saiu meio embolada. — Eles são seus anjos.

Nota dez!

Aguardei ela finalizar o prato. Não demorou muito, dada a quantidade solicitada. Todos os dois, fartos, se encaminhavam para pagar a conta e sair.

— Vamos para mais algum lugar hoje?

Talvez impedido, talvez moroso. Via minha sobrinha querendo salpicar esta cidade aos ares conquanto eu desejava apenas cama, lençol, ar-condicionado e dois travesseiros. Aí lembrava-se de Olga, de Alexandre, de Guilherme, de Paulo e de Patrick. Malditos! Motivos aparentes para alastrar mais ainda minha estafa, e não tão distintos um do outro.

Entrei ao carro e imediatamente liguei o som; a sinfonia de Tchaikovsky continuou! Apaziguei-me...

Seguimos, numa tração mais leve, paulatina. Levei-a ao Parque das Dunas, mostrando como fora minha primeira vítima; contei, ainda dentro do shopping, sobre a velhinha caída ao chão; contei sobre quando esbofeteei Júlia e moribundo sucumbi ao som de Górecki na semana passada empestando a sala de estar com o cheiro de uísque caro, nomeado por Olga há muito tempo atrás como "madrugadas de Górecki" dada as várias vezes que eu lapsava à sinfonia. Por fim comentei sobre Laura, mas sem citar o que acontecera, deslizando por detalhes mais maleáveis ao ponto de não puxar mais atenção indevida. Decerto, sentia-me aprazível com a presença de Vitória. Agora, somente desconfiava da deusa na terra. Falta-me mais o quê? Afugentar-se às catastróficas recaídas e beber todo o álcool do mundo para sarar feridas cicatrizadas? Remédio insípido...

— Então façamos o seguinte: quinta vamos ao samba, você me mostra como é bailar ao som dos Três, e explica mais ainda como funciona seus encalços, combinado? — apertei sua mão. Leve tremelique. Porém aprazível. Foram formiguinhas catando açúcar. — Agora me deixe em casa e siga seu itinerário. Sei que dará tudo certo.

Nenhum pingo de falsidade, Tiago. Achaste o pote de ouro. Alguém para confidenciar tuas tramas admoestadas.

Queria que fosse assim. Todos têm bocão. Soltar falsidades a esmo é habilidade comum. A simplicidade não se encaixa aqui. Está longe de ser abatida.

Mas entende como é para ti expor angústias a uma pessoa que conheceste há tão pouco tempo? Ela ganhou espaço nas tuas viagens; ganhou espaço para poder observar, também, tuas vítimas. Fizeste o impossível, Tiago.

Fiz-me hermético à situação. Estafa colidia à dor de cabeça. Não me sentia ressacado. Perguntava se havia nexo nesta dor de cabeça repentina. Por isso tratei de deixar Vitória em casa e saí em busca do adultério, antes passando novamente no bar; agora uma viatura era responsável pela guarnição.

De lá, um pouco mais distante do lugar, telefonei para Olga. Só chamou. Impaciente tornei a ligar para Glória. Ocupado. Que vida de desgraçado!

Estacionei num quarteirão à frente, parando numa conveniência 24h. Alguns homens fumavam e comentavam sobre mulheres, desrespeitando-as com ditos vulgares e inescrupulosos. Não me meti, pois precisava me hidratar; assim pedi a usual cerveja da estrela vermelha e atraí olhares ao descalabro de pessoa que eu era naquele momento incomum.

— Cara, tem um cigarro para arrumar?

Fiz-me de ignorante. Contei quatro mais o vendedor.

— Ei, cara!

Esforço físico serve para quê? Brigas inconsequentes apenas para dilacerar a vontade de exprimir rigor nas incompetências pessoais ou liberar testosterona?

— Oi. Não tinha te escutado — puxei o maço. Paciência reinava. — São quantos?

— Três tá bom.

Esforço físico serve para mostrar quão estúpido nós somos perante a sociedade. Fragilidade reina seus dogmas e suas incapacidades. É assim quando alguém possui pistola disposto a atirar em civis numa simples discussão de trânsito para confirmar ser o detentor de todo poder naquele exato momento. Só. Ou você acha que o poder continua? Não vivemos numa monarquia. Só existem bobos da corte convencidos de serem reis.

Entreguei os cigarros e voltei as atenções para a rua, ouvindo mais babaquice dos quatro a conversar. Voltei à conveniência e comprei outra cerveja; em seguida mandei mensagem para Olga. Estava tão sobrecarregado que se eu ousasse enveredar na aventura, era capaz d'eu ficar perdido e não mais encontrar uma saída.

Quando já retornava para o carro, o mesmo rapaz que pedira os cigarros tocou em meu ombro. Senti o desconforto estremecendo meu corpo, que, de supetão, repeli-o. Ele fez um esgar pelo movimento e partiu em minha direção, socando meu rosto; não tive reflexo no primeiro ato, mas em seguida consegui me estabelecer, prontificando uma queda abrupta daquele homem, socando-o no queixo mole. Excessiva bebida fazia isso. Tudo se tornava descomunal: resistência, fraqueza, força. O homem caído foi receptáculo desta incoerência.

— Por que fizesse isso, porra? Eu não queria briga — enfatizei, seco, não elevando a voz. Soltei a garrafa no chão que estilhaçou, inconformado com meu frenesi e com meu elixir se esparramando ao chão. Nem percebi que falei um palavrão, coisa rara de acontecer. — Peço perdão pela baderna — falei para o suposto dono do estabelecimento.

Os outros dois, rindo pelo embolar da situação, esmoreceram. O vendedor, inicialmente preocupado com minha atitude, saiu do espaço para ajudar o cliente desacordado.

— Maldito seja. Machucou minha boca. Olha a ferida... — olhei para minha mão, o vergão vermelho bem destacado ao ossinho próximo do dorso.

Estou vendo, Tiago. É melhor tu botares gelo para não ficar pior.

— Primeira vez que isso acontece — sentei-me ao banco do carro, a porta ainda aberta, com uma das pernas para o lado de fora. — Os sábados se tornaram antro de desordem em Natal. Nem consigo beber cerveja em paz sem ser perturbado.

Talvez seja melhor abdicares de tais modernismos. A cultura daqui está numa transição aquém do normal.

Tornei a ligar para Olga. Ocupado. Estava impaciente, tocando ligeiramente o canto da boca para tirar as manchas de sangue que surgiam.

Pense um pouco. Ficar assim vai ser pior.

— Voltarei até o condomínio. Está dito — fechei a porta e liguei o carro.

Esqueça a bebida um pouco e se concentre. Se aflorar mais inquietação, tu és capaz de fazer algo atroz e não ter como reverter. E não ousamos isto.

No plural, Laura? Desde quando faço coisas no plural? Vago solitário para não trazer culpa a outrem. Vago solitário a fim de testemunhar indômitos que causando refregas, jogando corpos nas ribanceiras, destruindo vontades – não as minhas – e se saindo porque ninguém é capaz de desmascará-los. Plural não existe. Plural é time, é grupo, é choldra de campanha política. Sou singular, insólito. Parece que repetir isto prova quão chato é dizer tais adjetivos, não é? Confirma. Pode confirmar.

E ficar na campana do condomínio de nada ajudou. Veja quantas horas desperdiçadas. Volto para casa num passo lento e fumo meu último cigarro a persistir no erro. A calçada baixa pôde me acomodar bem, com os joelhos curvados, a observar um córrego de água. Cadê Olga? Cadê fascínio deste adultério não confirmado? Na verdade, pode confirmar. Não aguento mais desilusão.

Tu estás abatido. É normal. Veja onde chegaste e o que procuras. Deite-se, descanse. A semana será longa e, por mais que o consternar sobre o caso esteja lhe afligindo, essa borrasca é efêmera. Confie em mim.

Confie em mim. Confiem em mim...

— Farei isso.

Joguei o cigarro fora e adentrei em casa. Procurei Dalva. Ela parecia ter ido embora. Peguei o guiné na geladeira, pus o prato completo no micro-ondas e aguardei, acompanhado de cerveja e do ar gelado que lufava sobre mim.

— Está dando tudo errado — falei com a boca cheia de comida como se algum dos Três estivesse a me ouvir.

No meio da noite, já bem tarde, despertei do sono. Acho que eram 22h, por aí, em pleno sábado, e eu deitado. Havia me colocado em desespero, bebendo cervejas demais, prostradas sobre a lateral da cama, na horizontal, caídas, esfaceladas, gotejando no carpete novo. Se bem que não era motivo para tanto alarde; fui ao banho, seguido por Laura. Imediatamente despi-me; ela também. Desta vez juntou-se a mim no banho. Meu corpo estava completamente descontrolado, concebia perversidades àquele ser. Tentei agarrá-la e ela sumira, a água caindo sobre meu cabelo, deixando-o estirado.

— Vai fazer graça agora? — indaguei veemente.

Ela sinalizou com a mão, depois achincalhou-me com gestos obscenos, totalmente aquém da tenra Laura que eu conhecia.

— Isso é uma piada?

Tome teu banho. Hoje terás uma tarefa impossível.

Sim, ouvi o portão da garagem se mover. Nem pude me conter; saí depressa, corpo ensaboado e definitivamente borbulhando para ocasional coito.

E sabe como hoje em dia as coisas são: as mensagens voam numa velocidade súbita, como ataque cardíaco, levando à óbito. Isso representava a mulher com quem eu havia casado, *very nice, indeed*. A deusa na terra. Não mais minha, tinha certeza. Quiçá de alguns outros dois. Ou apenas um mesmo.

Fui até o canto do quarto. Escuro. Um banco para sentar-se à escrivaninha – mais utilizado por Olga durante boa parte do trabalho – fora puxado. Aguardei ela entrar. A porta se abriu, o cheiro de álcool exalado era similar ao meu. Na verdade, ela até se chocou a alguma das garrafas no meu lado da cama, fazendo com que retornasse e acendesse a luz do recinto. Por bom tempo a observei, que lentamente despia-se, jovial, serena e uma deusa… Não mais minha, confirmo.

— Chegou agora? — perguntei.

O susto foi tremendo.

— O que estás fazendo aí? Que atitude louca, Tiago. E por que você está nu? Saia daí!

Ela estava muito frígida. Não olhava diretamente para mim.

— Vai me evitar?

— Não sejas louco. Olhe onde tu estás. Que coisa louca, Tiago — permaneceu inerte, pois eu não me movia.

Tiago, Tiago, Tiago. Odeio meu nome.

— É essa a resposta?

— Cheguei agora. Estava bebendo com minhas amigas. Satisfeito? — retorquiu, andando pelo quarto, sem me olhar diretamente.

Satisfeito nunca estou. Veja aonde chegaremos: trabalhar no sábado; beber com as amigas; Alexandre; ausência. Nossa, está difícil ligar os pontos.

— Dalva comentou que tu tinha saído para resolver coisas do trabalho. Com essa roupa não parece coisas do trabalho.

Trajava um vestido curto, cinto dividindo a parte superior da inferior; joias na área do pescoço e muito ouro nos pulsos. Braceletes, esses, dados por mim em comemoração aos vários aniversários de casamento. Vários! Preciso enfatizar que há traição?

— Sim, e depois fui confraternizar com as amigas da época da universidade. Satisfeito?

Nunca satisfeito! Levantei-me.

— O que estás fazendo? Me largue.

Júlia bateu à porta. Saí do lapso. Mas eu não a segurava. Por que se referia a modos agressivos?

— Oi, filha. Não está acontecendo nada — Olga respondeu para ela. Logo apareceu, também, Vitória. Cochichavam baixo. — Volte para seu... Seus quartos — corrigiu após ver minha sobrinha.

— Eu não estava te agredindo. Está louca?

— Quem era aquela garota com Júlia? Enfim — mudou o semblante frígido —, não irei dormir nesta casa. Fique à vontade para dizer o que quiseres!

Entrou no banheiro, batendo forte a porta; o trinco retiniu barulho ensurdecedor. Agora eu era o vilão da história e não o herói como comentava doutor Guilherme. Que reviravolta...

Sentei-me na cama. Enquanto ela tomava banho, aguardando o chuveiro ser ligado, fucei sua bolsa; o celular estava infestado de notificações de Alexandre. Então eu realmente virara corno, sofrido de adultério. É impossível alguém casado receber mensagem a essa hora da noite. É sábado! Todos estão se divertindo.

Isso não indica nada. Mensagens? Poupe-me, Tiago. Estás desorientado e fabula imagens à visão destorcida e apavorada.

Crânio bajulado por quem eu não estimava, amontoados de dinheiro e deveres sociais incompreendidos. Um casal pós-moderno; eles não levarão meus filhos! Sabe-se muito bem que andam assim para motivar maiores contentos. Júlia me adora e Bernardo mais ainda. Para uma mãe que só trabalha, acha que me traindo pode ganhar tudo por ser promotora jurídica. Intento... De querer...

Coloquei o celular dela de volta à bolsa. Ele se mexia incessantemente, a cada momento tremuras intermitentes, intervaladas constantes, infernizando meus sentidos. Saí de perto. O chuveiro não caía mais água. Voltei à cama, liguei o abajur e pus-me a olhar seus passos quando ela saiu do banho. Desisti em pouco tempo. Abri a porta do quarto e saí, deixando-a lá mesmo. Peguei a primeira cerveja na geladeira e, na sala de estar, ouvi a terceira sinfonia de Górecki até adormecer. Nem percebi quando Olga havia saído. *Very nice, indeed!*

XIX

Olga passara todo o final de semana fora. Eu, ao invés disso, dentro. Cuidei das crianças e passei bastante tempo no domingo conversando sobre peças teatrais, livros e mudanças climáticas – afeição antiga que ficara para trás com o tempo. E por mais interessante que deveria ser, veja só: os três jovens eram ávidos e atenciosos e nutridos leitores, que se mantiveram na linha que eu pedia. Vimos filmes, comemos pipoca. O básico, fulcral. Comumente a isso, sentia embrulhos ao estômago. Peso do esfacelar, da remota observação engendrada por ter sido colocado *de escanteio*. Justo. Não sou tirano, mas também não sou vagabundo. Sei meus limites. Àquela mulher nunca desempenhei sacrilégio; no máximo um afago errado num momento errado. Só. Agora pago o preço dos farelos que me fora deixado ao colher o lixo naquela manhã ensolarada.

Pois bem, segunda, ânimo relativamente baixo. Olhava a hora e ela não passava. Estava tão monótono. Busquei alguns trabalhos e nada. Parei no escritório e não via nenhum sentido permanecer num local indesejado. Minha cabeça pesava de tão aborrecida com frivolidades.

Almocei no shopping. Em seguida passei na livraria, comprei vários livros novos com minha sobrinha, desisti de outros mais espessos; passei numa loja de móveis e organizei uma possível expansão da estante, melhorando alguns artífices de confortabilidade no recinto, pensativo quanto a poltrona mais tenra, algodoada; até designei uma escrivaninha maior. Desejava mudar tudo. Inspiração ou confusão? Definitivamente confusão; chama-se instabilidade.

Como Vitória não gostaria de me aguardar em torno de uma hora no carro, deixei-a em casa e dirigi-me ao consultório do doutor. Não sabia o que falaria. Não tinha organizado a segunda-feira. Até a barba, há muito sumida, estava encorpada e hirsuta.

Assim, já no local, caminhei em direção à estante. Ouvi a porta se abrir. Não o cumprimentei, transpassando-o como um gato assustado; sentei-me no divã, curvado para frente; assim que o doutor se sentou à minha frente, pude mostrar-me insólito, sem perturbação, com uma postura audaz, de olhos semicerrados e de semblante pálido, como atingido por uma massa de energia negativa, a me endiabrar. Laura prostrava-se no mesmo lugar de sempre. Desta vez a via nua. As sensações estavam se moldando de forma promíscua. Queria tomar posse de seu corpo. Via-me solteiro como nunca fora. Queria até matar aquele doutor caso a instabilidade não motivasse a fazer diferente e me jogar deste prédio pensando poder voar para viabilizar passagem hermética, sem interrupção. O herói!

— Vejo-te mais… — fez uma breve pausa; perscrutava-me insidiosamente — estranho. Barba malfeita — apalpou suas bochechas. — Espero que seu final de semana tenha sido leve. De antemão, peço que fale um pouco sobre. Temos tempo limitado.

— Não há limites para limite.

— Certo, mas pretendes comentar?

Iniciei o falatório falando da viagem. Nada incomum, dado o tempo. Às vezes embromava, paulatinamente saindo desse vexame de mostrar tudo tão bem detalhado e perder mais uma consulta contra o tempo – pois ele é ouro. Então segui falando de minha sobrinha, da experiência de acordar cedo durante os dias na fazenda, de salvar a vida de um homem que barganhava a sorte. Junta tudo e põe num *mixer*: experiência da cidade Pedro Avelino. Apenas parei quando estagnado à vontade do álcool. Implorei aos santos que amenizasse as dores da terra esquecida. Rezei. Rezei. E rezei mais uma vez para painho, jazido naquela terra. Disse que difamei sua imagem, difamei sua forma de viver a vida, e difamei suas falácias, seus fumos, suas bebidas… Que queria ele perto para poder me salvar. Espero ter falado isso, porque hoje está insano!

— Então tu conquistaste bastante coisa nesse pequeno tempo longe daqui. É gratificante ouvir.

Será que ele ouviu, com exatidão, que difamei meu pai e me tornei um vilão? Lapso infindável estava pondo-me em estado absorto pelo vazio. Observei Laura e não a identifiquei bela. As roupas volviam-se e saíam de seu corpo à medida que piscava os olhos desenfreadamente.

— Doutor, minha mulher está para sair de casa. Admito não ser culpa minha. O que devo fazer?

— Naturalidade para admitir possíveis erros, Tiago?

— Como vou saber onde errei? Ela chega com cheiro forte do álcool, repleta de mensagens doutro rapaz no celular e o erro é meu? Certeza que terei de me abster desses detalhes? Falta nexo.

— Naturalidade para admitir sucessão de erros, Tiago. Veja como se sucedeu seus dias. Chegaste de viagem no sábado, não foi? Então. Ela lhe aguardava?

— Claro que não. Desde o meu fatídico espetáculo na casa desse suposto amante, entrei numa derrocada irrefreável. No mais acordava, bebia e dormia. Nem trabalho prevalecia à minha cabeça. Nem festas. Controle assertivo. Totalmente assertivo dos atos. Veja: — mostrei o roxo na boca. Havia uma pequena ferida no canto. — Isso é o sentido bagunçado das coisas.

— Eu percebi isso quando adentraste aqui. Pois bem. Está difícil ligar os pontos. Há muitos fatos e pouco foco. Volvemos ao álcool e a possível separação. Sabes como lidar a esses dois pontos?

Olhei Laura. Provavelmente saberia conviver com a fatalidade intangível. Por outro lado, o álcool continuava mostrando-me novas faces e facetas no ínfimo trajeto. Talvez devesse lidar primeiro com a separação. Parece-me mais movediço.

— A separação eu hei de superar. Saberei lidar. Porém, em relação à bebida, o viés da vida nunca provou ser tão aguerrido. Isso porque já tenho algo marcado para quinta-feira. Um samba na cidade.

— Beco da Lama? Ateliê? Tenho um paciente que frequenta muito esses locais. Disse ser bastante promíscuo e causa tormentas no dia seguinte pelo tanto de retrocesso vivenciado. Sabes bem o que estás deliberando?

— Saber, ninguém sabe, doutor. Se eu fosse um peso morto, embalado para nunca mais ser visto, tu acha que eu desperdiçaria momentos áureos como uma noite selvagem e ensandecida? Não. Afirmo com todas as letras em meu vasto vocabulário. Não, não, não e não. Repetirei quantas vezes quiser.

Foi uma boa analogia. Vejamos seus trejeitos se abalarem. Lá vinha o tique da perna. Era leve, porém. Mostrava impaciência, mas logo parou quando prostrei olhar desconfiado por muito tempo a observar o tamborilar.

— Faça o que for preciso para seres aceito. Se achas conveniente ir, vá.

— Levarei minha sobrinha para se acostumar com a cidade. Conhecer novos polos e novas pessoas. Findará ser bom.

O findar sempre causa estranheza a olhos modestos. Pelo termômetro daquele lugar, digo que continuo otimista. Encontrarei uma vítima perfeita para satisfazer necessidade pontificando nervos. Guilherme Acán sabe das incapacidades e preocupa-se com meu linguajar e alteração de atitudes. Normal para quem está com rabo preso. Uma hora ou outra hei de conhecê-lo na sua pior forma.

A consulta continuou. Bláblá. Profusões de palavras e conexidade alguma se encontravam. Falei mais de mainha e dos encontros acalorados; da garoa que facilitava o apagar de meu cigarro, do guiné, meu presente de despedida; cidade humilde e pobre, abocanhada por políticos no cabresto ferrenho, de esperança! Isso que faltava: esperança. Citei a bíblia. Mainha se alegrou. Sabia que as raízes continuavam firmes. Pena que uma hora a bola de neve, exageradamente gigante porque se avolumava dos erros de outrora, destrói o vilarejo quando alcança o ponto mais inferior. Os inferiores são abalados no preâmbulo eterno, já dizia algum filósofo.

Olhei para o relógio. Dava a hora. Quase.

— Hoje, infelizmente, chegamos a nossa última consulta. Estou de viagem marcada para o exterior a fim de finalizar um curso intensivo em psicanálise. Ficam aqui meus votos de melhoras para ti — fui pego de surpresa. Não achei que ele me comunicaria. Pode ser para esquivar-se dos futuros problemas. — Caso queira, posso recomendar algum colega de profissão com intuito proveitoso de acompanhá-lo com mais rigor. Há várias técnicas que podem te ajudar a melhorar condições precárias que eu vejo como pertinente para ti: álcool, sono e mente. — Rapidamente voltou-se para o lugar que eu direcionava olhar. — Vê alguém ali? É a Laura? — assenti. Sabia do jogo aberto.

— Pois é. Aqui há um descontrole emocional pela negligência de algo. Deixaste de fazer algo em relação a uma coisa pertinente do passado. Alguma mulher, algum amor não-recíproco.

A campana final se aproxima.

— Aceito qualquer recomendação, doutor. Se for para meu bem, acato de bom grado.

Ele sorriu. Foi… Como eu posso dizer? Pacífico. Encaminhou-se até a mesa, puxou a gaveta superior, e de dentro trouxe a mim um cartão laminado; era o nome de uma psicóloga – sem título de doutora. Carla Albuquerque. Olhando assim parece de família rica e com pouca experiência. Desculpe-me o julgamento.

— Para onde irás viajar, doutor?

— Madri, Espanha. Irei com minha mulher.

Amante. Corrija-se.

— Magnífico. Espero que faça uma ótima viagem. Caso volte antes do previsto, gostaria de continuar, contigo, as consultas. Tens uma mente valiosa para se estudar e entender os pormenores da vida.

Ele agradecera e apertou minha mão. Dessa vez a forma aprazível desempenhou o que realmente acreditava: ser maligno fugindo aos ares nunca aclamados.

Bravo, Tiago. Agora como pôr um fim nisto?

Sutileza. Total sutileza.

— Breve. Muito breve, meu bem. Testemunharemos o início de uma projeção insólita destes dois aqui presentes. São amantes ou meros passageiros da viagem não nomeada? Deseja café ou suco? Homem ou mulher? Sente o que está sendo dito pelo sibilo do ar, as brumas do mar levando consigo imagem atraente aos moldes dum inferno excruciante e desconstruído? Breve, muito breve, aqui ficarão corpos ensanguentados por incompetência da vida, da família e do bom-costume. Ouça. Todos aqui presentes estão aguardando desfecho para que o escarcéu finalize bem, sem levantar suspeitas, e que o preço seja estornado, pois não há compatibilidade no ensejo criado. Breve, muito breve.

— Tio, de onde o senhor tirou isso? — Ela fingia bater palmas.

— Eu escrevi. Parece bom?

Prostrava-me diante da nova escrivaninha adquirida. Dava um ar totalmente complexo ao quarto sem roupas, sem móveis, sem sapatos, sem saias, sem sutiãs e meia dúzia de sensações esquecidas de Olga.

Eu a vi sair pela porta da frente, despedindo-se dos filhos. Disse que brigaria pela guarda, mesmo sabida do descompasso imbuído a situação, pois lhe faltava assimilar fatos. É complexo. Nós dois sabíamos.

Porém, antes de sair, pedi a ela um último favor, ainda quando ela se fazia presente na casa, durante a segunda-feira.

— Podes buscar com seu amigo uma informação sobre meu psicólogo? Ele parece que irá viajar, e eu prometi dar-lhe um vinho de despedida por ter me feito tão bem nos poucos dias de atendimento.

Ela assentiu e perguntou, em seguida, o que era. Assim conquistei o direito de me programar para a sua viagem: próxima terça, final da tarde. Entende como os males vêm para o bem?

— Tio, um absurdo de bom. O senhor escreve frequentemente?

— Isso é apenas uma prévia do que virá pela frente. Quer me ajudar com o jantar? Sairemos não muito tarde para o samba. Eu queria ir ao Beco da Lama, mas começa muito cedo.

Deixei a peça teatral de lado. Estava muito perturbado e impaciente para aguentar horas num teatro.

Vitória chamou Júlia. Ambas estavam bem trajadas, maquiadas, perfumadas.

Sim, deixei minha filha fazer presença na nossa empreitada noturna. Ela já é bem crescida. Não sei se de idade suficiente para aceitar os vestígios do que seria tramado. Não tinha como dizer não. Ela estava feliz que eu aceitei, feliz que teria um pouco de recesso da chata rotina.

Bernardo, por outro lado, andava cabisbaixo desde a partida da mãe. Normal para quem era mais conectado. Eu sabia das distinções e de como agradá-lo para volvê-lo até mim. Era apenas questão de tempo.

Dirigíamo-nos ao famoso samba das quintas. Antro de agonia e perversão, alegria e notívagos amores. Se eu fosse jovem, de nímia borbulha de paixões e conluios, teria entrada privilegiada para tais movimentos. Entretanto, sei quão irresponsável era ter de levar duas jovens a esse recinto. Quero ter um pouco de paz, avistar algumas novas vítimas e me sair sem nenhum empecilho maior. Conveniente, certo?

E atrações mútuas, Tiago? Vais acabar digladiando-se pelo gosto da cerveja.

Engraçado, pois ela sabia das minhas funções. Sabia quão risonho eu continuava ao perder minha deusa na terra. Estava bebendo mais do que o normal, e acalentado subia as paredes em busca de paz. Uma linha ou outra saía rabiscada; entretanto hei de conciliar tais fascínios quando souber a melhor vereda para se situar.

Mulheres cheirando a talco. Olha para mim!

Laura continuava nua. As horas interpelavam para ela continuar assim… completamente nua.

— Trouxeram carteira de identidade? — perguntei.

As meninas mostraram, sorridentes.

— Então vamos.

Eu estava muito arrumado, roupas de alguém que havia saído de uma reunião urgente tão tarde da noite; porém as mangas da camiseta azul-marinho, dobradas abaixo do cotovelo, denotava um aspecto comumente ao meu desejo particular de ser observado por mulheres. Então eu tinha de estar confortável para novas andanças.

Já na fila – média, por sinal –, aguardamos. Iniciei os embalos comprando uma cerveja para mim e outra para Vitória, ali mesmo no lado externo, de vendedores ambulantes. Minha sobrinha agradeceu e voltou às conversas com Júlia, entusiasmada demais por estar naquele local, naquela hora. Sim, receberá falta na aula de amanhã. Dispensável.

Peguei o celular e vi mensagem de Paulo; avisava que tinha chegado a Natal às 19h e estava disposto a se encontrar comigo ainda nesta noite. Pensei um pouco. Seria interessante trazê-lo aqui? Posso colocar Vitória no seu primeiro encalço, como também trazê-la um romance desafortunado. Não sei como a cabeça das mulheres adere às sórdidas vigências.

Respondi-o veemente, solicitando um item em particular. Ele respondera tão rápido quanto minha bebida esvaziada. Questionou a requisição porque era muito estranho meu pedido. Falei em segurança. Falei segurança de meus filhos. Falei em segurança de mim, principalmente. Como tínhamos bom relacionamento, as palavras "verei o que posso adiantar" soaram aquela sensação vazia de, ao possuir objeto, o que fazer quando estivesse diante do problema.

Súplicas, senhor. Súplicas! O som alto do samba na maior refrega. Jovens entornavam litros e mais litros do elixir da vida. A grande miríade de complicações por metro quadrado. E era apenas o início. Meu fim se aproximava. As meninas dançando. Mentira, elas remexiam o quadril com malemolência. Dançar samba é muito difícil.

Procurei vítimas.

Por mais que sempre ousasse, as vítimas mais recentes como o padre, um doutor em psicologia e uma mulher assassinada, vemos um cantor atípico em trajes simplórios: bermuda *jeans*, camiseta regata e um formidável chapéu boêmio. Tocava um instrumento, o pandeiro; as mãos calejadas tinham esparadrapos nas pontas, que amorteciam, possivelmente, a dor. Devo admitir que eles pensavam em tudo, e agora, já mais tranquilo, observava-o. Digamos que seja minha prévia, o prato de entrada, a exceção do momento; só queria identificar se ele gostava do público e interagia para ganhar mais atenção. Lembrei-me que eu não tinha mais de uma vítima por noite.

Paulo me respondeu. Disse ter conseguido meu item. Apaziguei-me. Menos um porém nesta vida de derrotas.

Tramar plano aquém corrobora com o quê? Os Três estão me fazendo esta pergunta, Tiago.

Nua, completamente nua em meio ao caos.

— Você sabe o que há de ser feito. É minha última demanda para o bem do desconhecido, implicando em menos variações — beberiquei a cerveja, acompanhado pelo sorriso da linda sobrinha Vitória, que também bebericou sua cerveja. Ela parecia rechaçar minha imprudência; entrelinhas absurdas do ser humano.

Os Três não aprovam o que há de ser feito. Por quê?

Celular vibrou. Paulo disse estar a caminho de onde eu estava. Citei o samba, o mais conhecido e badalado pela nata jovem da cidade. Ele confirmara presença, e disse estar bastante preocupado comigo.

Agora? Estou tão perdido quanto ele. Imagine se eu vou preso e as finanças são desarraigadas de mim. O que será da Sauce's? Sorrio. Só basta isso. Encontrei meu destino nas entrelinhas das brumas do mar. É preciso e não me abstenho. Sei do enredo e da fatalidade. Observo o cantor, que acena para uma plateia inerte. Até eu estou inerte. Vou pegar mais uma cerveja e revirar este espaço como nunca viram antes.

— Vai aonde, pai?

Duas cervejas. Três. Meu destino. Não quero mais desistir no meio do caminho. Pau de arara andava lento. Pau de arara não vai trazer de volta o que eu perdi. Só perdas, melancolia, atraso, saudades…

Ergui dois dedos. Duas cervejas, em meio à confusão, se tornariam aceitáveis.

Enquanto aguardava as duas cervejas, meu corpo num balido impenetrável, observei refregas agonizantes dos jovens bebendo mais do que deviam. Suavizei. Não aguentava mais estar ali por um segundo a mais. Queria sumir.

Acalme-se, homem. É somente uma instabilidade momentânea. Não causes preocupação às meninas que se divertem. Lembre-se que perdeste muito em tão pouco tempo. Capaz de a sabotagem atingi-lo e nunca mais vês quem é o possível encanto do teu infortúnio-vida.

— Cansei, sabe? Nem meu plano tracejado durante uma amarga noite pode suavizar isso. Até a cerveja está se tornando insípida, água suja. Por que, Laura? Essas coisas só acontecem comigo e não há estorno. Minhas mãos sentem tremeliques a todo tempo. Fui coagido a ser o que não sou.

Gritei. Ninguém percebera, diferentemente das pessoas dentro do bar; elas reagiram, questionando algum transtorno inerente à bebida – eles tinham concessão de não me atender, devido embriaguez excessiva. Era política da casa, ou era enrolação deste viés ignóbil atrelado ao meu estopim.

— Perdão aos quatro. Estou impaciente — tateei a mão sobre o balcão; demonstrava impaciência sem ponderar impropérios que aumentavam a pressão para sair daquele corpo.

Passamos a noite inteira em meio a escritas e sucumbidas porções de filosofia e álcool degenerado, além de pitadas de ânimo contrário; o vexame é controlável. Acalme-se. Logo, logo estaremos saboreando as marés.

Dos Três, eu amava mais o Pai. Suas palavras soam como banho no lago, sendo engolido por cachoeira e suas torrentes inócuas. Suas ações eram consciências aprazíveis, que carregavam minha índole com altruísmo para se sentir bem, mesmo reconhecendo minhas falhas. Suas reflexões não se exprimiam aqui; encaixavam-se a qualquer mero e sigiloso homem em busca de ser feliz. E eu temia pela sua existência. Queria que todos pudessem tê-lo consigo, altivo membro dos movimentos irreais. É lidar com o contemporâneo enquanto se adere à faculdade mental perdida de solavancos desastrosos pelo aviltar futuro. Vê?

Peguei o celular. Nenhuma mensagem. Voltei ao meu espaço com duas cervejas. As meninas estavam cálidas, mais no canto da parede. Conversavam entre si, semblante parcialmente frígido. Aconteceu algo?

— Pararam de dançar? — aproximei-me para falar. O som distorcia.

— Cansamos. — Vitória respondeu alto, com um sorriso também cansado.

Devo acreditar? Óbvio que não. Larguei o prato de entrada que era o pandeirista e avistava homens ressonando ao ébrio aqui.

Podem ter sido assediadas? Procuro e não acho nada. Somente depravação; e após algumas músicas e salva de palmas, vejo Paulo, que entrava no Ateliê. Estimei-o com um singelo abraço, sabendo quão destoante o gesto poderia ser.

Mesmo sem identificar homens no recinto, aparecia um grisalho às suas costas, que lhe tocou o ombro. A pior sensação da terra recobriu-se a mim, destruindo as esperanças e os Três e Laura, e qualquer um no recinto, agredindo-me psicologicamente. E falamos de desconexo, divergências. Falamos que a esperança é a última que morre. Nunca mais falaremos sobre males que vêm para o bem. Não aqui e agora. Laura sumira tão rápido quanto chegara.

— Finalmente o encontrei! Sirva-me com essa cerveja!

Brindou minha garrafa; eu atônito, sem relativizar o empecilho defronte a carcaça perdida que era eu.

— Ah, ia me esquecendo de apresentá-lo. Sir Richard, inglês e CEO da Bundair. Ele quer juntar-se a mim na empreitada da boate. A nós! — abriu um sorriso jubiloso.

Ele sugeriu um aperto de mão? Afefobia! Não grite, nem cause alarde.

Desculpei-me, mostrando indelicadeza; no entanto Paulo soube controlar a situação; logo o homem estava disperso, bem atarefado nos olhares vulgares atraídos da grande parcela de mulheres. Assim percebi que ele não me reconhecera. Não sei se por sorte ou por não ser tão perfeccionista quanto eu.

Um *Sir*. Admito que males se intensificam e encorajam nossas cordialidades. Bonificam capacidades. Espero ter o mínimo de vivência para saber compensar aquilo; o assassino de Laura logo à minha frente, interagindo com outrem, neste local, do nada! São coincidências de sempre estar do lado de gente rica. Elas atraem iniquidades por onde passam. Vejam a mim... Bem, um mal de cada vez, um mal de cada vez. Trabalhemos as coincidências. Eu amo as coincidências.

Os Três me apaziguaram. Justo. Por fim foquei na cerveja, a conversar com as meninas intimidadas pela aparição surreal. Pouco a pouco elas foram admoestadas, impactadas a sair dali. Pedi que elas esperassem lá fora. Não queria levá-las a *observar* tal ato horrendo que tendia a ser perpetrado!

— Como está a festa? — Paulo se aproximou. Teve de repetir, porque eu não ouvi da primeira vez.

— Normal. — Até agora. — Irão passar muito tempo? — Questionei, alterando meu semblante antes caótico para simpático.

— Não sei. Quero levar Richard na boate amanhã logo cedo.

— Ele não pretende passar muito tempo aqui?

— No máximo até a próxima semana se pedirmos com carinho — sorriu malicioso. — Diz que sua noiva reclama bastante por ele está omisso. Essa vida de casado é *fogo*!

— Eu quem o diga — coloquei mais um tópico na conversa.

— O que houve? — Instintivamente olhou para minha mão como se tivesse total liberdade para tal. Senti ranço, um leve ranço. Logo ele observou que faltava um pormenor unido ao dedo. — Mentira! Está solteiro? Nossa, Tiago, você é um cara estranho. Perdeu aquele mulherão por quê?

Perdas, saudades, melancolia.

— A vida passa e distribui, correto, as provisões. É o máximo esforço que contemplamos na virada do século. Saber se adequar. Saber viver. Isso, eu prego: aqui jaz um poderoso e solitário homem.

Entreolhou. A risada já embutida.

— Anda lendo muito nessa vida de solteiro, hein? Não entendi nada — gritou e virou o olhar em direção às pessoas que dançavam vizinhas a nós. Eu tenho certeza de que ele não ouviu muito bem meu falatório, pois minha voz saíra baixa.

Que samba infinito. Ousado. Já via bastante ébrios ali, desajeitados, surrupiando línguas, afrontando o gringo que estava deslocado da pequena galera. Óbvio, um assassino. Estar bem coordenado foge dos dizeres comuns. Morte a ele! Sibilava comigo Sibilava que queria que Laura presenciasse tal júbilo. Socaria a face dele, cuspiria, depois tiraria fora seus olhos para nunca mais poder ver vítimas. Como? Ainda não sei.

Tu sabes que propor isso, agora, no meio de tanta gente, é arriscado. Pôr-se visível pode atrelar más veredas. E sabemos que não queres isso. Há um objetivo a ser sacramentado, longe, e se recuares, provavelmente uma vida passará vazia, sendo esquecida, decomposta pela naturalidade e pela enfermidade deste dia. Observa bem o gringo e saia daqui. Pede a Paulo o item e se resguarda. Não agora. Não agora. É isso que peçamos a ti.

Os Três eram cálidos e astuciosos. Um invólucro unido na causa. Ver temperança e a minúcia com que me lideravam, prova quão sagrados podiam ser.

— Paulo, estou de saída. — Ele virou-se para mim, descontente. — As meninas têm aula amanhã. — Minha voz equalizou-se. — Vim apenas apresentar um dos pontos mais badalados da cidade para minha sobrinha que veio morar comigo por uma temporada.

O gringo disse algo e em seguida sorriu.

— Vamos, te entregarei *aquilo* lá no carro — disse Paulo, conversando antes com o empresário.

Richard permaneceu na boate. Só Deus sabe como ele iria se portar diante das várias mulheres enclausuradas em si.

— Aliás, o que foi isso no seu rosto?— apontou com o dedo em riste bem próximo do machucado.

— Coisas da vida.

Ele meneou a cabeça e continuou:

— Tem certeza de que sabe manusear? — entregou-me. — Me parece meio aleatório o pedido.

— Já tive aulas numa academia. Pode ficar tranquilo. Não sairei atirando por aí.

Sim, é uma pistola. A luz do poste refletia-se no objeto e ofuscava minha visão; nenhum trisco de incoerência na chapa. Sem especificar modelo, a cor prata do aço inoxidável provava mais do que deveria. Sim, é uma pistola. Meus objetivos se iniciam a partir de agora. Eu finalmente estou salvo.

— Escuto as ondas do mar. Reverencio o meu Deus. Com a pistola em mãos, aponto para minha cabeça. Ela sente o cano disparar, e os miolos cobriam a tela em branco, pintura estimada em valor inestimável. Solilóquio do mundo moderno. Quem compra bugigangas são irresponsáveis com dinheiro alheio. Precisa de comida, de roupas, de carros, de propriedades e precisa enxaguar as manchas sedimentadas pelo disparo. Não quero deixar marcas obscuras às pessoas que irão investigar este assassinato, vulgo suicídio. Mera bobagem. As ondas querem me levar; querem levar a única esperança na reviravolta aparente. Sucumbe ou atesta fraqueza?

— Você está pegando o jeito na escrita, tio. Parece tão real.

Realidade. Realidade atroz que subjuga capacidades. Mata pobre e rico pela indecência. Mata por ser franco.

Olha, minha sobrinha alegra-se com meus devaneios escritos. Mal sabe ela que uma mente possui histórias inacabadas e muito bem detalhadas. Quando ela terá oportunidade de conhecer? Falta oportunidade d'eu continuar.

— Obrigado, Vitória. Estou tanto tempo em casa que o ritmo parece colaborar. Você costuma escrever?

— Não. Apenas significados das novas palavras lidas. Bernardo quem me ensinou isso.

— E foi? Muito interessante.

— Sim! Ajuda a memorizar os sinônimos. Tem sentenças que ficam até melhor quando usamos palavras desconhecidas.

— Isso não é prática usual. O maior problema é a educação brasileira que regride e esquece de corroborar o português num dialeto mais simples. "Não obstante", o próprio "corroborar". Nossa, às vezes acho imperdoável ter de me acostumar com gírias.

Estamos no dia da viagem programada pelo casal Acán – se é que posso chamar assim. Com a pistola na cintura, organizo algumas pragmáticas situações que são acarretadas por minha inquietação, vertente de uma conturbação ao meio.

Neste extraordinário dia, busquei sentir-me mais despreocupado. Tomei bastante cerveja, conversei com meus filhos, fui ao shopping comprar mais livros – de uma lista feita por todos que moram comigo. E quanto mais pensava em sair daqui e confrontar o destino, minhas mãos estendiam-se, deveras contraídas, sentindo apequenar indireto consoante às conformidades estipuladas. Sim, óbvio que eu iria sair desta sem machucados graves. O único problema, relato, é a mente atormentada. Inúmeras ligações da mãe de meus filhos, a deusa na terra esvaída por si só. Maldito Alexandre! E aquela Glória que aceitou tudo. Maldita seja ela também! Preocupa-se tanto com superficialidade que acabará esquecida dentro da cigarreira por incompetência no casório. Porém, não a culpo de tudo. Moisés partiu o mar vermelho e eu sou o próximo a ser partido. Quem fez isso sabe muito bem como administrar.

Recebi uma ligação de Vitória no meio da tarde. Havia comprado um celular para ela. Depois de muito questionar, encurralou-me, querendo saber o porquê de não estar em casa. Respondi que tinha uma reunião com Paulo e o gringo. Mentira. Ela não acreditou, pressionando mais a conversa. Por quê? Desse modo, continuou a me chantagear. Foi uma longa tortura de repercussão inadmissível. Por ter conhecimento demais sobre minha situação, queria poder falar para Júlia ou Bernardo. Não sei.

— Está bem. Esteja pronta que eu passarei aí.

Sim, sim. Acredite se quiser. Aquela menina da fazenda agora tinha planos tão maquiavélicos quanto os meus. Não sei se eu contribuí para tal. Ela me infernizou, me exauriu num papo estranho. Foi andando às margens abertas; se deslocou sem compactuar com nada, a reverberar silêncio, entusiasmada; o carro lufava ar gelado, e algumas pontuações bem-ditas durante o caminho me surpreenderam: "que horas será feito?"

Brumas do mar, ó, brumas do mar. Espero que me ajude hoje.

Em relação ao gringo: Laura sumira. Desde o dia do samba não obtive conversa alguma com ela. No mais escrevia, bebia e os Três me acompanhavam nas soturnas festas de si.

— Que horas será feito?

— Apenas o aguardamos.

Mostrei a pistola. Reluzia como um castiçal antigo bem conservado. O cano sibilava indignação. A pus no porta-objeto do carro, travada, e olhava, pela primeira vez, muito resquício de sujeira, talvez oriundo das minhas viagens na companhia da cerveja que escorria, da espuma que nunca vi erupcionar. Refleti. Foi breve; desvaneci sobre o que era aquela reflexão. Então retornei a pegar a pistola e manuseei-a, medroso da passividade. Atentei-me a Vitória, que tinha ar soberano e avistava qualquer disparidade ao ambiente; San Vale e seu pôr-do-sol peculiar.

— Quem é que aguardamos?

— Meu psicólogo. Agora fique quieta. Trouxe-lhe aqui, mas não seja inconveniente. Atenha-se aos fatos.

Firme, não esmoreceu. Pôs as mãos sobre o painel do carro, impaciente, e mexia as pernas querendo se movimentar. Não sei se ela tornar-se-á um álibi, ou se a trouxe no intuito de melhorar minha condição, me ajudar na situação.

— Por que você quis vir se não está aguentando um segundo dentro deste veículo? — tornei a perguntar, deveras impaciente; alternava o olhar entre ela e a entrada da casa.

— Eu achava ser algo mais corriqueiro — grunhiu, incomodada. — Posso te fazer uma pergunta?

— Diga — respondi ríspido.

— O que foi isso no seu rosto... — grunhiu novamente. — E você pretende matá-lo? — senti seu medo. As palavras não tinham força.

— Foco, Vitória! — Sem olhar para ela, novamente respondi ríspido.

Matar é uma palavra muito forte. Morte está aí para ser vívida, pateada, divagada. Afirmei isso quando disse que não poderia ser avançada; afirmei isso quando a exímia vida deveria continuar o prolongar dos caminhos. Por isso acredito que suicídio vai além do que pretendo. E se eu preciso perpetrar tal ato, sigo as diretrizes que estabelecem contrabalanço; uma ou duas vidas para dar equilíbrio pela fatalidade.

Abrir as portas fechadas – mais do que fiz quando manchei as mãos com o plástico escuro no lamaçal. Entende? Sinto falta de Laura...

Esqueças ela um pouco. Escute-nos. Se vais fazer isso, remeta uma consequência condizente ao ato. Certo, Tiago?

Certo nada. Minhas mãos suam. Minhas mãos rangem feito dentes numa ansiedade. Minhas mãos querem destruir desejos egoístas, dispersar caminho final. Ponto a ponto estou examinando-o. Saio do carro. Volto. Bebo água; bebo cerveja. Vitória, mais impaciente do que eu, cochila no banco da frente. São várias coisas acontecendo concomitantemente. Certo nunca vai ser. O único certo é a parcela de culpa que recai sobre mim.

Culpa engendrada por ti. Sabes das tuas condições.

— Pai, sei muito bem das minhas condições. Se essa pistola não der jeito, provavelmente *um salto* possa ser a resposta que tanto esperávamos. Combina muito bem com tudo que vivi.

Não seja tolo de dizer asneiras. Nada de salto. Estás indo contra à correnteza. Faça o teu, que façamos o nosso.

Fui até a casa de Guilherme Acán. Estava escuro. O sol se põe. Toquei sua campainha e retornei correndo ao carro. De repente aparece uma mulher, a mesma do restaurante, bem trajada. Trajada para viajar, com olhar consternado observando quem tinha sido o responsável por desaparecer sem anunciar-se. Dei meu sinal. Consegui presença a fim de continuar o premeditado.

Percebi que eles iriam se movimentar... E não durou muito para que o casal abrisse o portão da garagem; as engrenagens faziam seu papel, abrindo espaço para escapatória. Abruptamente fui induzido pela barbárie; depressa saí do carro e pus-me à frente dele; apontei a pistola na direção dos dois; permaneci assim por longos segundos, fissurado em qualquer reação provida dum soslaio momentâneo. Resvalei ao peso da frente do carro sedan, rente ao capô, atravessando a passagem minúscula em direção a Guilherme, ele totalmente catatônico. É óbvio que na cabeça dele não havia um detalhe sequer que pudesse dar base às consequências do ato infundado. No mais, uma pequena distorção de ter sido abandonado enquanto era analisado. No mais, uma pequena distorção de que sucumbir era a próxima etapa desta análise rápida.

Ainda com a arma apontada fiz os dois saírem do carro, e coloquei-os para o interior da casa. Não havia tempo para mais rodeios. Foi por isso que Vitória viera até mim, ainda impactada.

— O que estás fazendo, Tiago? Por que a arma? Por que está nos fazendo de refém?

— De joelhos. De joelhos, malditos! Vitória, vai na dispensa e procura algo para prendê-los.

Há um início para tudo. Desde o prato de entrada nos restaurantes ao culminar das ansiedades em uma dança involuntária e desconhecida. Porque eu concebia ser tudo premeditado; mas não era. Eu não sabia como se sucederia. Eu... não... sabia... que... seria... assim...

Os dois prostraram-se imediatamente sob mim, sem resmungar, de joelhos. Fiz eles colocarem as mãos para trás da cabeça. Vi a moça chorar. Aproximei-me dela, encostando a arma ao lóbulo de sua orelha esquerda.

— Por que chora, mocinha? Sente a culpa em vossa cabeça desprezível? Quer passagem direta para o inferno, que é seu lugar? — desloquei a arma do lóbulo à têmpora, e bati forte, com a lateral, sem remorso.

O doutor se preocupou com minha brutalidade; quis se levantar. Vitória já voltava. Ela foi rápida, parece que sabia o que estava fazendo. Então foquei as forças no pobre homem que queria dar uma de valente. Era um homem franzino, das ciências; era subserviente, observando meu frenesi a refreá-lo. Aqueles óculos disfarçavam bem sua culpa. Desculpe-me, estou a divagar demais ultimamente.

— Vamos contar até quanto para começarmos a história?

— Que história, Tiago? — Ele esbravejou.

— Abaixe seu tom, por favor — inferi, apontando a pistola com veemência. — Como ela se chama, doutor? A sua amada. Sua esposa.

Suor transpassava os zigomas. Uma mistura de lágrimas e suor pelo torpor causado.

— Lígia. Por quê?

— É o verdadeiro nome de seu cônjuge? Não minta para mim. Esmigalho seu crânio sem remoer um tantinho de culpa.

— É! — Ele gritou novamente, num desespero incomum. Acho que imaginava ser ouvido por alguma casa vizinha — Como tu nos encontraste aqui?

Vitória começou a atar os corpos. Pés e mãos foram sendo amarrados.

— Ei. — Vitória olhou para mim. — Traga o carro até aqui.

Não sei se ela transparecia preocupação com o fato de ter de manobrar um carro ou de estar sendo cúmplice do desconexo ato.

— Sim, senhor — gaguejou e levantou-se após atar as mãos do doutor. Ela pegou a chave e partiu para fora da casa.

Digo que houve uma demora por parte da minha sobrinha, mas entendível, diante do que fora proposto.

Desloquei os dois corpos até a entrada da casa, onde o carro fora colocado; por conseguinte pedi a Lígia para entrar no porta-malas, que estava um pouco desnorteada pela pancada que eu dei em sua cabeça; não quis ser grosseiro ao ponto de me irromper sobre ela. Então proferi os seguintes dizeres ao doutor – antes do mesmo fazer companhia à amada, enquanto apertava o controle do portão.

— Essa é a hora que o senhor pede, com grande clamor aos céus, que não acredita, tenho plena certeza, por redenção. Torça muito; reze muito. Hoje tu se encontrará com a verdadeira imagem da culpa.

—

Durante o caminho inteiro divaguei a simbólica mensagem. Continuei a divagar, sem entender o porquê. E já sentia as brumas. Sentia mais ainda reverberar o som alto, a ópera *Il Barbiere di Siviglia*, dentro do porta-malas, onde ambos imploravam numa cáustica gritaria.

Noite de poucas estrelas. Lua retraída. Direcionava-me à Praia do Forte, sabido que ninguém transitava por lá. Ela é uma praia muito frequentada no horário da manhã-tarde, diferente da noite. À noite o exército faz proteção da área. Bem, eu não queria ir para muito longe.

Foi lá que determinei minhas notas, ouvindo o som das ondas, indo em direção às areias molhadas e secas; estacionei o carro e os retirei do porta-malas, sem avistar uma só pessoa no perímetro que pudesse tolher o que iria acontecer; as pegadas não afundavam como devido e até os reféns sentiram dificuldade para caminhar com as fitas machucando a pele dos pés e das mãos. Ouvia-se somente o lamuriar insuportável da mulher, que ouvia a morte tagarelar a cada onda desmembrada no mar aceiro. E eu não entendia o porquê de muito choro. Antes era tudo prático quando a viagem era o fim dos fins.

— Calma, senhores. Elas abarcam medidas cautelares. Nesta vida de reviravoltas, costumo dizer que há pouca coerência nos atos. Nós esperamos que tudo saia como correto e, no fim, haja o que houver, nos depararemos com fascínios fora da linha real. É uma balança desregulada, de peso exorbitante. Peso morto.

— Do que estás falando, Tiago? Pare com isso. Veja como minha mulher está.

— Consternada. Eu sei. Eu sei. Continuem andando. Preciso de um lugar mais escuro.

Pedi para Vitória ir à frente a averiguar o caminho. Até o momento tudo tranquilo. A Praia do Forte era inóspita. Nenhum casal andava de mãos dadas nesta escura comunhão.

— Pergunto-vos: o que leva uma pessoa a cometer atrocidades — desviei mais uma vez do assunto pertinente e ainda desconhecido — Como a que eu estou fazendo? Digo, há verdade, há comprometimento? Estou tão anuviado que estabeleci pouco comentário à mercê de um esfacelar complexo, da vinda até aqui. Pergunto-vos: há coerência? Respondam! — esbravejei, passando a pistola para a mão esquerda e esfregando a mão direita ao rosto. Senti alguns grãos de areia arranhar. — Ou eu meto um tiro em minha cabeça agora mesmo e vocês viverão com a culpa minguando por seus nervos durante a eternidade.

Frígidos, pensavam haver singela chance de sair daquele abismo; responderam quase que juntos para mim:

— A coerência independe de ti, Tiago. — Inicialmente a voz saiu meu entrecortada. — Há todo um meio aqui, de pessoas se relacionando, de concepções sobre o mundo, de atos, de… Me ajude, doutor, eu preciso de ajuda — respondeu Guilherme.

Ele permaneceu calado um instante. Quando tentou volver a falar – uma dissuasão pomposa –, o interrompi.

— Atos falhos? Vitória, estamos bem. Pode parar aqui.

Pequena lua despercebida, sem fulgor porque a morte contornava mantos obscuros. O cinismo era verdade absoluta. As brumas não ricocheteavam como eu desejava. O que mais persistia em ser contrárias aos meus desejos?

— Atos falhos? Respondam! Não queiram que eu ponha a verdade a ser discutida.

Sentei na areia sentindo aspereza ao toque. Ela realmente arranhava.

— Tu estás procurando em nós atos falhos compatíveis a ti. Os Três estão presentes, tal qual Laura, que comentastes anteriormente comigo? Se sim, pergunte a eles o que se deve fazer. Isso pode ser apenas um mero detalhe imbuído ao teu rigor contra fundamentos não justificados.

— Doutor, olhe para mim. Tenho cara de insano? — abaixei a arma, oferecendo o rosto como se fosse sofrer um soco.

— Sim, óbvio — confirmou, bem apático, contido.

Levantei-me novamente, com a arma apontada para ele.

— Qual seria a morte ideal? Eu tanto divaguei sobre não antecipar a morte, acelerá-la num ciclo vicioso. Isso é o que acontece, doutor, quando as doenças se proliferam ao mundo. É tanta depressão, esquizofrenia, e as pessoas desdenham de nós. Desdenharão até não ter mais consciência que um suicídio é a resposta mais comum para evitar sofrimento. Veja-me, sou capaz de mudar? — Desta vez apontei a arma à minha têmpora esquerda.

— Sim, Tiago. Tu tens uma vida inteira para mudar. — Guilherme respondeu, sacudindo as mãos atadas.

— Sim, homem. Por que ficar se importunando com desdém alheio? — A mulher respondeu, gesticulando com voracidade, mesmo com as mãos atadas.

Recolhi a arma. Parecia mostrar que as respostas surtiram efeito desejado, olhando o semblante preocupado de Vitória.

— Mas antes, respondam-me outra dúvida. — Ruim. Muito ruim ser ruim, ou não? — E se estamos mortos, por que permanecer vivo?

Engendrei confusão a cabeça das pobres "vítimas". Um termo mais que ambíguo, desta vez.

— Sua concepção de morte está além do concebível. Veja por si só o horizonte. Tudo que tocas é tangível. Reverbera. Talvez na morte, tu não poderias atestar isso. Seria uma cegueira interminável, corroborada ao infinito desastre. Entendes bem o que eu falo, Tiago?

Refleti. Puxei novamente a arma. Apontei à têmpora esquerda sem resignar-se.

— Pergunto-me se a única chance de estar vivo pode ser evitada, assim como na morte. O senhor é o homem das ciências. Explique-se!

Dança noturna em meio aos choros. Eu também fazia meu papel; adequava-se em cada catástrofe anunciada. Não é para menos que via algum esgar contrariado. Ele sabia que a chance de escapatória passava de insignificante para a quantidade máxima entendendo minhas oscilações, muito caótico a diminuir minha chance de viver enquanto eu estivesse apontando a arma para minha têmpora. Pobre homem. Sentenciou sua vida a ajudar quem precisa e se submeteu à pior das amarguras. É triste admitir que uma hora tudo desmorona. E num dia claro, a bola de neve se desfaz porque é incessante o calor... Não hoje. Não amanhã.

Os Três me faziam companhia. Nada proferiam. De mãos dadas faziam um semicírculo ao corpo do homem ajoelhado. Já Laura continuava sumida. Eu implorava que ela aparecesse. Implorava para que pudéssemos nos ver; vê-la em seu maior fulgor, contundente como sempre fora. Porém eu nada recebia.

Aproximei-me do doutor, destravei a pistola e perguntei:

— Posso te embalar para o inferno, doutor? Ou tu prefere que eu o mande apunhalado? — O semblante passara de caótico para aterrorizado. — Intrigante, não? Utilizei artimanhas, preço de conviver com insanidades.

— Tu me seguiste? Era tu no restaurante? Impossível. — As lágrimas corriam. Os óculos foram tirados por mim, evitando um embaçar proposital. — O que estás fazendo conosco, Tiago? Eu sei que tua índole difere disso.

— Do que ele está falando, Guilherme?

— Bem, se eu estava no restaurante, agora já não mais importa, doutor — respondi, sereno. Muito sereno.

Volvi-me em direção a tal Lígia, de cinismo aflorado. As expressões dela eram um amálgama de loucura e esperança. E nessas andanças da vida, eu sabia muito bem lidar com rostos em dissociação da realidade usual. Foram várias as encenações repercutidas: desde crianças a velhos caídos ao chão ansiando por atenção. É a realidade nua e crua.

— Tu não sabia daquela mulher? — gargalhei, interrompido rapidamente. — Ela não parecia muito bem quando toquei os furos do tórax, manchado dum sangue já cristalizado, esfarelado.

Guilherme vomitou. Era desenfreado.

— Ah, doutor, logo o senhor... Por que permanecer numa personalidade construída para me aludir incoerência? Olha — apontei a arma contra minha cabeça — poderia dispará-la agora, mas não surtiria efeito imediato. Caso a morte ocasionasse a verdadeira morte, no máximo reverberaria que a culpa se encontrava aqui, nas areias da Praia do Forte, sempre inóspita à noite. Vê escapatória como via aquela mulher que eu mal conheço? Óbvio que não. Quem você acha que tem escapatória hoje, em meio ao cinismo? Minha adorável sobrinha, aterrorizada, vendo-me lunático apontando a arma para minha cabeça? São apenas referências do caos que próprio se estabeleceu a si.

Mate-o!

Mate-o!

Mate-o!

— Vê, até os Três admitem que eu devo agir em favor de uma causa nobre pela primeira vez. Tu impediu a linha normal das coisas e deve ser condenado como eu sempre fui. Vejamos, a morte me parece correta diante destas circunstâncias?

Mais vômito. Lígia virou-se, e chorava demasiadamente.

— Vamos, doutor. Não tenho todo o tempo do mundo. Quero voltar para minha casa, tomar um banho, despreocupado que *nunca* fiz algo tão hediondo quanto sua pessoa. Tu devia ter se preocupado mais com pormenores ao invés de agradar a única miríade que é essa mulher feliz por tê-lo para todo sempre.

Chamei Vitória. Pedi para ela tirar o maço de cigarros dentro do bolso de minha camisa. Sem saber manusear, levemente consternada, entregou-me tremendo. Tive que fazer o trabalho sujo, colocando o cigarro na boca e o acendendo, com muita dificuldade. Os ventos reinavam e eram os donos daquele lugar; barganhei aluguel e agora eles gritavam de desespero por estar tomando o tempo necessário para ser vagaroso como sempre fora.

Mate-o!

Mate-o!

Mate-o!

— Calma, muita calma, gente. Pressinto uma retratação... Vamos, doutor, ainda há esperança.

Ele respirou fundo. Sabia que não havia escapatória. Lígia já nem mais reagia; cúmplice, o corpo pendia para frente, cabisbaixa, derrotada. E por mais que ousasse demais, apontei novamente a pistola na direção do doutor; exigi últimas palavras, ouvindo o coro dos Três que entoava a matança; o semicírculo de efígies queria vingança.

— Tu não sabes quão diabólica ela era. Abortou duas vezes. Na terceira... — Ele mexeu nos óculos, tentando enxugar as lágrimas acumuladas — Disse que queria ser mãe e acidentalmente matara nossa criança ainda bebê. Eu sei disso! — gritou feito um louco.

Passei longos segundos encarando-o, ele longe deste mundo, absorto ao céu sem mudar a direção do olhar, a lágrima juntando-se aos excrementos do vômito sobre a areia. Ajoelhei-me.

— Isso é interferir na realidade. Tu a matou de forma brutal. A face dela estava desfigurada. E eu sei que foi Lígia a verdadeira motivação. Não dá para mentir para si. É uma pena que o mundo gire em torno do egoísmo aflorado, tanto da verdade quanto da mentira. E admito não saber qual delas é qual. Estou tão perdido quanto tu está. E se eu for atirar, terei total convicção do que é certo. Portanto, doutor, tu agiu... — arquejei.

Coloquei-o de pé, observando cada um presente na situação: os Três esmorecidos faziam o silêncio ser a única parte ouvida; Vitória, enfrentando os tufões de areia como nunca houvesse passado por tal tormenta, admoestando-se, às vezes fechava os olhos e desejava sair do cenário horripilante; Lígia, a pobre alma, engolia o choro enquanto aguardava sua hora. O ar desgraçado daquela mulher me enojava.

Intransigente, apontei novamente a arma e pedi últimas palavras; ele não quis dizer mais nada. Ao fim, travei-a novamente, e proferi novos dizeres:

— O que seria de tu sem a *segunda chance*, hein, doutor? — Os Três prostraram-se atrás de mim. Vitória também. Sentia o tenro abraço intangível a me acolher no momento. — As brumas ajudam a refletir e apaziguar seres insólitos. Tu não é. Tu também não — apontei para a mulher de postura bem abatida. — Hoje, doutor, a redenção é mera ilustração de criança. Seja bem-vindo à construção de seu próprio caos. Decerto, você não é o herói.

Arquejei novamente ao sair dali. Várias vezes arquejei, olhando minha sobrinha tão abatida quanto eu. Fiz o que tinha de ser feito. As poucas luzes bruxuleavam em meio à escuridão; eu observava mais uma vítima realizar suas atividades e continuar a vida em estado gasoso: esparsa, sem nexo e sem muito que contar.

Levar os dois culpados à polícia foi motivado pelo pensamento altruísta e leviano. Eles estavam atados e entraram para confessar o crime, e eu, distante, de praxe, findava aquele fim. Se eles iriam ser presos, já não era mais minha função. Eu precisava sair dali. Eu sabia que não ficaria bem caso cometesse tamanha atrocidade, conhecendo-me como sou: de que nada mais seria justo, fúlgido de meus princípios que é não ocasionar nada. A depender da perspectiva, sempre.

Morrer por alguém me leva a crer numa designação errônea. E naquele momento, vendo-os derrotados, a implorar perdão, pensei como seria para minha mãe se eu fosse o contrário de Jesus. Estou bem, estou bem. Degusto minha cerveja, a placidez de estar em casa, devaneios fervilhando para dramatizar mais uma estranheza das várias que já experienciei.

Andei até a sala de estar, em casa. A sétima sinfonia de Bruckner soava baixinho ao som; finalizei a noite com um uísque forte; os Três me acompanhavam, silenciosos.

— O senhor fez o certo, tio. Seria muito estranho te ver derrotado.

Fiz o certo, sobrinha. Mas até quando soaremos egoísmo enquanto há flores para ser colhidas nos jardins da vida?

— Deveras, deveras.

Ela se saíra. Mas retornou rapidamente com uma cerveja em mãos, ouvindo o compositor soturno embalando-nos sono.

"Que horas? Naquele barzinho mesmo?"
"Vou com Richard. Não se preocupe. Ele tem ideias sensacionais para embalar nosso empreendimento, possivelmente sendo um investidor conosco, caso a gente atinja sua meta."

"Claro que não. Pode ficar tranquilo. Ele é gente boa."

Abracei ternamente quem me amava. Forte. Cálido. Ermo. Remetia sensações de que eu não pudesse voltar mais. Eu não queria voltar mais, aliás. Queria poder determinar meus passos, fugir, correr numa rodovia aberta, os carros buzinando para mim, quase a tocar meu corpo no intento de levá-lo às alturas.

Vitória questionou. Júlia questionou. Bernardo questionou.

Chamei meu filho para vir até a sala de estar. Expliquei-lhe que queria passar um momento com ele, sei lá, conversar sobre amores juvenis. Ele sorriu. Disse que preferia jogar. Acompanhei um jogo de guerra e muita gritaria. Não reclamei. Logo depois perguntara-me para onde iria. Perguntara-me várias coisas. Alento, meu filho. Busco alento, paz. Aqui, infernizado pelo passado tão recente, contrario minha distância. Deleitar-me-ei numa cama de ferro, daquelas bem tristes, mas terei onde dormir. O drama acaba, mas o significado continua.

Despedi-me. Eles achavam ser brincadeira.

Maestro Linus Lerner! Carrega-me para seus mundos e fomenta qualquer ligeira percepção de como é estar preso no equilíbrio; salienta qualquer emoção em suas folhas cheias de partituras, em seus instrumentos, e desenvolve o desfecho perfeito que qualquer ser humano ébrio pode conquistar, sendo essa a eternidade mais frutífera, iguais aos tempos áureos da fazenda, de painho, de mainha, e de apreço por tantos desconhecidos que não mais terei vontade de perceber. Sou insólito, porém hoje atribuo a tu formidável título, equiparado a um deus na terra de vigas, de prédios e poluição. Traz minha salvação enquanto há tempo, pois estamos perdendo voo. Estamos perdendo direção, tração.

Ouço a marcha rítmica. Quinta-feira. Sessão extraordinária no Teatro Riachuelo. *Bolero* de Ravel. Que som fantástico. O preâmbulo da caixa ressoa; é infinito, uniforme, nenhum erro, magnânimo, insólito como as mãos intercalam movimento plácido. Em seguida ouve-se a flauta. Os furos exalam torpor, o barulho da dança íngreme intensifica a peça, o ato, os músicos insaciados que recrudescem o assopro. E lá vem o fagote, mais estranho para quem desconhece, que acompanha a marcha, desenvolvendo sintonia, a ligação covalente das notas. Clarinete... Ah, clarinete! Um assobio leve, destaca o tom, sendo contraponto. Linus Lerner está extasiado. Seu frenesi me adoece, inflama as lágrimas que correm sob meus olhos. Vejo-o inexorável a qualquer ruído, enquanto eu, porém, ao patear os pés, perco sensibilidade. Cada soco no ar é um vestígio dilacerante. E vejo o assento vizinho vazio. Toco-lhe e nada sinto.

A caixa entra. O som completa o ambiente, entristecido a anuir desavenças, uniforme. É claro que a mente corrobora com os impactos. Só penso na morte. Só penso na distância que há entre dois corpos.

Passara-se a metade da peça. Todos continuavam apreensivos. Não se via tamanha insigne de uma orquestra. E perco-me. Impaciente. Desejo sair. E Linus Lerner faz expressão extensiva; mexe as mãos dum lado ao outro, em espiral, mantendo as rédeas duma profusão gigantesca. Alguém quer falar? Alguém quer falar? Os instrumentos começam a me difamar por insensatez. O que ocorre a mim?

Sousafone mantém viva a chama. Gruda-me a cadeira, tolhe minha saída. O piano adentra, assenta espaço e esvai qualquer fatalidade imbuída aos olhos de minha pessoa.

Bolero! *Bolero*! Aproxima-se do final. Sei. Meu corpo estremece. Há vírgulas mal colocadas, e num instante são alteradas, corrigidas; sinto que incumbências devem ser cumpridas. Anseia-se o final! Eu sozinho me levanto! A plateia não entende. Falta um triz para o final. Meus olhos lacrimejam. Fagulhas são dissipadas por minhas mãos quando a última nota recai.

Palmas ininterruptas! Linus Lerner acena para a plateia extasiada, tão diminuta à obra de arte que promete ser a última sinfonia de todos os tempos, o preâmbulo da vida, do nascimento ansiado da criança que demora nove meses para ter respiração desses gases inócuos pululados sobre nossas cabeças.

Sou o último a sair do espaço. Já mandava uma mensagem para Olga, dizendo um te amo complacente, singelo, provido por tantos *very nice, indeed* nessa vida turbulenta, mas cheia de esperança.

> Bolero, meu amor. Bolero! Lembra-se de quando a ouviu pela primeira vez? Hoje é minha última sinfonia. Espero que tu esteja bem.

Um coração no final da mensagem. Um coração saindo pela boca.

Aguardei Linus no salão de entrada do teatro, abarrotado de gente. Quando chegou minha vez de cumprimentá-lo, escutei os sinceros dizeres: "alegra-me o coração ver grande entusiasmo nesta peça. Obrigado."

Vale. Claro que vale. Para quem tinha sido quase sucumbido pelo mal, a música clássica tem papel fundamental em meu andejar.

Abracei-o afetuosamente. Foram muitas obras inesquecíveis ao seu lado, uma mais extraordinária que a outra. E no fim do caminho, só restava realmente largar a afefobia ali, pois a conexão engendrada durante anos de orquestra facilitou uma amizade indireta entre nós, meros desconhecidos.

— Obrigado, de verdade! Tu é fonte de inspiração para jovens e amantes do clássico.

Ele me saudou. E logo se virou, dando atenção a outra miríade de gente que exigia sua atenção.

—

Paulo me respondera. Estava aguardando no bar. Eu, por outro lado, já me encontrava dentro do carro, ouvindo, novamente, *Bolero*, a caminho do lugar, do mesmo lugar em que Laura havia sido enfeitiçada pelo gringo.

E por mais que já soubesse do óbvio, pedi que eles dois não entrassem. Paulo gentilmente aceitou, porém não queria ter de esperar muito, pois o lugar estava cheio de garotas e desejos atrozes.

Entende o que eu quero dizer com "saber do óbvio"?

Quando cheguei, me deparei com Patrick trabalhando de forma excruciante, regendo sua orquestra com desânimo aflorado e notável. Ali, abordei-o, o estupefato homem quase derrubando a bandeja de copos e cervejas. Os meus dois seguidores não entenderam bem e adentraram ao espaço.

Mostrei uma nota de vinte reais. Fiz um sinal de silêncio. Ele entendera, sorrindo estranho, porém estupefato com a presença do homem que cometera o crime, bem ao meu lado.

Adentrei ao espaço. Aquela suposta faixa de interditada fora retirada há dias. Eles constataram que nada podia fazer em mantê-la assim. Continuei a andar. Mal sentei-me. Observei singelamente para os dois; eles, desconfiados de minha temperança, exigiram que eu me sentasse para observar as lindas mulheres que dançavam forró não tão longe de onde estávamos. E eu duvidava que isso fosse acontecer, ouvindo, em seguida, sobre o dia marcado para estreia da boate. Saquei a arma e disparei apenas uma vez na cabeça daquele homem, fazendo todos no espaço correrem por suas vidas, preocupadas com meu estado caótico, ouvindo vários vidros estilhaçando pelo chão, a banda parando e o zumbido da estática do microfone corroer a audição.

Permaneci parado onde eu estava, colocando as mãos atrás da cabeça e confrontando o olhar confuso do segurança que se aproximava de mim, eu já desarmado. Nem Paulo se segurou na cadeira. Sorri para Patrick, o único que não correra, perplexo com o ato, não sei se feliz ou se triste pela minha infâmia. Enfim observei Laura e os Três no balcão, todos bem felizes, brindando. O sangue escorria para próximo de mim. Sensação de vitória. Sensação de adeus.

—

— Fiz porque tinha de ser feito — disse para a juíza.

Resumindo os fatos: fui preso. Nada mais real. Eu até pensei em tirar minha vida, mas neste dado momento, sei que seria loucura. Estranho, não?

Aí, sabido do que realmente acontecera ao caso, identificarem Richard como o assassino da mulher naquela fatídica quinta-feira; estranharam as divergências, incoerências, ou seja lá o que eles teciam sobre mim; questionaram minha inteligência e meu silêncio. Olga apareceu e me questionou mais ainda, sobre as várias vezes que eu colocava o nome de Laura no meio, estranhada por não entender. Tudo infundado, óbvio. Revistaram minha casa e não encontraram nada a não ser minhas músicas clássicas, muito álcool e só.

E finalmente mais um diagnóstico apareceu e a esquizofrenia foi atestada. Muito antigamente eu dizia ser ilusões ou algo parecido, como quando citei os Três para Olga. Temi dizer que conhecia as pessoas que caminhavam ao meu lado. Temi dizer que tinha anjos. Volvi-me a ficar em silêncio saboreando meu som eterno de *Bolero* à cabeça.

De certa forma, houve pressão. Acabei sendo bastante machucado no primeiro dia preso. Observei detentos e uma grande camada de gente pobre a querer me surrupiar por ser moreno de traços belos e europeus. E esquecido, aqui, as paredes me achincalhavam. Eu até as entendia. O sistema é complexo de se entender, e olha: Givanildo foi eleito governador do estado no primeiro turno. Talvez o padre estivesse incorreto sobre isso. Mera ilusão de ótica achar que cairíamos no mesmo cerco de outrora. Givanildo disse ser a mudança que precisava. O estado estava comprimido às ruínas; nada mais justo que dar uma renovada. Uma guinada em direção ao que nunca foi experienciado.

Enfim, descobriram todas as conexões com o assassinato. Caracterizaram-me como um homem pálido, sem luz. Reverti a situação sabendo que nada recairia sobre mim quando pessoas vieram à minha defesa: aquele gringo tinha vários delitos, incluindo com a própria noiva, que morava em João Pessoa. Sempre digo que o mundo é uma caixinha de surpresas, totalmente ao avesso, sobretudo se tratando de ricos endiabrados. Como eu.

Fui internado no Hospital de Custódia do estado para tratamento dos diagnósticos. Acho que Olga conseguiu reverter meu caso. De fato, eu não sabia o que tinha acontecido, porém parecia seguro. Eu só tive que agradecer. Era agradável, até. Estava morto, porém vivo. Estava no inferno, porém também no céu.

— Você se sente injustiçado? — falara a juíza, me entreolhando, ar de psicopatia.

— Meritíssima, minha amada literalmente foi a única injustiçada aqui. Para onde eu for, irei sem me resignar do que eu fiz.

—

Notas de um falso preso.

Vitória encontrava-se comigo. Trouxe consigo mainha, sorridente, não me largando um momento sequer. Eu disse ter ficado maravilhada com a cor deste local, mas nada comparado à vida na roça. Sandra, por outro lado, não quis comparecer. Dizia se sentir envergonhada. Entendi, totalmente tranquilo do que eu cometera.

Fizemos um lanche. Senti o cheiro de guiné de longe. Sem restrição dada pelo hospital de custódia, deliciei-me como criança na fazenda, sensação de nostalgia. Foram meses tortuosos ingerindo doses e mais doses de remédio, que por meses minhas papilas gustativas estavam totalmente desequilibradas. O gosto das coisas era totalmente insípido; regurgitava de hora em hora, sentindo falta do álcool diário nos primeiros dias naquele lugar, o suor quase se tornando uma camada de pele.

— Como você tá, meu filho? Tá bem?

— Sim. Olha. Já te mostrei meu amor? — apontava para Laura. Ela sorria de volta, deixando-me levemente guarnecido. — Finalmente a encontrei depois de tanto tempo. Longos dias de aguardo nesse enclausurar moderno. Veja, Vitória, minha doce Laura finalmente feliz, bailando ao ar, piruetas e mais piruetas. Paz reina neste ambiente cinzento e cheio de árvores. O sol é efêmero, diga-se de passagem. Mas dá para aguentar.

— Tem certeza de que dá, tio?

— Óbvio. Estou feliz. É o que importa.

Minha mãe pôs um semblante consternado. Sabia que meus problemas não iriam parar.

— Filho, estarei em sua casa cuidando de seus filhos. Olga me convidou para ficar um tempo com ela até a poeira abaixar. Ela é muito adorável. Adorou me conhecer.

— Júlia fez uma ótima prova no vestibular. Eu já estou trabalhando. Está tudo dando certo, tio.

— Que ótimo, que ótimo. Venham me visitar sempre que puder. Alegra-me ver todos felizes, sorrisos nos rostos e sem amargura, como se estivéssemos na primeira fila da igreja. Como *um só*.

Vitória, após o breve momento, pediu encarecidamente que eu pedisse a mainha para se retirar um pouco de nossa presença. Era sua segunda visita. Não havia comentado com ninguém sobre ela ter vindo aqui no mês anterior. Afastou-se. Depois tornou a se aproximar. Via sorrisos enfadonhos em minha face. É melhor vocês focarem nela. Olha!

— Como andam as histórias, tio? Gostou da ideia de retratá-las quando eu o visitar?

— Fico feliz de seu interesse. Fico apenas preocupado se você achará monótono. Tem muita gente aqui e muitas histórias que poderiam ser contadas. Você vai adorar conhecer as histórias deles. São muitas! Vê como estou extasiado? Aliás, você trouxe a gravação de *Bolero* para mim?

Entregou-me o celular. Pôs para tocar. Escutei as batidas intercaladas da caixa. Não mais pude vê-la. Ela é parte solitária de mim. Agora... Agora sou o maestro e Ravel unidos nesta dança contemporânea. Junto com minha amada Laura, de mãos delicadas e suaves. Ah, os Três me olhavam. Na verdade, só Pai me observava. Não obstante, os outros dois tinham deveres às minhas verves. Preciso de uma nova história. Vejamos, Vitória será a vítima depois de muito tempo descansado.

—

Eu ouvia cada história desta mente fértil e não me sentia surpresa. Foi um pedido meu para conhecê-lo melhor. No início, havia muitas crianças. Inúmeras crianças. Parei no primeiro relato de forma assombrosa:

Miguel comia areia. Miguel comia seu veneno. Pais aéreos. Pais inúteis. Tão jovens e tão desgovernados. Vejo isso e acabo por me acabar. Minha primeira vítima não durará dois meses. Talvez três. Provavelmente mexerá em plantas perigosas, mastigará cogumelos ou se engastará com tanto detrito. Talvez uma pedra fique presa ao esôfago. Pobre Miguel.

E por mais que adorasse meu tio, queria ser como ele. Queria entender a obsessão por Laura, se no final das contas o nome da moça assassinada era Caroline. Eu deveria dizer? Será que eu consigo? Quem, afinal, era Laura?

— Você sabe que eu penso muito em você. Sei o que você quer.

— O quê? — perguntei a ele. Era difícil entendê-lo.

— Contarei a história de minha última vítima. Iniciou com o pequeno Miguel, certo? Agora finalizarei esta visita com minha última vítima.

Assenti por ter iniciado com a história do pequeno Miguel. Em seguida dei sequência. Ele parecia estar muito feliz. Possivelmente os Três e Laura estivessem com ele neste momento, que lhe dava paz. Até insisti para ele me contar sobre Laura. Me disse que iria contar sobre a mulher que conseguiu reaver depois de muito tempo trilhando esse caminho. Mas antes eu precisava saber sobre o *estranho* que ele tanto observava no hospital:

Cabelo longo. Nenhum friso. Soltava gargalhadas. Achava que era Deus. Na verdade, ele tinha fulgor exacerbado. Via ele passeando pelos jardins e nunca quis importuná-lo. Poucos enfermeiros chegavam próximo. Tinham medo. Diziam ser amaldiçoado. Por que só eu o via como majestoso? Sua tez lúdica, olhos sinceros e bem apertados por estar preso nada me causava. Teve uma vez que ele me viu encostado a um dos bancos na ala interna do hospital. Fatalmente virei o rosto chamando um dos meus amigos ali, Jani. Era uma moça chamada Janiele. O homem viera em minha direção e disse "bom trabalho". Assustei-me. Ninguém nunca tinha me descoberto até atirar em alguém. Logo agora? "É porque você é insólito no que faz. Continue o bom trabalho." Ah, no que eu fazia. Deve ser. "Eu sou Suedo, prazer." Estranho, não?

— Quem é esse?

— Não posso dizer, Vitória. Agora as histórias também te pertencem.

— Suas histórias? — interpelei, sem saber como responder.

— Se você tem preocupação com elas, busque a si e trabalhe. Mas cuidado, sempre haverá um estranho te observando. É imprescindível cautela.

E ele sorriu para mim, abraçando-me forte, balbuciando o nome de Laura enquanto balançava o corpo.

—

E lá se foi minha estimada sobrinha. Cabisbaixa, refletia sem perturbação ou preocupação na andança sem fim, grudada a mainha e às vezes a olhar para trás a fim de se certificar que eu estaria bem. Ela sabia. Ela será uma boa observadora. Mais uma estranha dentre tantos que não aguentam mais lutar contra si. Porque tudo é uma mera coincidência.

- editoraletramento
- editoraletramento.com.br
- editoraletramento
- company/grupoeditorialletramento
- grupoletramento
- contato@editoraletramento.com.br

- editoracasadodireito.com
- casadodireitoed
- casadodireito